소
년
행

소년행

김남천 단편전집 1

애플북스

야음을 틈탄 소년의 발걸음에 대한 보고서

이 은 선

　어둠을 뚫고 지붕으로 올라간 소년이 아직도 그곳에 서 있습니다. 어디로 가야 하는지 분명히 아는 자의 낯으로 거기까지 갔는데 막상 오르고 보니 방향을 잡지 못하여 주저하는 모습입니다. 곧 동이 터 올 시간인데도 그는 여전히 미동도 없이 선 채 제 시선을 가늠할 수 없어 합니다. 누군가에게 묻기라도 한 후에 실행했으면 좋으련만, 소년이 처한 현실과 또 나이가 나이니만큼 그것을 혈기 혹은 용기라고 말을 해보아도 좋을 듯싶습니다. 도무지 어찌할 바를 모르는 마음은 그가 딛고 선 땅에서 비롯된 것입니다. 이대로 더는 못 버티겠다 싶은 마음은 그의 열정을 북돋웠을 터. 지붕에 내리는 달의 기운이 소년의 진땀을 조금이나마 식혀주었으면 하는 바람입니다.

　함께 노심초사하며 그의 행적을 지켜본 우리는 익히 잘 알고 있습니다. 어디로 가야 하는지, 어느 길이 최선인가에 대해서는 명확한 답이 없다는 것을 말입니다. 지금 우리 주변에는 그에게 선뜻 답신을 보내올 사람을 찾기가 어렵습니다. 게다가 소년이 누구의 말을 제대로 듣는 나이도 아니기도 하거니와, 선생 같은 분이 우리 곁에 있지 않기 때문일 것입니다. 세상이 그를 그곳에 올려보낸 탓이라며 그쪽으로 미루어 짐작해볼 따름입니다. 선생이시라면 그 불안한 눈빛의 방향을 조금 돌려세울 수도 있으리라는 생각은 비단 저 뿐만의 것은 아니겠지요. 지금 이 순간은 선생께서 소년이 가야 할 방향과 시기를 넌지시 일러줄 수 있으리라 믿는 일이 가장 최선임을 압니다. 이 길 위에서는 미리 발걸음을 옮긴 사람 외에는 답을 알려줄 만한 이를 찾기 어렵습니다. 채 펼쳐보지 못한 꿈을 가슴에 응어리처럼 담은 채로는 어디에 가더라도 그곳이 천국의 반대임을 상기하는 것 외엔 별다른 수를 알지 못합니다. 혹시 그것이 소년이 어른으로 변모하는 과정일지라도 말이에요. 이대로라면 소년은 제풀에 지쳐 지붕 아래로 내려오는 것밖에 할 수 있는 일이 없어 보입니다. 채 펼쳐보지 못한 꿈을 가슴에 응어리처럼 담은 채로요. 다시 돌아간 일상에서 매일 꿈을 단념하는 수를 배우는 것밖에 없는 삶을 이어가겠지요. 하루 치를 벌어 하루의 양식을 먹고 사는 노동자의 눈이 먼 곳의 하늘을 응시하는 일이란, 꿈을 꾸는 일이란 과연 가당키나 한 일이었을까요. 꿈을 보려 할수록 삶이 더 고달파진다는 것만 확인하는 것이 아닐까요. 인간 이하의 대접을 참아가며 일을 하고, 일한 만큼의 대가를 제대로 받지 못하는 삶을 평생 동안 반복하며 시들어갈지라도 그의 꿈이 사그라지지 않기를 바랍니다. 사람이 사람답게 대접을 받는 세상, 누구도 차별받지 않는 공평한 사회란 바로 선생께서 꿈꾸어 미리 달려가신 세상이 아닙니까. 그 세상은 지금, 그러합니까.

먼저 길을 나선 분들의 발자국 덕분에 우리는 현실을 넘어서 보다 다양한 꿈이라는 것을 꾸게 되었습니다. 한 인간의 신성한 노동의 가치에 합당한 대가를 받는 세상, 사람이 사람 위에서 군림하지 않는 세상 그리하여 인간 이하의 대접을 더 이상은 받지 않아도 되는 세상, 저녁의 여유와 새벽의 희망을 꿈꿀 수 있는 그곳을 말입니다. 지붕에 올라선 이 소년에게 그 꿈에 대한 대답을 누군가는 들려주어야 할 텐데, 그것이 어른의 몫일 텐데 그 자리가 아주 오래전부터 비어 있습니다. 소년의 현실에 선생 같은 분이 계시지 않은 까닭이기도 하지요. 누군가의 해답이 그리울수록 자꾸 더 먼 데를 쳐다보는 소년의 눈빛이 한층 더 우묵해집니다. 이것이 바로 선생이 걸어가셨으리라 짐작되는 길을 저 역시도 무람없이 바라보는 이유입니다.

올해로 선생께서는 만 118세가 되십니다. 선생이 나고 자라고 믿은 바를 실천하던 때로부터 지금은 외형만 변했을 뿐, 고통받는 자들의 위치와 착취하는 자들의 자리는 크게 변한 것이 없습니다. 게다가 잘 아시다시피 열강의 이해득실에 따라 한반도의 명운이 갈린 지는 이미 오래입니다. 선생이 계시던 때와 지금의 상황이 어떤 면에서는 별반 다르지 않다는 것이 큰 슬픔이랄까요. 그러나 한 가지, 우리는 지금 종전 선언을 앞두고 있습니다. 6·25전쟁이 드디어 끝나고 있다는 소식을 너무 늦게 전합니다. 지금 당장에 이루어지는 일이 아닐지라도 이 논의만으로도 종전의 가치는 충분히 숙고하여 마땅합니다. 이 문장을 쓰기 위하여 우리의 땅이 지나온 시간을 돌려봅니다. 많이 아프고 고되었습니다. 인간이 인간을 인간답지 못하게끔 하는 시기를 지나왔습니다. 모두 다 끝이 났다고는 말씀드릴 수 없지만 전쟁은 끝을 보이고 있다는 사실만큼은 명약관화합니다. 이제 열강의 대립, 이해득실, 통일의 찬반, 그 제반 사항 등등을 다 떠나서 제가 선생에 대하여 읽기 시작한 이후로 종전에 관한 소식을 들을 때마다 하는 생각은 북에 가게 된다면 선생의 자취를 찾을 수 있을까 하는 것입니다. 지금 이곳에서 찾을 수 있는 자료로는 단편소설 〈꿀〉과 〈장군의 말씀은 창조사업의 지침이다〉, 〈김일성 장군의 영도하에 장성 발전하는 조선민족 문학예술〉 이후로 선생의 자취를 볼 수가 없게 되었다는 것뿐입니다. 혹시라도 남아 있을지 모를 선생의 작품들과 흔적을 찾을 수 있을까 하는 것은 비단 저의 헛된 희망만은 아니리라 여겨봅니다. 단지 사람을 그답게 대접하고 만인이 평등한 세상을 꿈꾸었을 따름인데 순식간에 산화된 자의 자취로만 찾을 수 있다는 현실이 그저 갑갑합니다.

소년이 바라보는 방향으로 간다면 선생과 선생이 함께 지내온 분들의 자취를 찾을 수 있을까요. 종전이 선언된 후에 육로를 통하여 북으로 올라가 볼 수 있다면, 가는 동안에라도 우리가 미처 알지 못했던 선생의 비화나 비사들을 전해 들을 수 있으리라 미루어 짐작해봅니다. 그것이 아니더라도 사람이 사람을 계급화하지 않고, 모두가 동일한 위치와 시선 그리고 그의 인간성과 노동력에 합당한 대우를 받으며 살아갈 수 있는 나날이 오리라는 그 근본적 믿음만큼은 버리지 않았습니다. 살아가면서 어디선가 꺾였을지 모를 꿈을 찾고, 그 과정을 설레어하며 서로의 인격과 생활을 존중하며 만인이 평등하고 행복한 시대, 바로 선생과 많은 이들이 이루고자 하던 시대가 아니었습니까.

이에 대한 대답은 선생이 남겨두신 소설들이 대답을 해주고 있습니다. 시간이 흐를수록 더욱 빛나는 문장들이 우리에게 남겨주는 메시지들을 읽으며 그 행간의 의미를 배우는 중입니다. 〈공장신문〉과 〈공우회〉, 〈가애자〉와 〈소년행〉 그리고 〈경영〉, 〈맥〉 같은 명편들 속의 문장들이 오늘따라 더욱 선연하게 다가옵니다. 결국 인간은 인간다워야 한다는 것. 그것을 그리하게끔 대하는 것 역시 사람이라는 것. 고된 노동에 시달리는 공장의 노동자들일지라도 작업이 끝나는 어느 저녁에는 다 같이 평양냉면 곱빼기 한 그릇 푸짐하게 먹고 막걸리 한 사발 같이 나눠 마시고 내일을 약속하는 것. 그것이 사람을 사람답게 하고 노동을 견딜 수 있는 여유가 아니겠습니까. 단지 지금은 그뿐이면 되지 않겠습니까. 어쩌면 이것이 대부분의 인간사가 가진 재미가 아닐까 합니다. 가장 기본 된 것의 재미를 말하고자, 선생께서는 그토록 많은 소설을 쓰고 비평으로 사회적 시선에 대한 칼날을 거두지 않으신 것 아닌가 하고 짚어봅니다.

아직도 지붕에 서 있는 소년이 배우고자 하는 것도 바로 그 점일 것입니다. 소년의 나이라야 십오륙 세 남짓. 앞으로 살아갈 날이 더 많은 사람의 눈에는 선생께서 미리 가보신 그 길이, 우리가 오롯하게 견디고 묵묵히 살아내야 할 이곳의 시간이 미처 가늠되지 않은 까닭입니다. 남과 북으로만 나 있던 길은 이제 천지사방으로 펼쳐져 있습니다. 그리하여 더욱 아득하게 느껴지는 것을 보면, 소년은 제가 밑에서 짐작하는 바와 달리 조금 더 먼 곳의 다양한 갈래들을 보아버린 모양입니다. 어둠 속에서도 오롯이 빛나는 그 길들 위를 걷는 자신의 모습을 다양하게 발췌해볼 수 있는 것은 누군가 먼저 닦아놓은 길 위의 시간을 소설 속의 문장들을 통하여 미리 겪어보았기 때문입니다. 소설의 용례는 매우 다양하지만 그중의 으뜸은 행해보지 않은 것을 행한 것처럼 보이는 것이 아니겠습니까. 지붕에 오르기까지 소년은 매일 일과를 마치고 돌아와 선생의 글을 읽은 모양입니다. 앞서 나아간 사람들의 문장들이야말로 삶의 가장 커다란 지침이 아닌가 하는 마음으로요. 하지만 앞으로 살아갈 날들이 더 많은 사람의 눈에 과거의 길들이, 지나온 시간들이 어찌 보일는지 모르겠습니다. 치열한 쟁투가 남긴 유산들 혹은 그럼에도 일구지 못하고 스러져버린 꿈들을 읽는 일이란, 막힌 휴전선이나 통하지 않는 마음들보다도 더욱 답답하게 다가설 수도 있겠지요. 이제 너무도 많은 선택지 위에서 소년은 지금 한편으로는 어둡고 다른 쪽으로는 밝아올 빛을 기대하는지도 모릅니다. 그러한 까닭에 지금 이 순간 우리에게는 선생의 문장이 필요합니다. 길에 대한 대답과 인간사의 모순에 대한 대답은 백여 년 전에 선생께서 미리 던지신 질문과 매우 흡사합니다. 그 물음에 무어라 대답할지 모르는 이들을 위하여 선생의 소설을 이렇게 답신으로 내어놓고자 한 것입니다. 〈등불〉의 밤을 지나 〈어떤 아침〉이 밝아오는 〈길 위에서〉 우리가 해야 하는 일들을 고심하고 〈신의에 대하여〉 고민하는 일을 멈추지 않는 까닭도 이와 같습니다.

글을 읽고 쓰는 일이 삶의 하나의 방편이 된 이들도 적지 않습니다만 여전히 이곳에는 하루 치의 양식을 벌어먹는 사람들이 더 많습니다. 모두가 각자의 노동을 하고 평등하게 나누어 먹는 사회란 과연 존재하는 것인가 의문스럽기까지 한 사람의 삶에는 꿈이 깃들 여유가 남아 있지 않습니다. 그럴수록 문장 속에서 희망의 틈을 보려고 합니다. 사람이란 매양 그런 것이 아닐까 하는 생각마저 듭니다. 소년의 등에는 이제 햇빛이 가득합니다. 이제 그가 지붕에 서 있는 까닭은 어디로 가야 할지를 몰라 함은 아니리라 믿어봅니다. 너무 많아서 모르는, 양 갈래보다도 더 어려운 선택들 속에 있는 것입니다. 바로 이때 소년의 가슴에 등을 밝히고 눈앞의 방향을 일러줄 이로써 선생과 선생의 문장이 존재합니다. 우리가 처한 현실과 앞으로 나아갈 방향을 미리 읽는 것, 그것으로서의 소설이라 함은 바로 삶과 생활의 지침서가 아닐는지요.

어둠을 틈타 오른 지붕 위의 수많은 소년들이 그러하듯 그들의 가슴에는 미래에 대한 계획과 꿈이 있습니다. 그것이 사상누각이라 할지라도 소년들의 가슴에 그 마음이 들어차 있는 한, 우리는 삶을 포기하거나 헛된 꿈이라고 폄하할 수는 없습니다. 멀리 갔다 돌아온 소년이 이제는 장성한 청년이 되었을 적에, 혹시라도 출발하지 못하고 딛고 선 땅 위로 다시 내려오는 한이 있더라도 우리는 그의 꿈과 희망과 멀리 보던 눈을 존중하고 싶습니다. 그 방법을 우리는 선생의 소설을 통해서 배웠습니다. 한반도의 육로가 열리고 하늘길이 열린다면 소년의 눈은 더 먼 곳을 짚겠지요. 정말로 뚜벅뚜벅 걸어가 볼 수도 있을 것입니다. 하지만 꼭 이 소년이 아니어도 무방합니다. 소년 곁의 소년들이, 후대의 소년들이 우리의 몫을 해주리라 믿고 있기 때문입니다. 선생도 그러한 마음으로 곁의 사람들에게 고명 수북한 평양냉면 한 그릇씩 내어주셨겠지요. 가야 할 방향을 정해 겨우 지붕을 벗어난 소년에게 내미는 국수 한 가닥의 맛과 슴슴한 국물의 위로는 마치 선생의 문장과도 같아서 그저 무턱대고 믿고 보는 일이 허다한 이 행복이라니요.

할 수만 있다면 현실에 마음을 두지 못하고 갈 길을 몰라 하는 이들 모두에게 소설과 냉면 한 그릇 내어주고 싶습니다. 선생처럼 혹은 선생 대신에라도 말입니다. 그러하다면 다가올 어느 날엔가는 우리 모두가 한자리에 모여 앉아 삶과 사랑 그리고 마음과 노동의 가치 등을 나누며 마음을 포개고 그것을 한 그릇에 푸짐하게 담고 막걸리 한 잔 곁들일 날이 오지 않겠습니까.

지금 이 시대, 우리가 김남천의 소설을 읽는 일은 응당 그러해야만 할 것입니다. 존경할 만한 대상이 급격히 사라져가고 물신주의가 팽배한 이 시대, 사람의 가치가 인터넷상의 몇 줄과 유행처럼 들끓었다 사라지는 것이 아닌 인간성에의 희구. 어찌하여 백여 년 전과 지금이 이다지도 다르지 않다는 말입니까. 아니 인간사는 언제나 그러한 것이었을까요. 그 대답을 선생께서는 알고 계셨을 거라 말하는 소년에게 이 시대의 저는 무어라 대답할 답이 마땅치가 않아 그저 소설을 내밀어볼 따름입니다.

소설을 읽다가 헛헛해지면 무심한 얼굴로 냉면 한 그릇 하러 가세나, 하고 청해볼까요.

그 시절에 선생이 그러하셨던 것처럼요.

다시 어둠이 오더라도 전처럼 어둡지는 않았으면 좋겠습니다. 그래서 훗날 돌아보았을 적에 우리가 이만큼 올라서 있다, 한 뼘 더 긴 길을 가고 있다고 소년의 어깨를 툭 치면서 말해보았으면 하고 바라봅니다. 그렇게 시대가 변하고 있습니다. 하지만 인간애에 대한 희구, 사람에 대한 사랑만큼은 변해야 하지 않는 시간이기를 바라며 저는 다시 소년들에게 선생의 소설을 내밀어볼 따름입니다.

이은선 | 1983년 충남 보령에서 태어났다. 한신대학교 문예창작학과 졸업 후 동 대학원 석사과정을 마쳤으며, 2010년 〈서울신문〉 신춘문예로 등단했다. 소설집 《발치카 No.9》이 있다.

차례

〰〰〰〰〰〰〰〰〰〰〰〰〰〰〰〰〰〰〰〰〰

일러두기

1. 이 책은 김남천이 1931년부터 1939년까지 발표한 단편소설 12편을 수록했다. 각 작품 끝 부분에 첫 발표 지면을 표기해두었다.
2. 맞춤법, 띄어쓰기는 가능한 한 현대어 표기로 고쳤으나 작가가 의도적으로 표현한 것은 잘 못되었더라도 그대로 두었다. 띄어쓰기와 맞춤법은 국립국어원의 《표준국어대사전》을 기 준으로 삼았다.
3. 한글로 표기된 외래어는 외래어맞춤법에 맞게 고쳤으나 시대 상황을 드러내주는 용어는 원 문을 그대로 살렸다.
4. 한자는 한글로 표기하고 의미상 필요한 경우에만 한글 옆에 병기하였다.
5. 생소한 어휘는 독자들의 이해를 돕기 위하여 각주로 설명을 달아두었다.
6. 대화에서의 속어, 방언 등은 최대한 살렸으나 지문은 현대어로 고쳤다.
7. 대화 표시는 " "로 바꾸었고, 대화가 아닌 혼잣말이나 강조의 경우에는 ' '로 바꾸었다. 또한 말줄임표는 모두 '……'로 통일하였다.

공장 신문

1

가을바람이 보통벌 넓은 들 무르익은 벼 이삭을 건드리며 논과 논, 밭과 밭을 스쳐서 구불구불 넘어오다가 들 복판을 줄 긋고 남북으로 달아나는 철로에 부딪쳐 언덕 위에 심은 백양목 가지 위에서 흩어졌다. 뒤를 이어 마치 해변의 물결과 같이 곡식 위에서 춤추며 다시금 또 다시금 가을바람은 불려왔다.

하늘은 파란 물을 지른 듯이 구름 한 점 없고 잠자리같이 보이는 비행기 한 쌍이 기자림 위에를 빙글빙글 돌고 있었다.

열두시의 기적이 난 지도 이십 분이나 지났다. 신작로 옆에 '평화고무공장' 하고 쓴 붉은 굴뚝을 바라보며 벤또[1] 통을 누렇게 되

---

1 '도시락'의 비표준어.

어가는 잔디판 위에 놓고 관수는 '마꼬'[2]를 한 개 붙여서 입에다 물었다. 점심을 먹고 물도 안 마신 판이라 담배가 입에 달았다. 한 번 힘껏 빨아서 후우 하고 내뿜으며 그대로 언덕을 등지고 네 활개를 폈다. 눈은 광막한 하늘을 바라다보았다. 파랗게 점점 희미해져서 없어지는 담뱃내가 얼굴 위에 어울거리다 풀숲을 스쳐서 오는 바람을 따라 그대로 없어지곤 하였다. 그는 연거푸 그것을 계속하였다.

─염려 마라. 우리에겐 조합이 있고 단결이란 무서운 무기가 있네.

신작로 위를 뛰어가며 하는 직공의 노랫소리가 쟁쟁하게 들려왔다. 철로길 옆이라 먼 곳에서 오는 듯한 기차의 소리가 땅에 울려왔다. 그 밖에 이 넓은 보통벌에는 가을바람에 불리는 벼 이삭의 소리가 살랑살랑할 뿐이다.

때때로 관수의 마음은 몹시 가라앉았다. 혼자서 담배를 빨며 앉았으면 초조한 마음이 가라앉는 것을 느낄 수 있었다.

그는 최근에 이르러 자기가 완전히 초조하여 있다고 생각하였다.

이렇게도 해보고 저렇게도 해보고 자기 앞에 남겨 놓은 임무를 다하기 위하여 있는 데까지의 지혜와 경험을 털어서 모든 것을 해보았어도 일은 마음대로 되어가지 않았다.

어떻게 하면 조그만 불평불만이라도 잡을 수가 있을까? 어떻게 공장 안에서 일어나는 불평불만을 대표하여 그의 선두에 설 수 있을까? 공장 노동자 속에 아직 뿌리를 박고 있는 타락한 조합

---

2 마코. 담배 이름.

간부의 힘을 어떻게 없이 할 수 있을까? 한번 손을 붙였다가 실패하면 그럴수록 자기가 우울해지고 초조해지는 것만 같았다. 같이 의논할 동무를 어떻게 획득할까? 여기에 대해서는 관수는 너무 의심하는 점이 많아 보였다. 수준이 높고 일에 대해서 경험을 가진 사람만을 획득하려는 관수의 이때껏 태도는 잘못이었다. 처음에는 소질이 있는 자, 경향이 괜찮은 자 이런 것으로부터 훈련을 쌓아줄 것을 생각지 못하였다. 여기에 대한 관심을 버리고 공연히 대중의 선두에 서겠다고 애써야 그것은 아무 소용도 없었다. 그렇게 수준이 높은 노동자는 지난여름 파업 때에 다 없어지고 지금은 하나도 없었다.

관수도 무엇인지 똑똑하게는 몰라도 자기에게 결함이 있는 것을 알고 있었다. 그렇기 때문에 그는 그럴 때마다 누구의 가르침을 받고 싶었다.

지나간 여름 파업이 완전히 실패로 돌아가고 몹시 전열이 혼란해져서 입으로 옮길 수 없는 악선전이 공장과 공장을 떠돌 때에 돌연히 잠깐 참말로 번개같이 잠깐 동안 만났던 어떤 사나이한테서는 그 후 지금까지 두 달이 되어도 아무 소식이 없었다.

그 사나이가 지금 있으면 얼마나 좋을까 하고 그는 생각하였다. 침착한 태도로 말하던 그 사나이는 말하는 품으로 보아서 결코 이곳 사람은 아닌데 그때 파업의 사정과 또 파업 수습에 관해서 일후에 활동할 것을 어떻게 그렇게 똑똑히 아는지 몰랐다. 평양의 모든 일을 환하게 꿰어두고 이곳서 사는 사람보다도 잘 알았다.

그를 만난 이후 관수는 혼자서 생각하였다. 물론 누구에게도 그것을 말할 수는 없었다. 자기에게 그 사나이와 만날 시간과 장소를 가리켜 준 일환이는 그때 벌써 폭력 행위 위반으로 끌려갔을 때였다. 좌우간 일환이와 어떤 관계가 있는 사람인 줄은 알 수 있었다. 그러나 일환이는 어떻게 이 사나이를 알았을까?

파업 때에 관수가 자기와 아무 면식도 없는 사람과 이렇게 만난 적은 여러 번 있었다. 그러나 이 방울 같은 눈을 가진 사나이는 그들과는 어느 곳인가 다른 곳이 있었다. 이 사나이를 다시 만난다는 것은 아무리 생각해도 공상 같았다.

"아마 일 개월 안으로, 어쩌면 좀 늦게 다시 만나게 되든가 혹은 서로 소식을 듣게 될 것입니다."

"……."

그 사나이는 잠깐 머리를 숙이고 생각하다가 다시 머리를 들고 말을 계속하였다.

"일후에 누구를 만나서 인사를 할 때에 그 사람의 성명의 가운뎃자가 타탸 줄이고 열한 글씨, 즉 획수가 열한 개이면 그 사람을 믿어주시오. 또 그러노라면 같이 일할 동무들이 생기겠지요!"

말을 끝맺고 힘 있게 악수를 하고는 다시 뒤도 돌아다보지 않고 가버렸다.

일 개월이 지나고 이 개월이 지나도 아무 소식도 없었다.

이렇게 언덕 위에 누워서 가만히 생각하면 그 사나이를 만나던 생각이 머리와 눈앞에 떠올랐다.

"타탸 줄 열한 획수."

"타탸 줄 열한 획수."

공장에서 기적이 울었다. 관수는 궁둥이에 묻은 마른 풀잎을 털면서 벤또 통을 들었다. 그리고 언덕길을 걸어서 공장을 향하여 걸어갔다.

"관수! 관수!!"

그는 그를 부르는 소리에 머리를 들었다. 그것은 공장 뒤였다. 두서너 직공이 손짓을 하며 빨리 오라고 하였다. 그러고 보니 신작로를 뛰어서 공장 문으로 모여드는 직공들이 많았다. 무슨 일이 생겼나?

"뭐이가?"

"뭐이가 애⋯⋯."

신작로를 뛰어오는 직공들이 지저귀었다. 관수는 벤또 통을 덜거덕 소리 안 나게 바싹 쥐고 언덕길을 달음질쳐갔다.

2

벌써 작업실로 들어가는 낭하[3]에는 남직공 여직공이 겹겹이 싸여 돌았다. 앞에 서 있는 자들은 얼굴이 노기가 올라서 붉으락푸르락하며 무엇을 소리 높여 고함치고 있으나 지금 달려온 맨 뒤에 선 직공들은 사건의 내용도 모르고 그대로 웅성웅성하기만 하였다. 어떤 젊은 직공은 앞에 선 직공의 뒤를 무르팍으로 떠밀고 후덕덕 하고 뒤를 돌려다 보는 놀란 얼굴을 하! 하! 하고 웃었다.

관수는 사건의 내용을 알려고 귀를 기울였으나 잘 들을 수가

---

3 廊下, 건물 내부의 긴 통로.

없었다. 발을 곧추고 앞을 넘겨다보았다. 일은 결코 낭하에서 일어난 것이 아니고 낭하에서 수도가 있는 물 먹는 방으로 가는 그 사이에서 생긴 것 같았다. 그는 어떻게 해서든지 그 속으로 들어갈 것을 생각하였다. 이번에는 일을 삼아본다 하는 결심이 덤비는 가운데서도 생각되었다. 그는 몸을 틈에다 비어 꽂고 가운데로 뚫고 들어갔다.

"물을 먹어야 살지 않우!"

그는 그 속에 얼굴을 들었다.

"좌우간 덤비지 말고 조용들 해!"

대답하는 소리는 완전히 떨리는 목소리였다.

"그 구정물을 먹으라고 수도를 막다니! 직공은 개돼지란 말요?"

너무도 그 소리가 커서 웅성웅성하던 소리가 잦아들고 그 목소리에 군중이 통일되는 듯하였다.

"좌우간 넓은 데 나가 이야기하지!"

"자, 넓은 데 나가서 합시다!"

최 전무의 말을 받아서 군중에게 외치는 것은 고무직공조합의 간부로 있는 김재창이의 목소리가 정녕하였다.[4] 관수는 재창이 목소리를 듣자 벌써 간섭하기 시작한 그의 행동을 직감하였다.

"나가긴 뭘 나가! 여기서 하지!"

관수는 반동적으로 그와 대항하여 이런 말씨가 입에서 튀어나왔다.

"아, 그럴 거 없이 넓은 데 나가 잘 토의해!"

---

4 대하는 태도가 친절하였다.

재창이의 말에는 덤비지 않는 숙련된 곳이 있었다. 직공들은 관수의 말을 꺾고 재창이 말대로 돌아서서 마당으로 나갔다.

"밀지 말어! 넘어진다!"

"글쎄, 직공들은 개굴창 같은 우물에 가서 물을 먹으라니, 합쳐 수도세가 몇 닢이나 하겠나! 너무 직공들을 짐승같이 여겨!"

밀려 나오면서 관수와 앞뒤에 선 직공들이 침이 튀도록 지저귀었다.

"파업 때에 들어준 대우 개선이란 뭐이야?"

"그러게 말이다!"

웅성웅성하며 마당 안에 꽉 차도록 몰려나왔다. 여직공, 남직공, 늙은이, 젊은이, 시든 얼굴, 열 오른 눈. '투라'실에서도 '노두쟁이' 고급노동자들이 배합사와 화부들과 같이 머리를 내밀고 '하리바' 직공들의 이 행동을 보고 있었다. 마당에 나오지 못하고 창문에 방울 달리듯이 매달려서 마당을 향해 있는 직공들도 있었다.

"물을 안 먹이겠다고 수도를 막은 것이 아닐세. 그건 결코 그런 게 아니고……."

최 전무가 사무실에서 문을 열고 군중을 내려다보면서 지저귐을 억제하듯이 손을 내둘렀다.

"그럼 물 먹겠다고 수도를 틀려던 직공의 뺨을 갈긴 건 누구요?"

비로소 한 개의 굵은 목소리가 군중을 대표하였다.

"그건 그 직공의 태도가 건방져서 일시 감정에서 나온 것이지, 결코!"

"듣기 싫다! 물 먹겠다는 것이 건방져?"

앞에서 누군가 소리쳤다. 일동은 그 소리에 가슴이 뭉클하고 갑자기 피가 얼굴로 오르는 것 같았다. 지난여름 파업 이래 전무를 그렇게 욕해보기는 이것이 처음이었다.

"여러분!"

군중의 한복판에서 관수가 쑥 머리를 올려 밀었다.

"전무의 말을 듣거나 전무와 말다툼을 할 것이 아니라 우리끼리 처리하는 것이 어떻소?"

"그게 좋겠다!"

누군가 혼자서 손뼉을 자락 자락 쳤다. 그러나 곧 한 사람이 두 사람이 되고 그것이 일동에게 퍼져서 장안이 박수 소리로 찼다. 마당을 들썩 하는 박수 소리 속에 알지 못할 소리로 고함을 치는 자도 있었다. 그 바람에 기운이 나서 전무가 열고 섰던 문을 이편에서 콱 닫아서 전무를 방 안으로 몰아넣는 자도 있었다. 그럴 때마다 다시 박수 소리가 났다.

관수는 기회를 놓치지 않으려고 박수 소리도 마치기 전에 다시 말을 계속하였다.

"여러분 방금 일어난 일은 이때껏 먹어오던 수돗물을 막고 저 다릿목에 있는 우물에 가서 먹으라는 것입니다. 그 우물의 물은 감히 먹지 못할 만한 것인 것은 우리들이 잘 아는 바가 아니오?"

"그렇죠!"

창문에 매달린 여직공의 목소리였다. 그 소리에 키득키득 웃는 이도 있었다.

"그런데 벤또를 먹고 물을 먹으려고 밀려간 직공들의 앞에 서서 그 수도를 열라고 한 직공을 건방지다고 귓쌈을 때렸다니 그런 몹쓸 짓이 어데 있겠소!"

"그놈을 잡아 오자!"

하는 자도 있었다.

"이건 완전히 우리 전 직공의 힘이 약해진 것을 기회로 우리들의 조그만 이익도 빼앗으려는 악독한 술책입니다."

"옳소!"

"그렇소."

"여러분! 파업 때에 들어준 그나마 몇 조건까지 지금에는 하나도 지키지 않는 고주[5]들의 행동을 보시오! 우리들은 종살이가 하기 좋아서 매일매일 냄새나는 고무를 만질까요?"

"결코 아니오."

가늘고 높은 여직공의 목소리가 날 때에는 조금씩 웃는 사람이 있었다. 관수는 군중을 쭉 한번 살폈다.

"우리는 굶어 죽지 않으려고, 살기 위해서 일하는 거요!"

못을 박듯이 힘을 주어서 뚝 말을 끊고 그는 다시 군중을 살폈다. 군중의 얼굴에는 붉은 기운이 떠었다. 저편 사무실 문 앞에 있는 재창이의 얼굴을 보고 침을 한번 삼키고 다시 말끝을 맺었다.

"우리가 지금 아무 대책도 생각지 않는다면 고주들은 하나씩하나씩 우리들의 이익을 뺏어서 갈 것이외다!"

[검열에 의한 원문 삭제]이다 하는 자도 있었다. 관수의 말은 여기서 좀 끊어질 것같이 보였다. 그때에 재창이는 곧 군중을 향하여 말하기를 시작하였다.

---

5 雇主, 일정한 대가를 주고 다른 사람을 부리는 사람.

"여러분!"

재창이가 군중의 눈알을 자기 얼굴 위에 모았다.

"이제 관수 동무가 말한 바와 같이 우리는 반드시 무슨 대책이 있어야 될 것이외다!"

"옳소!"

"그러나 우리가 지금 이렇게 흥분한 채로 일을 저지르면 죽도 밥도 안 되고 맙니다. 그리고 또 이런 데서 이렇게 회합을 하면 곧 위험도 하고 그러니까, 우리에게는 조합이 있습니다. 조합에 보고하여서 그의 처결을 기다리는 것이 가장 상책이라고 나는 생각합니다. 노동자는 조합에 단결해야 됩니다. 조합이 있는 이상 우리가 우리끼리 어물거리다가는 크게 망치고 맙니다. 그러니까 새로이 위원을 선거할 것도 없이 조합 집행위원이 있으니까 곧 보고하기로 내게 다 일임해주시오!"

관수는 대단한 분함을 가지고 그의 말에 반박하려고 하였다.

"여러분! 우리는 우리끼리 일을 처리합시다!"

그는 힘을 줘서 주먹을 내흔들었다.

"관수! 여보, 자네는 법률을 모르누만! 이 이상 더 여기서 떠들문 위험해! 옥외집회로! 애야, 쓸데없소. 같은 값에는 희생자 없이 일을 잘할 게지! 자, 그러니까 여러분 내게 다 맡기시오! 그리구 벌써 고주 측에서 알렸는지도 모르니까 곧 헤어지고 맙시다!"

3

관수는 저녁때가 되어도 저녁 먹을 기운이 나지 않았다. '또 한 개 그 타락한 간부에게 불평불만을 뺏기고 말았구나……' 그런 생각을 하면 몹시 분한 생각이 나면서도 그 간부한테 속아 넘어 가는 직공 일동이 미워지기도 하였다. 내일이 되면 마치 아무 일도 없었던 것같이 기적은 다시 울고 직공들은 다시 묵묵히 신을 붙이고 그리고 그 재창이 놈은 조합에 보고했으니까 무슨 교섭이 있을 터라는 간단한 한마디로 모든 것을 걷어치울 것이로구나.

관수는 오늘 그 좋은 기회에 조합 간부인 재창이를 폭로하지도 못한 것이 몹시도 분했다. 원통하도록 후회가 났다.

재창이를 폭로하려면 조합도 글렀다고 해야만 된다. 그러나 지금 조합까지 글렀다고 선전하는 것은 옳은 일일까? 이런 생각이 마음에 걸려서 그는 항상 재창이를 폭로하기를 주저한 것이었다. 조합!……아무리 노동자의 이익을 대표한다 하여도 이제는 그것을 폭로하여야 될 것이라는 것을 그는 지금 생각하고 있었다.

어쨌든 오늘 일은 생각만 해도 우울해졌다.

담배가 떨어져서 샷귀[6]를 들추고 꽁초를 찾았다. 짓눌려서 납작해진 조그만 꽁초를 주워서 곰방이에다 담아서 빽빽 빨았다.

"큰아야! 누구가 찾는데!"

부엌에서 그릇 부시던 모친의 소리에 문을 열어보았다. 한 공장 안에 있는 길섭이라는 직공이 문 앞에 서 있었다.

6 갈대를 여러 가닥으로 줄지어 매거나 묶어서 만든 샷자리의 가장자리.

"들어오지 않구!"

"들어갈 것까지 없어. 좀 나오게!"

관수는 대를 톡톡 털고 밖으로 나갔다.

"내가 좀 이르게 올걸. 시간이 촉박한데 공회당 앞에 큰 뽀뿌라 나무 세 주가 있을 텐데 그 왼 바른편 나무 아래에서 자네를 잠깐 만나보자는 자가 있는데…….'

길섭이는 굴뚝 뒤로 가서 관수에게 그렇게 전하였다.

"내게? 그런데 어떤 잔데?"

"좌우간 가보면 알지? 자네 알 사람일세…… 일곱시 반인데 지금 곧 가야 될걸!"

관수는 머리를 끄덕끄덕하였다. 그가,

"그럼 가지!"

하고 대답했을 때 길섭이는,

"그럼 늦지 않게 이제 곧!"

하고 다시 한번 되풀이하였다.

"저녁 안 먹고 어델 나가니?"

그가 고무신을 신을 때 그의 모친이 뜰에까지 쫓아 나왔다.

"괜찮아요. 곧 댕겨올걸!"

그는 공회당을 향하여 집을 나섰다.

관수는 길을 걸으며 생각하였다. 마음에 직감되는 것은 파업이 끝날 때 만났던 사나이의 생각이다. 그 사나이인가? 만일 그 사나이라면 어떻게 길섭이가 전할까? 그것은 그러나 물론 가능치 못할 일은 아니었다. 그러면 그 방울 같은 사나이인가? 그렇지 않으면 내가 알 만한 누구일까? 타탸 줄 열한 획수의 어떤 사나인가?

그는 여러 가지로 상상하며 저물어가는 교외의 길을 걸었다. 그
가 공회당 가까이 가서 어떤 상점의 시계를 들여다보았을 때 바
로 정한 시간에서 일 분을 남겨놓았다.

그는 마지막 일 분간을 뛰어갔다. 공회당 뒤를 휘익 한번 휘돌
아서 포플러나무 선 곳을 본즉 아무도 없었다. 그러나 곧 어떤 허
름한 옷을 입은 사나이가 그 앞에 와 서서 담배를 붙였다. 관수는
가슴이 뛰었다. 그래서 언덕을 뛰어 내려가며 본즉 그것은 자기
옆에서 일하는 창선이라는 직공이었다.

"여!"

그는 담배를 후 내뿜으며 그에게 손짓했다. 관수는 좀 견주었
던 곳이 어그러진 듯한 낙망을 느꼈다. 창선이면 물론 잘 안다. 창
선이는 파업 이후에 신직공 모집에 끼어서 들어와 자기네 공장에
서 일하게 된 직공이다. 이 사나이는 물론 타탸 줄과는 아무 상관
도 없었다. 이 사나이가 내게 무슨 말이 있단 말인가? 관수는 마음
속에 좀 불편을 느끼면서 창선 가는 길을 따라 묵묵히 걸어갔다.

"자네 지난여름 파업이 끝났을 때 경상골서 어떤 사나이 만나
본 적이 있어?"

창선이는 담배를 훅훅 내뿜으며 그에게 말했다. 물론 창선이
말과 같이 그 사나이를 만난 것은 있다. 그러나 그는,

"그런 일 없는데!"

하고 머리를 내흔들었다. 창선이 이름자는 타탸 줄도 아니고 열
한 글씨도 아니었기 때문이다.

"없어?"

창선이는 잠깐 관수의 얼굴을 보았으나 곧 딴것을 생각한 듯이

벌쭉 웃었다. 그는 고개를 끄덕끄덕하며,

"내 이름은 사실인즉 박태순일세!"

그리고 손뼉을 내밀고 그 위에 '泰'자를 써보였다. 타탸 줄 열한 획수!

관수는 다시금 창선의 얼굴을 들여다보았다. 그리고 그 순간 창선의 손목을 꽉 쥐었다.

"신용하겠니?"

"믿구 말구!"

길가에 사람의 흔적은 적었으나 손목을 갑자기 쥐는 것이 이상했으므로 그들은 곧 손을 놓았다.

"자세한 말은 다음에 하구 지금 곧 여덟시부터 같이 갈 데가 있네!"

창선은 길 어귀에 나선즉 선두에서 왼편으로 굽어 돌았다.

창선에게 끌려서 여덟시 정각에 어떤 집을 찾아갔을 때 관수는 놀랐다.

거기에는 벌써 길섭이, 동찬이, 선녀, 창호, 보무 어미 등등 사오 인의 얼굴이 등불을 둘러싸고 있었던 것이다. 그는 성큼 방 안에 들어서서 문을 닫았다.

4

기역자로 지은 넓은 '하리바' 안에서 이백오십 명이나 되는 직공들이 고무신을 붙이고 있었다. 가을 햇발이 유리창을 가로 비추고 해뜩해뜩하게 떠도는 먼지를 나타낸다.

오정이 가까워오는데 이 공장 안은 어저께 아무 일도 없은 듯이 침묵하였다. 베어놓은 고무를 틀에다 씌우고 풀칠을 하여 손으로 통통 치는 소리가 노둔하게[7] 들려올 뿐이다. 그리고 직공들의 발자국 소리만이 공기를 더욱 무겁게 하였다.

관수와 창선이, 선녀, 길섭이 등은 몇 번인가 직공들과 섞여서 변소를 다녀왔다.

그들은 이따금 슬쩍 보고는 의미 모를 웃음을 남몰래 하였다.

드디어 열두시 기적이 울었다. 그리하여 열두시가 되도록 아무 일 없이 그러나 기미 나쁜 공기 속에서 직공들은 일을 하였다.

아무 소리도 없이 덜거덕덜거덕하며 직공들은 벤또를 가지러 갔다. 그리고 자기 각자의 벤또를 골라가지고 두서넛씩 패를 지어서 공장 문밖으로 나갔다.

관수는 다른 직공 세 사람의 틈에 끼어서 함께 벤또를 먹으러 갔다.

이 공장에서는 겨울이나 비 오는 날은 방 안에서 그대로 먹지만 대개는 들이나 벌에 나가서 먹었다.

"재창이는 조합에서 무슨 보고를 가지고 왔는지! 도무지 보이지 않누만!"

잔디판 위에 앉으며 관수가 직공들에게 슬쩍 말을 붙였다.

"아마 이제 무슨 보고가 있겠지!"

7 둔하고 어리석어 미련하게.

또 한 직공이 그렇게 대답하며

"에헤엠!"

하고 무겁게 궁둥이를 놓았다.

"엑키?! 이게 뭐이야?"

벤또를 풀던 한 직공이 벤또를 놓으며 여러 사람 앞에 종이 한 장을 내밀었다.

"에게? 내게두 있다!"

또 한 직공이 같은 종이를 내놓았다. 관수는 자기 벤또를 들쳐 보는 척하였다.

"내겐 없는데!"

"내게두 없는데!"

"건 내게두 없네! 좌우간 뭐이야?"

그들은 두 패로 갈려 그 종이를 둘러쌌다. 얇은 미농지 한 장에 복사기로 또글또글하게 하나 가득 써 있었다. 처음에 좀 예쁘게 굵은 글자로,

평화
고무   공장 신문   일
                        호

하고 씌어 있었다.

"공장 신문? 오라! 우리 공장의 신문이란 말이로구나! 이건 또 누구 장난이야?"

직공 하나가 웃으며 그렇게 말했으나 그는 종이를 놓지 않고 좀 소리를 내 읽기 시작했다.

"얘! 이건 무슨 그림인가?"

한 자가 아래쪽에 있는 그림을 가리켰다.

"요건 재창이 것이구나!"

"에키! 요건 최 전무 같다!"

"이게 뭘 하는 게야?"

관수가 종이를 자기께로 향해 돌렸다.

"하하, 이게 지금 주는 건 돈이로구나!"

그 옆에 있던 직공이 그림 위에 쓴 글귀를 읽었다.

"최 전무한테서 돈을 받는 몹쓸 놈 김재창이의 꼴을 봐라! 하하하!"

그는 종이를 놓곤 웃었다.

"얘 거 재미난다. 좌우간 글을 읽어보자!"

"지난여름에 우리들의 파업을 팔아먹은 놈은 누구냐? 그건 김재창이 같은 타락한 조합 간부다! 우리들은 그런 놈에게 조금도 우리의 일을 맡기지 말자! 그는 우리들의 마음을 팔아서 자기 배를 채우는 놈이다. 어저께 일어난 일도 우리끼리 처리해야만 한다. 우리의 마음을 꺾고 고주에게 유익하게 하려고 재창이는 우리 편인 체하고 나서는 것이다. 어저께 아무 일도 없게 무사히 한 덕택으로 재창이는 전무네 집에서 술 먹고 요리 먹고 돈 먹은 것을 왜 모르느냐? 벤또를 빨리 먹고 마당에 모이자! 그리하여 재창이를 내쫓고 우리끼리 지도부를 선거하자! 우리 편인 체하고 나서는 몹쓸 간부를 내쫓아라!"

"얘! 건 굉장하구나!"

"그다음 또 읽어라!"

"크게 쓴 글자만 먼저 읽자! 뭐이가 이게? 오오라 '공'자로구나! 거 잘 썼는데 꾸불꾸불하게 썼네! 공장 신문은 고무 직공의 전부의 것이다! 공장 신문을 믿어라! 공장 신문을 지켜라! 또 그 아래 [검열에 의한 원문 삭제]들은 얼마나 이익을 보나? 전 평화 고무 직공 형제들아! [검열에 의한 원문 삭제]의 준비를 하여라! 다른 공장 형제들도 늘 [검열에 의한 원문 삭제] 준비를 하고 있다! 이제 곧 마당에 모여서 우리들끼리 지도부를 선거하자!"

거기까지 읽었을 때 관수는 공장 문을 가리켰다.

"애 저것 봐라! 벌써부텀 이걸 보구 모여드는 게다!"

"정말! 저것 봐라!"

관수가 후더덕 일어섰다.

"벤또 싸가지구 우리두 다 가자!"

"가자!"

5

박수 소리가 마당 안에 가득 찼다. 모임은 지금 한창 진행 중이었다.

"자 그러면 우리끼리 준비위원을 선거합시다!"

또 박수 소리가 났다.

"몇 사람이나 할까요?"

한 사람이 번쩍 손을 들었다.

"아홉 사람이 좋겠수다. 그런데 나는 창선이를 천거합니다!"

일동은 그 소박한 말에 웃으면서도 박수를 하였다.

"아홉 사람 좋소!"

"창선이 좋소!"

"여보! 나는 박셴네 합네다!"

"박셴네, 예쁜이 만세!"

남자들이 박수했다.

"여보! 나는 관수요!"

"관수 좋소!"

이렇게 하여 아홉 사람 준비위원이 선거되었다.

"누구 연설해라!"

하는 소리가 나매 뒤를 이어 박수 소리가 났다. 창선이가 쑥 머리를 내밀고 좀 높은 데 올라섰다.

"여러분 이제야 우리들은 우리끼리 선거한 지도부를 가졌습니다. 우리들 아홉 사람 [검열에 의한 원문 삭제] 준비위원회는 죽을 힘을 다하여 끝까지 여러분들의 의견을 대표하여 싸우겠습니다. 여러분 자 일동이 [검열에 의한 원문 삭제] 준비위원회 만세!"

"만세!"

"만세!"

— 〈조선일보〉, 1931. 7. 5~15.

공우회 工友會

1

선녀와 순실이는 언덕 위에서 공장과 그 앞을 동서로 달아나는
흰 신작로와 그리고 아카시아와 백양목 있는 넓은 잔디판을 바라
보았다. 공장의 양철 지붕이 가을 햇빛에 하얗게 빛나고 굴뚝의
연기는 희미한 흰 줄기를 공중에 긋고 있었다. 오전 근무 외의 공
장 지대는 기계 소리 하나 없이 조용하였다. 고요한 공기는 맑고
상쾌하였다.

"어떻게나 되어가려나 이즈음 같아서는 도무지 클클해 죽겠다."

선녀는 벤또 통을 벤 듯이 머리 밑에 고이고 드러누워서 멍하
니 공장 있는 방향을 바라보았다.

"클클하긴 뭐이 클클해, 다시 또 만들면 그만이지. 언제는 뱃

속에서 만들어져 나왔나. 결정 대로만 하면 한 달 안에 훌륭
히……."

순실이는 그의 옆에 앉아서 선녀의 머리카락을 쓸며 대답하였
다.

"말마라 애! 나두 네 맘은 잘 안다."

선녀는 슬쩍 순실이를 쳐다보았다.

"뭐 창선이 말이냐? 건 보구 싶기두 하지만 이미 그렇게 된
걸……. 그리구 우리들이란 으레히 그럴 게지……. 그까짓 것 구
구히 생각하구 있겐!"

순실이는 바람이 불어오는 쪽으로 얼굴을 돌리고 남자들같이
휘파람을 불었다. 보통벌 넓은 들에 퍼지고 빨리듯이 휘파람 소
리는 희미하게 바람에 불렸다. 갑자기 공장 쪽에서 쿵 하는 소리
가 들려왔다.

"애 순실아! 오늘두 또 풋볼 찬다……."

둘은 잔디판을 보았다. 감감히 올랐던 볼을 쫓아서 한 사나이
는 잔디판 위를 구르듯이 달려갔다.

"여이!"

볼을 잡아서 높이 쳐들고 고함치니까 이편에서도 고무신에 농
이[1]를 동이던 직공들이 일제히 손을 든다.

"여이!"

그들은 벌판 가운데로 뛰어들어갔다.

"볼 찰 사람?"

---

1 '노끈'의 방언.

하고 가운데 선 자가 볼을 들며 불렀다. 그리고 이쪽을 향하여서
도 볼을 휘둘렀다.

"우리들하고 좀 놀자는 말이다!"

선녀는 웃으며 순실이의 허리를 꾹 찔렀다.

"우리들은 처녀가 돼서 못 찬다."

순실이가 고함을 치면서 손짓을 하였다. 하하하고 웃는 소리가
들려왔다.

"×다리 찢어질까 봐 그러니?"

"창선이두 없는데 강변의 거이² 구멍이구나."

이런 소리를 하며 순실이를 놀려대었다.

"어린애들아 쌍소리하문 배꼽 떨어진다."

순실의 맞장구에 남직공도 선녀도 다 같이 웃었다.

그때에 새로이 볼 차기를 희망하고 신작로를 뛰어오며 손짓하
는 직공이 있었다.

"오늘은 나두 찬다."

그 사나이는 후덕덕 도랑을 건너뛰어서 직공들에게 끼어들어
갔다.

"태순이로구나."

선녀는 순실이를 쳐다보며 웃었다.

"에키 저기 또 일환이두 뛰어온다!"

그들은 공장 문 앞을 뛰어오는 키 작은 사나이를 보았다.

"태순이하구 일환이하구 들어가면 평화고무축구단은 일주일

2 '게'의 방언.

안에 우리 편이다."

순실이는 선녀의 어깨를 왼팔로 안고서 기뻐하였다.

그때에 잔디판 위에서는 벌써 열 명 가까운 직공들이 쑥 돌아
서서 볼을 차기 시작하였다.

콩! 반동이 같은 볼알이 공중을 향하여 쏜살같이 올라갔다.

"좋다! 그놈!"

일환이가 짧은 다리를 부리나케 놀려서 볼을 쳐다보고 따라
갔다.

가을 하늘은 몹시 맑았다.

2

순실이는 어떻게 하여든지 보패 어미하고 친하게 할 기회를 삼
지 않으면 안 되겠다고 생각하였다. 그것은 그가 한 이십 명의 여
직공 계원을 가진 상호 친목계의 중심인물이고 그런 관계로 그만
큼 공장 안에서 영향을 가진 여자였기 때문이다.

같은 공장의 직공인 창신이의 시아버지가 돌아갔으므로 그 조
상을 갔다가 돌아오면서 순실이는 보패 어미와 같이 걷게 되었
다. 보패 어미는 계의 규칙대로 계원의 한 사람인 창신이가 상을
당하였으므로 돈 일봉—封을 가지고 친목계의 대표로 갔던 길이
었다.

"친목계란 건 퍽 좋겠소. 서로 기쁜 일 슬픈 일에 도와주면 같
은 동료 간에 오죽이나 친밀을 돕겠소."

저녁 길을 걸으며 순실이는 말을 걸었다.

"예. 퍽 좋아요 한곳에 일하면서 슬픈 일 즐거운 일에 묵묵히 있다문 도리에 맞지 않지요."

"그렇구 말구요. 그런데 회비는 얼마나 돼요?"

"회비라구 별로 없이 그런 때를 당할 때마다 뭉기루 돼 있어요. 처음에는 한 달에 오십 전씩을 내게 했는데 너무 많고 힘들다는 말이 있어서 그시그시에 뭉기루 했지요."

"그렇게 곧 모입니까?"

"모일 수 있나요! 공장 사무실에 가서 미리 말하구 간조[3]에서 제끼지요."

잔등에 업힌 보패는 손으로 침을 뿌리며 우두두 하였다.

"우두두 하문 못 써!"

하고 궁둥이를 뒤들며 보패 어미는 말을 받았다.

"공장에선 계가 있는 줄 아나요?"

"아다마다요. 처음 설시할 때에 십 원이나 기본금을 주었는데요."

"그래요? 난 너무 가제 와서 것두 몰랐네."

잠깐 묵묵히 걸었다. 저녁을 먹고 나와 산보하는 사람이 많았다. 두 사람은 서문 밖을 나와서 숭실학교 옆으로 휘어 돌아갔다.

"순실이두 들구려!"

"예예. 나두 이제부텀 들겠소! 처음 드니까 입회금 같은 것이 있지요?"

---

3 '품삯'을 속되게 이르는 말.

"머 많지 않아요. 이십 전이에요. 이댐 보름 간조에 내게 하시소. 그리구 내일 밤 우리 집에서 회계 보고를 한다오. 틈 있으면 들르시우."

"예 고맙습니다. 처음이 돼서 좀 지도를 잘 받고 도와주어야 되겠소."

"온 천만에."

서로 간신히 웃었다.

그들은 양촌洋村 옆에서 헤어졌다.

순실이는 자기 집을 향하여 걸으며 잔등에 땀이 흐른 것을 느꼈다. 보패 어미의 성격은 삼십이 가까워오면서 젊은 색시같이 수줍어한다는 것보다 굳은 맛이 있다고 생각하였다. 남편 있는 여자는 다 그럴까 하고 생각하면서 혼자 웃었다. 이런 때에는 항상 창선이 생각이 잠깐 머리를 지나갔다.

창선이하고 처음 두 달 전에 신직공 모집에 끼어서 이 공장 안에 들어오던 생각이 났다. 그 후 태순이하고 일환이 외에 선녀 등등을 사귀어 그들과 함께 동무들 획득에 노력해왔는데 돌연히 창선이가 보름 전에 끌리어갔다. 무슨 일인지 알지도 못하게 어느 사이에 관계했는지도 모르게 끌리어갔는데 지금 송국[4]이 되도록 아무 일도 없는 것을 보면 이 공장 안의 이야기는 하지 않은 모양이다. 창선이를 생각하면 순실이는 오히려 기운이 났다. 예심에 넘어가면 문안 편지라도 있겠지.

---

4 送局, 경찰청에서 조사한 피의자를 사건 서류와 함께 검찰청으로 넘김.

3

선녀는 늙은 아버지와 어린 사나이 동생이 있을 따름이었다. 이르게 저녁을 먹어서 동리 집으로 말새낭[5]을 보내고 그 후에 그 집을 모임에 쓰기로 하였다. 뒷바자 혹은 앞문 부엌문으로 일환이 태순이 순실이가 들어왔다.

그들은 곧 문을 돌려 닫고 일환이가 의장이 되어 이야기를 시작하였다.

"순실이하구 선녀하구가 곧 가야 되겠으니까 간단히 보고하구 그 대책을 세우지!"

"그게 좋겠소!"

일환이는 자기부터 보고하였다. 관순이와 자기가 축구단에 가입한 결과 그들과 인간적으로 친해졌고 내일은 그중에서 다섯 사람을 모아놓고 이야기를 하게 되었다는 것을 말하였다.

"보고에 질문 없으면 곧 순실 동무 보고해주소."

순실이는 치마 고름을 바른손으로 부비면서 얼굴을 좀 쳐들고 이야기하였다. 대개 상호 친목계의 성질과 공장 관계와 자기의 가입 등에 대한 경과를 말하고 그는 다음과 같이 좀 힘주어 첨부하였다

"무엇보다도 공장에서 일후에 그 친목계를 어용 기관으로 사용하려는 계책이 농후한 것을 지적할 수 있습니다."

"옳소!"

---

5 '사냥'의 방언.

선녀가 낮은 소리로 성원하였다.

"그럼 곧 오늘 밤에 가서 할 방책을 세우고 헤어지기로 합시다. 복안이 있으면 설명해주우."

다시 순실이가 입을 열었다.

"먼즘 오늘 밤에 파업 희생자의 기금을 모으도록 하렵니다. 그 것을 목표로 복안을 세워봤습니다.

"대단히 좋소."

"그래 회계의 보고가 끝나면 정식으로 나와 선녀가 가입을 하고 희생자 가운데 보패 어미와 가장 친한 탄실이 이야기를 하는 게 좋을 듯해요. 즉 탄실이는 계원은 아니었는지 모르나 한 공장 안에서 일하던 사람이니 해고나 또 그 이상의 희생을 당하였는데 구원금을 내서 차입이래두 하는 게 어떨까? 하는 의견을 내보고 그것을 통해서 단지 관혼상제뿐 아니라 전 노동자를 위한 일에는 계에서는 돈을 융통도 하고 기부도 할 것을 결정하게 해보렵니다."

"좋겠소!"

"그런데 주의할 것은 특별히 남보다 장한 것 같은 건방지게 보이는 태도로 안 나가게 하시오. 까딱하면 반감 사기 쉽고 또 술책이 폭로되기 쉬우니 그 공작상에 관한 건 두 분이 협의해서 잘 되게 하기 바랍니다."

태순이도 의견을 내었다.

"유망한 사람을 잘 물색하시오!"

"염려 없습니다!"

4

평화고무공장 안에서는 지금 이백 명 넘는 직공들이 신을 붙이기에 분주하였다.

오전 열시! 순실이는 시계를 잠깐 쳐다보고 하던 일을 멈추고 생각하였다.

축구단의 길동이와 친목계의 보패 어미가 사무실에 불려간 지 한 시간이 넘도록 아직 다녀오지 않는다, 무슨 일이 생겼을까. 그는 이런 일 저런 일 상상해보았다.

그러나 그렇게 마음이 초조하여 있는 것은 순실이뿐이 아니었다. 축구단원의 대부분, 친목계의 과반수, 이미 순실이와 태순이들 손에 획득된 직공들은 다 같이 무슨 일이 있는가 하고 마음을 죄고 있었다. 혹은 보름 동안을 두고 삼사일에 한 번씩 모인 것이 발각되지나 않았나 하고 생각하여보았다. 그러나 대개는 천연스럽게 일들을 계속하였다.

점심시간이 거반 가까워서 길동이만이 싱글싱글 웃으며 돌아왔다. 그리고 막 오정 기적이 울려고 할 때에 보패 어미도 돌아왔다. 보패 어미는 순실이가 벤또를 가지러 갈 때 그의 뒤로 따라왔다.

"순실이. 사무소에서 임금을 낮춘다고 친목계에서는 회사의 사정을 잘 아는 만큼 소동을 일으키지 않게 해달라구 야단이야! 아주 음식물을 가지고 나를 매수하려는데."

물론 목소리는 낮추었으나 말하고 나서 웃음은 크게 웃었다.

"그래 뭐이라 그랬소?"

"난 친목계 전체와 상의해보아야 한다고 내 우기었지."

그들은 벤또를 가지고 몰려나갔다. 공장 문밖에 축구단원 이삼 인과 길동이가 서 있었다.

"보패 오마니보구는 뭐이랍디까? 마찬가지 삯전 이야기요?"

"그러문요."

"온 그런 시시하게 호떡을 사다 놓구 먹으라면서 더러운 놈들."

길동이는 침을 테 하고 뱉었다.

"어서 풋볼이나 차자!"

그때에 관순이가 나왔다.

"내 그럴 줄 알았지!"

관순이는 버룩버룩 웃으며 길동이 잔등을 만졌다.

"호떡 살이 쪘나 보자!"

일동이 하! 하! 웃었다.

"시시해서 호떡 같은 건 입에다 대지도 않는다. 적어도 길동 주사가 누구라구!"

가슴을 통통 두드렸다.

"그런데 이저는 축구도 다 했소!"

보패 어미 말에 놀란 것은 다른 축구단원들이다.

"왜요? 왜요?"

그들은 달려들 듯이 추궁했다.

"임금을 낮추는 건 공장을 더 짓기 때문이래!"

길동이가 입을 실쭉하며 비웃듯이 말했다

"우리 운동장에다?"

"절, 대, 반대일세!"

관순이는 보패 어미와 길동에게 무엇을 수군수군하였다. 그들은 거기서 웃으면서 다 헤어져 갔다. 길동이와 축구단원들은 볼을 휘휘 내두르며 잔디판으로 갔다.

그러나 곧 축구단에서 두 사람 친목계에서 두 사람이 쌍방에서 선거되어 두 단체의 대표자 모임이 준비되어 있었다.

5

공장을 파하는 시간이 되어 각기 자기 물품을 들고 하리바를 나오던 직공들은 웅성거리며 게시판 앞에 모여들었다.

직공 제군에 고하노라.

우리 공장이 설시 이래 너무나 설비가 협착하여 때때로 직공을 해고한 적도 있었고 업을 잃고 굶어가는 실업자를 흡수하지도 못하여 일반 노동자 제군에게 항상 미안을 금치 못하였노라. 이번에 이것을 멀리 생각하여 새로이 공장을 증축하고 다 같이 빈궁한 실업자의 수용을 수행하여 일대 사회적으로 공헌코자 하노라! 이는 공장 측의 대 손해를 무릅쓰고 감행하는 바이니 선량한 직공 제군! 처지가 다 같은 노동자의 생각을 하여 회사의 감행을 돕는 영단스러운 행동 있기를 바라노라!

그럼으로 부두불 회사는 제군에게 다음 조건 하나를 부
탁하는 바다!

ᅳ. 당분간 임금 일할 오부 감하.

ᅳ. 명 시월 십팔일부터 시행함.

193×. 10. 18.

"개 같은 놈들!"

"말은 좋다!"

보는 사람마다 불평이 만만했다.

그중에서 누구가

"시일이 급박하니 오늘 안으로 모이자!"

하였을 때

"좋소!"

"태순이네 집 뜰 안이 넓으니 저녁 먹고 모이자!"

하는 의견이 일치하였다

그들은 또다시 읽고 세 번 읽을수록 음흉한 공장 측의 행동만
이 분 났다.

"쳇! 사회에 큰 공헌이야?"

"흥! 만만히 넘어가지 않을걸!"

그 이튿날 아침 일찍이 직공들은 공장 마당에 모였다. 그리고
그들의 대표로 보패 어미와 길동이가 제각기 종잇조각을 들고 사
무실로 갔다. 들어가기 전에 길동이는 다시 한번 종이를 들여다

보았다.

    ㅡ. 당분간 임금 인하 절대 반대.

    ㅡ. 운동장에 공장 짓는 것 절대 반대.

    ㅡ. 새로 생긴 평화고무직공의 단체, 공우회 단체 계약을 할 일.

193×. 10. 18.

평화고무축구단 상호 친목계 기타 직공 일동

우 대표 공우회

—〈조선지광〉, 1932. 2.

남편 그의 동지
(긴 수기의 일절)

1

나는 그날도 보퉁이를 들고 집을 나섰다. 배에도 보퉁이를 하나 매단 듯한 만삭된 몸뚱이는 계집애들이 보면 낯을 찌푸릴 만큼 거북스럽고 보기 흉한 것이었다. 하필 계집애뿐이랴마는 나자신도 처녀 시대에 임신한 여자를 보면 무슨 부정한 것이나 본듯한 아주 몸서리날 만치 흉한 모양에 그만 질색을 하였던 기억이 있기 때문에 더 그러리라고 생각하였다. 지나가는 사람마다 머리를 돌이키고 나의 배를 쳐다보고는 더러운 것을 본 것같이 얼굴을 찌푸렸다.

"아이구 저 배를!"

"배가 독 같아서 무엇하러 싸다녀!"

그들의 입에서 방금 그러한 말이 나오는 듯이 나의 귀는 간지
러웠다.

길은 요행 그리 질지도 않고 또 얼지도 않았다. 나는 길을 고르
지도 못하고 약간 얼음 진 곳만을 피하여가면서 버스 정류장까지
걸어갔다.

버스 안은 몹시 좁았다. 그리고 벌써 몇 개월째를 이 버스로 다
녔는데 해산날이 가까워온 탓인지 배는 켱기고[1] 몹시 빽빽하였다.

'이거 떨어지지나 않으려나.'

이런 생각이 스스로 떠올랐다. 어떤 뚱뚱한 사나이가 끈을 쥐
고 늘어지는 나를 보고 나의 얼굴을 선뜻 쳐다보더니

"여기 앉으십쇼."

하면서 자기 앉았던 자리를 나에게 주었다. 나는 사양하지도 않
고 무거운 몸을 털썩 주저앉혔다.

'차라리 떨어지기래도 했으면.'

이런 생각을 이태까지 몇 번인가 생각하였으나 뱃속에서 벌써
움칠하면서 동작하고 있는 새로운 생명을 생각하면 어쩐지 마음
이 슬퍼짐을 느꼈다.

'너도 세상을 잘못 만나 뱃속에서부터 이 고생이구나. 이 애가
나서 얼마나 크면 자기 아버지를 보게 될꾸.'

나의 두 눈에는 눈물이 어리었다.

'울다니, 요만 일에 내가 울다니.'

버스는 종점에 가까워옴을 따라 몇 사람도 남기지 않았다.

---

1 단단하고 팽팽하게 되고.

나에게 자리를 주었던 뚱뚱한 사나이도 어디서 내렸는지 그때에는 벌써 없어져 있었다. 어질어질한 눈으로 자리를 살피니까 늘 만나던 그 할머니가 저편 구석에 앉아 있었다. 무엇이라고 말하는지는 잘 들리지 않았으나 나를 보고 있던 얼굴을 웃으면서 두 손을 내둘렀다. 나도 간신히 인사하고 한가지로 웃어 보였다. 자기 아들이 무슨 일로 들어갔는지도 모르는 늙은 할머니였다. 나 역시 나의 남편이 어떠한 일을 하였는지 자세히는 알지 못하지마는 자기 아들의 사건의 성질조차 모르는 이 할머니를 볼 때마다 이 세상을 떠날 날이 며칠도 안 남은 이 할머니가 몹시 쓸쓸하게 보였다. 버스를 내려서 할머니와 같이 나는 조그만 구멍에 차입[2] 종이를 넣고 문이 열리기를 기다렸다.

그날도 커다란 강철 문 앞을 쓸던 붉은 옷들은 여자에 굶주린 눈을 나에게 퍼부었다. 그들을 감독하던 꺼먼 양복은 툭 나온 나의 배를 유심스럽게 훑어보더니 역시 알아보기 힘든 굳어진 표정으로

"어서 쓸어. 보긴 뭘 봐!"
하고 소리를 질렀다.

대합실에는 언젠가 면회할 때에 '오빠' 하고 울면서 말도 변변히 못 하고 쫓겨나오던 젊은 여자도 와 있었다. 허름한 조선 옷 위에 기름때 묻은 짧은 외투를 걸친 한 사내는 이 사람 저 사람 붙들어가며

"무슨 사건이십니까. 혜에 그것도 그럼 ×× 운동이군요 혜

2 借入. 돈이나 물품 따위를 외부에서 꾸어 들임.

에."

하고 감심하면서[3] 다녔다.

'다 면회들 온 모양인데 나만은 또 헌 땀내 나는 낡은 옷만을 안고 가겠구나.'

새 옷을 차입하고 헌 옷 나오기를 기다리는 동안은 몹시 지루하였다. 나는 몇 번이나 시계를 들여다보았다.

나의 마음은 침울하고 적막하였다. 차디찬 나무 판때기 걸상은 그 위에 앉은 나를 궁둥이로부터 뱃속까지 얼어들게 하였다.

'나를 이렇게 만들다니' 이런 원망에 가까운 생각과 '그러나 그는 이 겨울 내내 이런 곳에서 보내고 있지 않은가' 하는 남편을 그리는 마음이 합쳐서 이상하게도 나의 마음을 더욱 무겁게 하였다.

벌써 몇백 번을 생각하고 또 생각하여 괴로움에 슬픔에 익숙해져서 울고 싶어도 시원히 눈물도 안 나오는 얼어붙은 듯한 마음으로 납덩이같이 흐린 하늘만을 정신 빠진 년같이 멀거니 내다보았다.

"저 실례지만 무슨 사건이라던지요?"

아까 그 사나이와는 다른 학생 같은 처음 보는 남자가 나의 옆에 서 있었다.

"그 여름에 일어난 ××× 사건입니다."

나는 그의 얼굴을 쳐다보며 대답하였다.

한참 동안 가만히 서서 생각하더니 그대로 가버리고 만다. 그

3 마음속으로 깊이 느끼면서.

러나 나는 그가 혼자서 중얼거리는 말을 하나도 흘리지 않고 들었다.

"흥! 그것도 파벌 관계로군!"

그 사나이는 이렇게 혼잣말같이 중얼거리며 가버린 것이다. 파벌! 파벌 관계.

나는 물론 무슨 말인지 자세히는 알 수 없었다. 그렇다고 그를 붙들고 이것을 질문할 수도 없는 일이었다. 그러나 나는 파벌 관계라는 말에 이상하게도 가슴을 찌르는 것을 느꼈다.

언제인가 남편과 같이 있던 집 안방에서 어떤 두 동무하고 오랫동안 수군거리다가

"이것은 완전히 파벌 관계라고 보지 않을 수 없다. 파벌을 청산하는 과정에서 다시 파벌을 범하였다."

하는 좀 높직한 남편의 말소리를 들은 적이 있었던 것을 나는 이 순간에 번개같이 생각하였던 때문이다.

이 학생 같은 사나이가 경멸의 빛을 띠며 던지고 가는 이 말과 흥분한 어조로 동무들과 토론하던 남편의 말을 비교하면서 나는 수수께끼를 푼 듯한 이상한 쾌감을 맛보았다.

그러나 생각건대 이 파벌이라는 것이 결코 옳지 않다는 것만은 직각할 수가 있었다.

그러면 이 속에 들어가 있는 사랑하는 그 믿음성 있고 열정 있는 나의 남편은 옳지 못한 행동을 하였다는 말인가! 나에게는 믿을 수 없는 일이었다. 나는 머리를 흔들었다.

'그런 일을 하다니 얼토당토않은 말이다.'

새로 한시가 훨씬 넘어서야 낡은 옷이 나왔다. 흰 저고리 회색

바지 사루마다[4] 두 개 메리야스 상하. 그렇게 뒤적거리노라면 땀내와 섞인 살 내음새가 훌쩍 코를 찔렀다. 가슴이 울렁울렁하며 나의 피곤한 머리는 핑 도는 듯하였다.

야릇한 쾌감과 참을 수 없는 안타까움에 나는 혼자서 낯을 붉히는 것이었다.

오후 두시 그 높직한 문을 다시 한번 보고 나는 역시 보퉁이를 들고 언덕을 걸었다.

'내가 다시 이곳에 오게 될까? 애를 낳다 잘못되어 죽으면 영영 그를 보지도 못하고 말겠구나……'

나는 눈물을 참으려고 입술을 한껏 깨물었다. 그러나 언 뺨을 흐르는 미지근한 액체는 나의 앞길을 한참이나 가로막았다.

2

마지막으로 차입 갔던 날부터 일주일이 지나서 나는 진통의 새로운 아픔을 참아가면서 멀거니 천장을 바라보며 누워 있었다. 방 안은 넘어가는 햇발을 창에 걸친 채 몹시 고요하였다. 조그만 방 고리 두 짝만이 덩그러니 놓여 있는 외에 텅 빈 이 조그만 방 안에, 그러나 이 쓸쓸한 방 안에는 첫날 없던 새로운 생명이 누워 있는 것이었다.

두 다리는 포근하게 맥을 잃은 가운데 아래 밑 배만은 몹시 아

4 さるまた, 남성용 속바지.

팠다. 그것은 이따금 쓰리게 뱃속을 휘저으며 안정되지 않은 속 같이 거북하였다. 머리가 띵한 것이 몸에는 땀이 녹녹하게 나와 있었다. 그래도 아픈 중에도 어린애가 어떻게나 생겼나 하고 가끔 윗몸을 일으켜 옆에 누운 솜뭉치를 들여다보곤 하였다.

생각하면 꿈같이 벙하니 머리에 떠올랐다. 어제까지 배 속에 있던 것이 이렇게 내 옆에 누워 있는 것이다. 나는 나의 배를 만져보았다. 큰 무덤같이 부어올랐던 배는 쿨렁쿨렁하게 줄어 들어가 있었다. 밭고랑 같은 줄기가 밑 배를 가로 긋고 그것이 손에 대일 때마다 몹시 쓰렸다.

'대체 얘는 살았나 죽었나, 이렇게 숨도 없이 누워 있으니.'

나는 가끔 이 애가 죽은 아이면 어떻게 하나, 이렇게 별 고생을 다 하면서 낳은 아이가 생명 없는 아이라면 어떻게 하나 하는 생각이 나를 습래하는 것을 어떻게 할 수도 없었다. 불길하기 짝이 없는 생각이지만 죽은 아이, 불구자. 천치, 이런 생각이 자꾸 나의 마음을 휩쓰는 것이었다.

아이는 계집애였다. 나는 그것을 빽 소리치는 아이의 첫 울음 소리와 함께 아이를 내어준 동리 집 행랑어머니에게서 들었다.

쌍꺼풀진 눈 오똑한 코 콩쪽만 한 입 홀쭉 넓은 이마, 나는 그 눈과 눈썹 형적[5]과 이마에서 남편에 근사한 용모를 찾아볼 수 있었다.

종잇장같이 희어진 남편의 얼굴 그리고 잔디 풀 같은 수염에 싸여서 해쓱해지고 파리해진 남편의 얼굴, 그곳으로 넘어갈 때에

5 形跡, 사람이나 사물이 뒤에 남긴 흔적.

벌써 그렇게 수척하여졌던 그 얼굴이, 그때로부터 벌써 반년 가까이 지나간 지금에는 얼마나 달라졌으며 상하여 있을 것인가. 나는 남편의 생각을 하지 않으려고 애쓰는 것이었다. 그러나 옆에 누운 어린애를 볼 때에 나는 언뜻 그의 수척한 얼굴이 눈앞에 떠오르는 것을 휩쓸어버릴 수는 없었다. 눈을 감고 머리를 흔들어도 해쓱히 웃는 그의 얼굴이 떠올랐다.

'저 얼굴이 뼈와 수염만 남고 그리고 머리는 돌중같이 파래져서 나올 때에 비로소 자기의 딸을 안겠구나. 그것은 몇 년 후일까. 이 핏뭉치 같은 것이 벌렁벌렁 기어 다닐 때일까, 아빠 아빠 부르는 때일까, 혹은 책보를 둘러지고 유치원에를 다닐 그때일까.'

애를 낳고 하루가 거진 다 지나가려는 밤에 어머니가 시골서 올라왔다. 힘없이 넋 없는 눈으로 바라보는 나에게 불안스러운 시선을 주며 어머니는 방 안에 들어섰다.

'안 올 줄 알았더니 왔군. 죽는 것이 겁이 나든 모양이지.'

멀거니 바라보다 그대로 눈을 감았지마는 나의 가슴에는 원망에 가까운 감정이 떠올랐다. 보통 같으면 이 적적한 때에 얼마나 반가이 그를 맞을 것인가. 그것을 나는 이러한 무감각이라기보다도 얼마쯤 원망 섞인 마음으로 대하지 않으면 안 되는 것이다.

일 년 전에 서로 누를 수 없는 분함을 가지고 갈라진 어머니를 지금 이 자리에서 처음 보는 것이다. 나를, 차비 오 원을 쥐어준 채 내쫓고 만 그 어머니는 지금 내 옆에 와서 멍하니 나를 내려다보고 서 있는 것이다.

"몸은 그리 아프지 않니?"

나는 눈을 떴다. 그 목소리가 부드러웠다.

'나에게 대한 무이해無理解와 멸시는 좀 풀린 모양인가.'

나의 마음은 지나간 날의 그 형용키도 힘든 갖은 욕설과 모욕을 준 아버지와 어머니의 가지가지의 일을 생각하고 조금이라도 따뜻한 마음이 생겼다면 하고 바랐다.

그러나 사흘이 못 되어 나는 그전과 조금도 다름없는 어머니의 태도와 생리적 괴로움으로 인하여 배가한 가슴의 쓰라림에 울지 않으면 안 되었다.

"이렇게 어멈 노릇을 해주면 알기나 하겠기. 마음대로 되었으니 무슨 한이 있을라구."

더럽게 된 자식 같지 않은 딸에게 그 바라지도 않은 애새끼 낳는 데 와서 이렇게 국이라도 끓여주면 고맙게나 생각할라고 하고 비꼬아서 하는 말이다.

죽어라고 말린 자하고 같이 되어 쫓겨나와가지고 그나마도 같이 산 지 몇 달이 못 되어 사내는 감옥으로 가고 혼자 셋방 구석에서 애를 낳고 누워 있는 나의 모양이 한편 가엾게도 보였으나 또 한편으로 제가 옳다고 우기고 한 노릇이 겨우 저 꼴이야 하는 얄밉고 화나는 마음을 억제할 수 없는 모양이었다.

어머니는 올라와서 열흘도 못 되는 여드레째 되는 밤차로 누워 있는 나를 두고 가버렸다. 늙은 어멈을 하나 데려다 두고…….

"좀 더 봐주고 갔으면 좋겠지만 집이 비고 일이 분주해서 마음대로 돼야지."

나는 획 치맛자락을 두르고 문을 닫으며 나가버리는 어머니의 발자취 소리가 대문 밖으로 사라져 없어졌을 때에 멀리 쳐다보는 천장이 눈물 속에서 흐려지며 빼빼 마른 목구멍으로 참을 수 없는 느낌이 북받쳐 올라왔다.

'오냐 다 가거라, 다 가버려라. 그리고 남편과 나와 그리고 이 어린 핏뭉치를 가리가리 떼어놓고 쓸쓸한 고독의 구렁치로 몰아넣고 다 가버려라, 다 가버려라!'

3

아이를 낳은 지 이십 일이 넘어서 한 달이 가까워올 때에야 기다리던 남편의 편지가 왔다. 나는 뭉트럭뭉트럭하게 쓰인 먹글씨를 잠깐 보고 그것이 일주일 전에 쓴 편지인 것을 알았다.

나는 급급히 봉함엽서의 위와 아래를 뜯고 접힌 것을 잡아 뜯었다. 뭣이라고 썼을까? 내가 혼자서 어린아이를 낳다는 편지를 보고 그는 뭣이라 썼을까?

그러나 편지를 다 끝까지 읽어도 아이 이야기는 없는 것이다. 다만 불일간 아이를 낳을 터이니까 몸에 주의할 것이며 산파를 붙임이 좋을 듯하다는 그 말뿐이다. 남편은 내가 일 개월 전에 혼자서 아이를 낳았다는 것을 모르는 것이다.

아이를 낳고 이틀 만에 간단히 편지하였고 그 뒤에도 몇 번씩 하였는데 아직 남편은 그것을 모르고 있는 것이다.

나는 또 읽어보았다. 그러나 여전히 그 이야기는 씌어 있지 않았다.

친구들한테서는 편지 한 장 없다는 말, 그리고 책이 없어 곤란인데 아이까지 낳으면 당분간 차입도 못 하고 책도 못 살 것인데 엽서로 삼청동 ××번지에 있는 김 군에게 통지하여 그와 독일어 책을 상의하라는 말, 그 밖에 혼자서 아이를 낳을 나에게 대하여 힘을 내어주기 위하여서의 격려의 말. 사실 그것을 빼고 나면 편지에는 아무 말도 없었다.

나는 지금이라도 곧 전보를 칠까 하였다. 그러나 지금까지 편지가 안 들어갔으려고 하는 생각도 나고 지금 새삼스러이 전보질을 하는 것도 우스웠다. 그것보다는 그가 안타까워하는 책자를 한시라도 빨리 넣어주고 싶었다. 나는 곧 삼청동 김 씨에게 엽서를 보냈다.

이 김 씨는 남편과 같은 사건에 관계하여 한가지로 송국되었다가 불기소된 동무이고 또 독일어를 잘한다는 말을 나는 퍽 전부터 알고 있었다. 나는 적어도 이 엽서를 내일은 볼 터이니까, 늦어도 내일 밤까지는 찾아오리라고 생각하였다.

그러나 그 이튿날 밤까지 기다려도 사람도 회답도 오지 않았다. 그 이튿날도 역시…… 나는 할 수 없이 삼 전 절수[6]를 넣어서 다시 편지를 썼다. 그리고 다른 또 한 동무에게도 편지를 썼다. 이 현 동무도 역시 남편과는 대단히 친히 다니던 것을 나는 알고 있었으며 언젠가 남편에게서 온 편지에는 이 현 씨가 서적 차입은 맡아서 해주겠다는 소식이 있었기에 김 씨는 몰라도 현 씨는 믿을 수 있으리라고 생각되었다.

예상과 틀림없이 현 씨에게서는 엽서가 왔다. 지금은 못 가지만 불일간 찾아가겠다는 내용이었다. 그리고 김 씨는 역시 절수

---

6 切手. 일제강점기 '우표'를 이르던 말.

를 그대로 잘라먹고 말았다.

'이것을 그래도 동무라고 감옥 안의 남편은 믿고 있는 것이다. 이 절수까지 잘라먹는 이런 것을!'

나는 김 씨에게 대하여 분함을 참지 못하였다. 물론 들어가 있는 사람을 위해 전력을 다하라는 것도 아니고 또 재정적으로 원조해달라는 것도 아니다. 나는 그들이 나보다도 어렵게 살아가는 줄도 알고 있으며 일에 바빠서 시간이 넉넉지 않은 줄도 알고 있다. 그러나 들어가 있는 동무에게 엽서 한 장 할 수 없을 만치 그는 빈곤할까. 그리고 회답해줄 시간이 없도록 분주할 것인가. 사실 욕심스러운 생각일는지는 몰라도 남편을 잃고 직업도 없이 혼자 살아가며 또 이렇게 쓸쓸하게 애까지 낳아놓은 나를 한 번 찾아주어도 그리 해 되는 일은 없으리라고 나는 생각하였다.

'이것을 동지라고 그래도 남을 잘 믿는 남편은 이런 말 저런 말 부탁하고 있는 것이다.'

험한 턱을 당해야 진실한 동무는 알 수 있다더니 사실 이렇게 곤궁하게 되니까 누구 하나 찾아주는 사람도 없구나 하는 생각이 불같이 가슴속에 타올랐다.

나는 현 씨가 찾아주기만 기다렸다. 편지에 '불일간'이라 했으니 대처 며칠 뒤란 말인가? 적어도 사오일 안이겠지.

그러나 '불일간'은 일주일이 넘고 열흘이 넘고 보름이 넘었다.

나는 남편의 편지를 다시 받았다. 그때에는 새로 나온 아이 이야기도 있고 예심 취조를 한 번 했으니 면회 오라는 말도 씌어 있었다. 그러나 책이 안 들어온다고 막 짜증을 내었다. 심지어 아이를 낳았노라고 자빠 누워서 남편까지 잊었느냐는 말까지 씌어 있었다.

어째서 김 군에게든지 현 군에게든지 부탁하지 않는지 나는 나를 위하야 진력하여야 할 당신의 태만을 이해할 수가 없습니다.

이 몇 줄을 읽을 때에 나는 참을 수가 없었다. 분함과 노염과 그리고 슬픔이 일시에 북받쳐 올라왔다.

'이 울 속에 들어가서 아무것도 모르는 바보는 나만을 꾸짖는구나.'

그러나 오죽 답답하고 클클하면[7] 그 삽삽한[8] 남편이 이런 소리를 썼을까 하고 생각하면 오히려 이렇게까지 동무를 믿는 남편이 불쌍하게 생각되었다.

나는 남편의 집에서 보낸 돈 가운데서 나머지 십 원을 들고 집을 나섰다.

벌써 집 안에서 우물거리는 사이에 서울 장안에는 봄이 온 것이다. 오후 세시나 되었을 터인데 거리는 꽃구경 가는 자동차와 전차와 군중으로 물결같이 흐느적거리고 있었다. 나는 본정을 향하여 책방을 찾았다.

그리고 독일어 동화책 한 권과 일본말로 번역한 두꺼운 철학책을 두 권 사니까 십 원은 몇 닢도 안 남고 다 없어졌다.

나는 그것을 들고 집을 향하였다. 나는 전차로 갈까 걸어갈까 하고 잠깐 생각하였으나 어린아이도 걱정스러웠고 한시라도 속

7 마음이 시원스럽게 트이지 못하고 답답하거나 궁금한 생각이 있으면.
8 상냥하면서 부드러운.

히 책을 부치고 싶었으므로 전차를 타기로 작정하고 우편국 앞으로 나오려고 하였다.

그러나 그것이 잘못이었다. 나는 좀 늦더라도 걸어서 '신마치' 이쪽으로 올 것이었다.

책을 들고 무심히 걷고 있는 나는 술에 취하여서 내가 누구인지도 모를 만치 된 남편의 동무들을 어떤 카페 앞에서 만난 것이다.

나는 잠깐 흠칫하고 발을 옮겨놓을 수도 없었다. 그러나 남편이 그렇게 믿는 동지 김 동지, 현 그리고 그 밖에 또 늘 보던 두 사람 동무는 자기들을 보고 있는 나의 존재조차 모르고 그대로 지나가고 있는 것이다.

"야, 아노 온나 돗테모 스고이요."[9]

방금 나온 술집 계집애의 비평인지 술에 취한 김 씨는 그렇게 지껄이고 있었다.

'이게 분주하다고 한 번 오지도 않는 남편의 동지인가?'

4

나는 머리를 빗었다. 그리고 분칠을 할까나 말까나 잠깐 생각하였다. 오래간만에 만나는 남편에게 조금이라도 아름다운 얼굴을 보여주고 싶었으나 언젠가 너무 예쁘게 차리면 여자에 주린 사나이의 성적 충동을 더욱 격발시킨다는 남편의 말을 생각하고

---

9 "저 여자 정말 대단한데."

분칠도 그만두고 수수하게 차리고 갈까 하였다. 그러나 그렇지 않아도 아이를 낳고 늙어 보이는 얼굴을 그대로 가면 몹시 고생하여 그렇게 된 것 같은 생각을 남편에게 주어 더욱 마음을 상하게 하지나 않을까 하고 다시 약간 분칠을 하기로 결심을 하였다.

나는 재판소에서 받은 면회 허가증을 들고 서대문을 향하였다.

남편의 얼굴은 생각보다는 좀 나았다. 그러나 중학생 같은 그 머리와 그리고 흰 얼굴을 둘러싸고 있는 빛깔 없는 수염, 기름기 없고 터석터석해진 살 등등. 그것은 나의 가슴을 찌르기에 충분하였다. 오직 말만은 그전과 같이 열이 있고 똑똑하였다.

나는 미리 작성하였던 프로그램대로 이야기하였다. 그는 조용히 나의 말을 듣고 있었다. 그러나 내가 그의 동무들의 말을 하였을 때 그는 몹시 표정을 달리하였다.

"원 술집에만 다니구 아무도 한 번 찾아오지두 않는구려!"

남편은 갑자기 소리를 질렀다.

"빠가! 무슨 개수작이야! 그런 소리 하려면 다시 오지 말어!"

그러고는 옆에 섰는 간수에게

"모 스미바시타."[10]

하고 말하는 것이다. 문은 닫혔다. 그리고 나의 눈앞에는 흰 얼굴도 웃는 얼굴도 노한 얼굴도 보이지 않았다.

나는 아무리 생각하여도 무슨 영문인지 알 수 없었다. 내가 대체 헛소리를 하였단 말인가, 없는 소리를 지어서 했단 말인가.

나는 집에 돌아와 어린애에게 젖을 물리면서도 남편의 태도를

10 "이제 끝났습니다."

도무지 이해할 수가 없었다. 그 속에 들어가면 마음이 변하고 몹시 신경질이 된다더니 그런 탓인가.

"얼굴이 과히 척하시지나[11] 않으세요?"

나는 어멈의 물음에 간신이 머리를 끄덕거리고

"어멈 불이나 좀 때어주우."

하고 그를 방 안에서 몰아내었다.

나는 여러모로 생각하여보았다. 언젠가 아이 낳기 전에 차입 갔을 때 어떤 학생 같은 사나이가 하던 '파벌 관계'라는 말도 생각하여보았다. 그러나 이 언구를 아무리 분석하고 해석하여도 오늘 면회 때의 남편의 노염을 설명할 만한 회답은 나오지 않았다.

'단순히 남편은 자기 동지를 원망한다고 나를 질책한 것이다.'

이렇게밖에 해석할 수가 없었다. 나는 다시 김 씨와 현 씨의 술집에서 나오던 모양을 생각하여보았다.

'야, 아노 온나 돗테모 스고이요.'

내 귀로 똑똑히 들은 목소리다. 그리고 나의 이 멀쩡한 두 눈으로 낱낱이 본 일이다.

그런데 남편은 나를 '빠가' 하고 소리치고 그대로 가버린 것이다.

나는 눈물이 북받쳐 오름을 참을 수가 없었다. 눈물방울이 어린아이의 뺨 위에 떨어졌는지 아이는 움칠움칠하였다. 그러나 나의 두 눈에서 눈물이 그칠 줄을 몰랐다.

—〈신여성〉, 1933. 4.

11 '여위어지시나'의 방언.

물

물은 사람에게 하루라도 없어서는 아니 될 중요한 물건의 하나인 듯싶다. 그런 의미에서가 아니라 물은 우리들과 특별히 떼일 수 없는 인연이 있는 듯싶다. 물―여기에 다음과 같은 이야기가 있다.

1

두 평 칠 합이 얼마만 한 넓은 면적을 가지고 있는지 나는 똑똑히 알지 못하였었다. 말로는 한 평 두 평 하고 세어도 보고 산도 놓아보았지만 두 평 칠 합 하면 곧 얼마만 한 면적의 지면을 가리키는지 똑똑히 느껴본 적은 없었다.

그러나 나는 지금 길이와 넓이를 한 치도 틀리지 않게 두 평 칠 합을 전신에 느낄 수가 있었다. 그것도 손으로 세거나 연필로 계산하는 것이 아니라 전 몸뚱이를 가지고 그것을 느끼는 것이었다.

나는 두 평 칠 합의 네모난 면적 위에 벌써 날수로 일곱 달이나 살아온 것이다. 두 평 칠 합을 전 몸뚱이를 가지고 느끼는 것은 그 덕택이었다. 내가 이 두 평 칠 합에 살기 전에 석 달 동안 두 평 칠 합을 절반 가른 조그만 방 안에서 생활한 적이 있었다.

그런데 그 조그만 방은 어쩐지 공연히 넓고 엉성하던 것이 그보다 배 곱이나 되는 이 두 평 칠 합이 이렇게 좁아 보이고 질식할 듯이 빼곡 차서 숨조차 마음대로 쉴 수 없는 것은 어떤 연고일까?

별로 힘든 연고는 없었다.

조고만 방에 생활할 때는 영하 십 오륙 도를 상하하는 추운 동지섣달이었고 또 게다가 별로 짐도 없는 방 안을 독차지하고 있었던 까닭이며 지금 이 방에는 열세 사람이 살고 있으며 그리고 또 시절이 구십 도[1]나 되는 여름이었다. 이외에 별다른 연고는 없었다.

하여튼 나에게는 두 평 칠 합이 몹시 협착하고 빽빽한 듯이 느껴져서 어떻게 할 수가 없었다.

두 평 칠 합, 구십 도, 열세 사람— 나는 여태 이렇게 숨 막히는 공기 속에서 이렇게 장구한 시일을 생활해본 적이 없었던 것이다. 물론 나뿐이 아니겠지. 이 속에 사는 열세 사람 그리고 또

---

1 섭씨로 환산하면 약 32도.

몇백 사람이 그가 끓는 솥 속에나 혹은 타는 불 속에서 살아본 적이 없는 이상 다― 매한가지로 이런 질식할 만한 공기를 숨 쉬고 그 속에서 생활한 적이 없을 것이다.

땀은 흘렀다. 몸뚱이에 두른 옷이 전부 물주머니가 되도록 땀을 흘렸다. 그리고 땀때²가 빨갛게 열독이 져서 말룩하게 곪아 올랐다. 그것이 바늘로 찌르듯이 콕콕 쏘았다.

물론 공장에서 일하는 노동자나 시골서 김매고 풀 뽑는 농군이나 또 부엌에서 밥을 짓는 여편네들도 우리들보다 못지않게 땀을 흘린다.

그러나 아무것도 하지 않고 멀거니 앉아서 부채질만 하는 사람들이 이렇게 땀 흘리는 것은 아무래도 보지 못하는 일이었다.

돌중같이 깎은 머리에는 땀때종이 모여서 헐고 진물이 흘렀다.

오후 세시나 되었을는지 태양에 쪼인 벽돌 바람³이 후끈후끈하게 달아왔다.

두 개의 창문을 높이 등뒤에 지고 꽉 막힌 두터운 바람벽을 향하여 세 줄로 앉은 돌중들은 무릎 앞에 책을 놓고 있었다.

이들 돌중 가운데는 한 개의 하이칼라가 섞여 있었다. 그는 똥통과 이불 사이에 허리를 펴고 누워서 《강담전집講談全集》을 읽으면서 이따금 버드나무를 그린 부채로 무릎을 딱딱 치고 있었다. 그러더니 그만 이마와 콧잔등에 구슬 같은 땀방울을 만들면서 잠이 들고 말았다. 이 작자는 한 달 전에 철도 청부 사건에 담합을 하고 몰리어 들어온 일본 사람 청부사였다. 그는 동맥경화증으로

---

2 '땀띠'의 사투리.
3 '뒷벽'을 뜻함.

혈압이 높다나 낮다나 하더니 횡와橫臥[4] 허가를 얻어가지고 대낮인데 가로누워 낮잠을 자고 있는 것이다.

그 옆에 바로 똥통과 타구가 놓여 있는 앞에 앉아 있는 간도 친구는 《속수국어독본》을 엎어놓고 불알과 새채기[5]에 다무시[6] 약을 바르고 있었다. 기름기 도는 누런 약을 손가락 끝에 발라서는 연상 새채기 속으로 가져갔다.

이것을 물끄러미 바라보고 있던 독서회 사건의 서울 친구가 치분[7] 통 뒤에서 약봉지를 뒤적뒤적하더니 냄새 고약한 조그만 봉지를 손끝으로 끄집어 들고 표정과 눈짓으로 몇 번이나 '이것 줄까?', '이것 줄까?'를 하였으나 저편에서 한 번도 이편 쪽을 바라다보지 않으므로 드디어 가느다란 목소리를 내었다.

"어이 어이 숫게 옴약이 좋다. 이걸 발러."

그러나 그는 너무 머리를 돌리고 이야기를 하였다. 드디어 그는 구멍을 따고 엿보고 있는 두 눈을 경계하지 못하였다.

"나니 하나시데이루까?"[8]

서울 친구는 잠깐 묵묵히 앉아 있었으나 이윽고 번쩍 약봉지를 쳐들고 양해를 구하였다.

손에 든 약봉지와 두 다리를 벌리고 앉은 간도 친구를 번갈아 보더니 두 눈은 그대로 구멍을 닫고 가버렸다.

"에히 요놈이 세채, 째끗하면 다리에 뭉텅이질걸!"

---

4 가로 또는 모로 누움.
5 '사타구니'의 방언.
6 たむし, 백선白癬, 쇠버짐을 뜻함.
7 齒粉, 이를 닦을 때 칫솔에 묻혀 쓰는 가루.
8 "뭐라고 떠드는 거야?"

나는 그의 뒤에 앉아 있었으므로 부채로 그의 등을 간신히 두드렸다. 사실 이렇게 더운 통에 맨 장판 위에 오륙 시간 '세이자'[9]를 하면 다리가 각기 앓는 사람 모양으로 될 것은 정한 이치였다.

공기가 들어올 구멍은 합쳐서 일곱 개나 되었다.

천장에 네 개, 뒷바람 밑에 한 개, 창문이 둘— 그러나 공기는 조금도 움직이지 않았다. 아무리 힘을 내어 부채질을 하여도 별다른 공기가 불어올 이치가 없었다. 옆에 사람의 땀 내음새가 후끈후끈 내 몸에 부딪칠 따름이다.

"이거 살 수 있나!" 이런 소리도 입에서는 나올 여지가 없었다. 벌써 한 달경을 두고 '이거 살 수 있나' '어서 구월 달이 왔으면' 하고 되풀이하고 또 춥고 추운 뒤라 그런 한숨 말도 이제는 좀처럼 입에서 나오지 않았다.

숨을 쉴 때에는 똑똑하게 가슴이 거북스러운 것이 알리었다. 콧구멍으로 넘어가는 공기가 신선하고 청량하지 못한 탓이겠지. 심장과 폐가 그 공기를 맞을 때에는 가슴이 뻑뻑하게 켕겼다.

신선한 공기 대신에 물. 그렇다. 물이 비록 폐로 들어가지 않고 똥집으로 흘러 들어간다고 하여도 얼마나 가슴을 신선하게 할 수가 있으며 이 늘어진 신경과 정신을 얼마나 기운차게 동작시킬 수가 있을 것인가! 입안이 빼빼 마르고 바짝 마른 물기 없는 목구멍만이 달각거렸다.

사실 나는 벌써 몇 시간 전부터 물을 그리워하고 있었다. 그러나 저녁을 먹을 때가 아니면 아무리 죽는다 하여도 물이 들어올

9 せいざ, 정좌.

수 없다는 것을 나는 벌써 팔구 개월이나 경험한 것이었다. 그래서 아무리 가슴이 답답하고 목구멍이 말라도 물 생각을 하여서는 안 된다는 습관이 나에게는 꽉 박혀 있었다. 나는 책을 들여다본다. 모든 정신을 책에다 집중하자! 더움과 안타까움 그리고 물을 그리워하는 마음― 이 모든 것으로부터 나의 정신을 꽉 갈라서 책에다 정신을 넣어보자!

사실 오랫동안의 경험은 나에게 어느 정도까지 이것을 가능케 하였다. 나의 눈은 명백히 활자의 하나하나를 세었다. 꼬박꼬박 활자를 줍듯이 나의 정신은 그것에 집중하였다.

"미, 네, 르, 바, 의, 올, 빼, 미, 는, 닥, 쳐, 오, 는, 황, 혼, 을, 기, 다, 려, 서, 비, 로, 소, 비, 상, 하, 기, 시, 작, 한, 다."

그러나 십 분도 못 계속하여 나는 내가 글을 읽고 있는 것이 아니라 활자를 읽고 있는 것을 깨닫는다. 나는 그 활자가 무엇을 말하고 있는지를 모르고 읽고 있는 것이다.

정신은 다시 풀어지는 태엽같이 팍― 늘어지고 만다. 눈가죽이 무거워진다. 그리고 다시금 내 옷이 땀에 젖어 있는 것을 느낀다. 그리고 갑자기 머리털 밑이 따끔따끔 쏜다. 그리하여 내가 두 평 칠 합 방에 살고 있다는 것, 기온이 백 도라는 것, 물이 한 모금도 없다는 것 등등을 깨닫는다. 나는 바른팔에 힘을 넣어 부채를 내두른다.

2

양재기로 하나도 잘 안 되는 짠 국을 가지고 마른 목을 충분히 축일 수는 도저히 없는 일이었다.

나무통 그것의 크기는 작은 바께쓰만 하였다. 이 나무통이나마 하나가 가득 차지 못하므로 물의 양은 아무리 해도 세 되가 될까 말까 하였다. 그것이 저녁으로부터 내일 아침까지 열세 사람이 먹을 물이다. 조그만 국자로 더운물을 하나씩 양재기에 덜어서 열세 사람에게 삥 ― 돌고 나면 처음 먹고 난 동무는 먹은 둥 만 둥 하였다.

서로 제각기 퍼먹으면 불공평할 뿐 아니라 질서가 없어진다고 하여 '물 담당'을 하나 내세웠다. 그 '물 담당'이 물을 마음대로 시간을 보아서 분배하기로 결정되어 있었다.

"한 잔씩 더 하지."

맨 ― 먼저 먹고 난 함경도 친구가 제안하였다.

"좋구만! 그거 한 잔 가지구야 어디 셈이 되는가."

나도 찬성을 표시하였다.

"셈이 안 된다구 먹어버리면 밤엔 어떡허나 ―."

물통을 꽉 안고 '담당'은 움직이지 않았다.

밥을 먹고 나서 마루를 쓸고 그릇을 내보내고 할 동안은 약간 약간 기회를 보아 말을 주고받고 할 틈은 있었다.

"밤에 죽는 것보다 지금 죽는 게 좀 나을까?"

간도 친구의 소리다.

"지금 누가 방금 숨이 넘어가는가."

그러나 물통을 안고 있는 동무도 물로 배를 채웠길래 뱃심을 버티는 것도 아니고 그도 또한 물통을 들여다보고는 몇 번이나 침을 달각달각 삼키고 있는 것을 나는 잘 알고 있었다.

"한 통 가득가득이래도 줬으면 안 좋은가."

"패통(보지기)[10] 치구 교섭해보지."

교섭을 한 달 동안 맡아보게 된 전라도 동무는 아무 말도 안 하였다.

"한번 해보지. 질 송사, 어데 가서야 못 할까."

그러나 전라도 동무는 아직도 아무 말이 없었다. 교섭하는 것이 그리 유쾌하지 않을 건 누구나 아는 바이지만 이 동무는 어쩐지 이번에는 더욱 그런 마음이 덜 생기는 모양이었다.

"요구해두 주지두 않을걸!"

"글쎄 주지는 않는다 해두 이런 불만이 있다는 것만 알려주는 것도 할 만한 일이 아닌가."

패통을 쳤다. 복도를 향하여 나무때기 떨어지는 소리가 들려왔다.

물을 좀 더 달라는 것 — 이건 물론 휌[11]도 안 되는 소리였다. 그러면 물을 한 통 가득가득이라도 달라고.

물통 검사가 났다. 그리고 한 통 가득 준 것을 다 먹어버리고는 그런다는 것이 교섭의 결과였다.

교섭은 끝났다.

---

10 교도소에 갇혀 있는 사람들이 볼일이 있어서 교도관을 부를 때에 쓰도록 마련해놓은 장치.
11 '셈'의 방언.

"물이나 한 잔씩 더 먹세. 자— 어떤가?"

"저놈이 '다무시'는 물만 아는가?"

물 생각을 잊을 만한데 다시 그런 제안을 한다고 '물 담당'이 꾸짖는 말이다.

"사실 가슴이 쓰지지하고 디리 타서 견딜 수 없으니 위선 먹어 보는 게 어떻소?"

사실 물이 없으면커니와 눈앞에 물을 보고는 참을 수가 없었다.

"이렇게 물에 마를 줄 알았다면 수통을 딜대고 먹일 때 좀 실컷 먹고 올걸!"

나는 다— 웃을 것을 예상하고 이 말을 하였다. 그러나 의외에도 나밖에는 아무도 웃는 사람이 없었다.

"자— 그럼 물을 돌립니다. 반대 없소?"

"없소."

"없소."

물은 다시 양재기에 담기어서 한 잔씩 차례로 돌아갔다. 물을 마시고 누구나 아— 하고 입을 짭짭 다시었다.

3

"누가 이불을 깔고 자랬어, 응?"

'삼백만 원'의 목소리였다. 그는 언젠가 이야기하다가 들킨 동무를 설교하노라고 국가가 너희들을 위하여 일 년에 삼백만 원씩을 쓴다는 말을 오륙 차나 겸해서 한 일이 있은 뒤부터 이런 별명을 얻었다.

쪽물을 들인 세 겹 이불을 덮는 대신에 궁둥이 밑에다 깔았다고 그것이 규칙 위반이라고 꾸짖는 것이다.

그러나 이 '삼백만 원'이 들어왔다고 하는 데 대하여 우리들은 어떤 딴 종류의 희망을 가져보았다. 이 '삼백만 원'은 규칙만 지키고 또 융통성이 없는 작자이지만 인도적인 쓸모가 약간 남아 있었다. 그래서 어떻게 잘 교섭하면 부채 사용과 또 음료수를 얻을 수 있을는지 모르겠다는 일루의 희망이 우리들을 붙든 것이다.

"부채 교섭해보지. 삼백만 원인데."

어느 구석에서 이런 소리가 났다.

원래 부채는 사용하던 것이 누워서 부채를 부치면 잡담을 하여도 부채로 입을 가리거나 또 부채질 소리에 누가 했는지 잡아내기가 불편하다고 하여 금지당했던 것이다.

'삼백만 원'이 들어온 것을 안 바람에 더움과 물에 이겨가면서 어떻게 잠이 들어보려던 우리는 더움을 더욱 통절히 느끼게 되고 들들 흐르는 수도 통의 물이 눈앞을 빙빙 돌고 공연히 부채 들지 않은 손이 헤팅해 보였다.

나는 산속에서 흘러내리는 물을 몇 번이나 눈앞에 그려보게 되었다. 물! 물!

가슴이 바직바직 타고 숨이 목구멍에서 막히는 듯하였다. 나무숲을 거닐며 지나가는 저녁의 싸늘한 바람, 백양나무 잎새를 산들산들 흔드는 그 바람— 나는 일순간도 견딜 수가 없었다.

만일에 내가 이 두 평 칠 합 방에 살지 않는다면 이 견딜 수 없는 욕망— 그리고 지극히 정당하고 자연스러운 이 요구를 관철키 위하여 몸을 바윗돌에 부딪칠 것을 어째서 아꼈을 것이냐?

나는 열세 사람이— 그 속에는 나 자신도 끼어 있지만 도저히 사람같이 보이지 않았다.

생명도 없고 피도 없고 열정도 식은 열세 개의 고깃덩어리같이 생각되었다.

모두 죽었는가? 그렇다면 우리들은 물에 대한 욕구가 전혀 식어지고 말았는가?

나는 후덕덕 일어나서 패통을 칠까 하고 몇 번인가 생각하였다.

그러나 나는 열정적인 것보다는 보다 냉정적이었다. 나는 그때에 내 옆에 누워 있는 '하이칼라'의 존재를 생각하였던 것이다. 그가 교섭하면 나보다도 용이하게 요구를 관철할 수 있다는 생각이 번개같이 나의 머리를 지나친 것이다. 나는 '하이칼라'와 이야기하였다. 그리고 '삼백만 원'의 성질, 인격 같은 것을 설명해주고 한시라도 속히 교섭해볼 것을 종용하였다.

패통을 치고 교섭을 개시하였다. 교섭은 일부분만 성공하였다. 부채는 사용하여라, 물은 수돗물밖에 없다. 그리고 취사장에 가야 길어올 수가 있다. 그러므로 좀 힘들다는 것이다.

이렇게 교섭이 끝났을 때에 딴 곳에서도 패통 떨어지는 소리가 들렸다. 이곳저곳— 수삼 처에서 그 소리가 들려왔다.

한 십 분 지났다. 복도 저쪽에서 말하는 소리가 나더니 이윽고 바께쓰를 들고 덜각덜각 들어오는 소리가 들렸다.

아! 이 소리— 물이 바께쓰 속에서 흐느적거리는 이 소리—.

나는 넓은 바닷가에 서서 하늘과 바다가 한 줄로 맞붙은 것을 보고 이 푸른 물의 웅대함에 놀란 적이 있었다. 나는 흰 비단을 늘어뜨린 듯한 폭포수가 나무숲에 안기어서 떨어지는 광경을 보고 이 장대한 데 간담을 서늘케 한 적이 있었다.

그러나! 그것이 무엇이리오! 나는 아무 광채도 없는 낡은 바께 쓰에 들었을 한 말도 되나마나 한 이 물이 움직이는 소리를 듣고 여태껏 늘어졌던 신경의 긴장과 혈액의 약동과 그리고 심장의 용솟음쳐 나옴을 느끼는 것이었다!

나의 눈앞에는 산속을 고요히 흐르는 시냇물도 없었다. 백양목 사이를 스쳐가는 여름밤 저녁의 고요한 바람도 없었다. 그리고 방금 바른손에 쥔 부채도 나의 눈앞에는 없었다. 오직 저— 바께 쓰 속에 출렁거리는 물이 있었을 따름이다.

이윽고 식통 문이 열리었다. 나는 급히 일어나서 양재기를 갖다 대었다.

물이다, 물이다.

"자— 한 모금씩 차례차례로!"

나의 얼굴은 희색이 가득 차 있었다.

나는 딴 동무가 한 모금씩 마시는 동안 나의 차례가 오는 것을 기다리면서 그들의 입을 지키고 있었다. 알지 못하는 사이에 그들의 목구멍이 달각거릴 때마다 나의 침도 달각달각 목구멍에서 소리를 내고 있는 것을 발견하였다.

나의 차례가 왔다. 나는 잠깐 침착히 물그릇을 받고 그것을 고요히 들여다보았다. 그리고 그릇에 입을 갖다 대고 덜거덕 한 모금 들이마셨다.

목구멍에서부터 똥집까지 싸늘한 물이 한줄기로 줄을 그으면서 내려가는 것이 똑똑히 알리었다.

　식도를 지난다. 위에 들어갔다.

　그러나 그때에 곧 나는 불행하여졌다. 이것이 냉수로구나 —
하는 생각이 그때에야 비로소 가라앉은 나의 머리에 떠오른 까닭
이다.

　잘 자리에 냉수를 마시면 나는 반드시 설사를 하였다. 벌써 배
가 이상하게 얼어가는 것 같은 생각이 났다. 나는 끈으로 꼭 배를
동이고 다시 가로누웠다.

　얼마나 잤는지 모르나 나는 오랫동안 이상야릇한 악몽에 시달
리다가 겨우 눈이 떴다.

　배가 아프고 위와 대장과 소장 사이를 물이 꾸르럭꾸르럭 오르
내렸다. 진통은 몹시 심하였다. 그리고 뒤가 몹시 무거웠다. 나는
얼굴을 찌푸리면서 매어 단 지리가미[12]를 뜯어가지고 몸을 일으
켰다. 그리고 똥통 위를 보았을 때 벌써 그 위에 올라앉은 '다무
시'가 웃는 얼굴로 나를 보고 있는 것에 부딪쳤다.

　"배가 아퍼?"

　그는 나에게 물었다.

　"응! 설살세!"

　나는 종이를 들고 똥통 옆에 가서 '다무시'가 내려오기를 기다
리고 있었다.

　(백 도의 여름이 다시 오련다. 이 한 편을 여름을 맞는 여러 동

12　ちりがみ, 휴지.

무들에게 올린다 — 작자.)

—〈대중〉, 1933. 6.

남매

쨍쨍 얼은 작은 고무신이 페달을 디디려고 애쓸 때에 궁둥이는 가죽 안장에서 미끄러져서 떨어질 듯이 자전거의 한편에 매어 달린다. 왼쪽으로 바른쪽으로 ─ 구멍 난 꺼먼 교복의 궁둥이가 움직이는 대로 낡은 자전거는 언 땅 위를 골목 어귀로 기어나간다. 못쓰게 된 뼈만 앙상한 경종警鐘은 바퀴가 언 땅에 부딪칠 때마다 저 혼자 지링지링 울고, 핸들을 쥔 푸르덩덩한 터진 손은 매 눈깔보다도 긴장해진다. 기름 마른 자전거는 이때에 이른 봄날 돌 틈을 기어가는 율모기[1]같이 느리다. 그러나 길이 좀 언덕진 곳은 미처 발디디개를 짚을 겨를도 없이 팽팽하게 바람 넣은 바퀴가 자갯돌과 구멍 진 곳을 분간할 나위 없이 지쳐 내려가기도 한다. 심

─────────────

1 뱀과의 하나.

장은 뛰고 가슴은 울렁거린다. 이때에,

"남의 쟁골[2] 또 타네?"

하는 고함이 등뒤에서 나면 왈칵 가슴은 물러앉고 정신은 앞뒤를 분간할 겨를조차 없다. 앞바퀴를 돌각담에 박으면서 거의 엎드러지듯이 후덕덕 뛰어내려 돌아다보고 자전거의 주인인 면서기 대신에 계향桂香이를 발견하면, 두근거리는 가슴은 좀 가라앉으며 무엇보다 먼저 안심하는 빛이 그의 표정을 스쳐간다. 뛰어내릴 때 부딪힌 사타구니가 갑자기 쓰려오고, 그의 두 눈이 녹초가 져서 뎅그렁하니 넘어져 있는 자전거를 보았을 때, 사슬은 끊어져서 흙받기 옆에 붙어 있고, 고무 페달만 싱겁게 핑핑 돌다가 멎는다. 녹슬어서 도금이 군데군데 벗겨진 핸들은 홱 비틀어져 있다. 고물상 먼지 구덩이에 박혀 있는 항용 보는 엿장수의 매상품賣上品이다. 봉근鳳根이는 화가 벌컥 치밀었다. 무엇을 짓부수고 싶은 마음이 가슴속에 꿈틀거리지만 그대로,

"왜 이래 남 쟁고 배우는데."

하고 저만큼 대문 앞에 서 있는 누이의 얼굴을 노려보면서 울 듯이 눈살을 찌푸리고 말았다.

"너 누구 쟁곤데 물어나 보구 타네?"

봉근이는 아무 대답도 안 하고 사타구니의 아픈 곳을 부비며 널브러진 자전거를 세웠다. 돌담에 비스듬히 세우고 끊어진 사슬을 집어 차대에 얹고 다시 바퀴를 다리 틈에 끼운 뒤에 핸들을 바로잡았다.

2 예전에 '자전거'를 가리키던 '자행거'의 준말.

"이젠 경쳤다. 그게 누구 쟁곤데 닐르는 말은 안 듣구 만날 쟁고만 타더니."

"차 서방네 집에 온 멘서기 해 차 서방보구 허가 맡었다 뭘. 누는 괜히 민하게[3] 굴어서 사슬 끊어딘 건 난 몰라, 씽."

자전거를 끌고 기운이 빠져서 어슬렁어슬렁 계향이 앞으로 올라간다.

"이 새끼 차 서방한테 허가 맡어서? 차 서방은 아버지하구 강에 나갔는데."

주먹을 쥐고 머리를 치려는 바람에 봉근이는 자전거를 계향이에게로 탁 밀어버리고 저만큼 물러 뛴다.

"아이구 얘, 이 새끼."

겨우 넘어지려는 자전거를 붙들고 남치맛자락으로 입을 가리운다.

"새끼두 망하겐 군다."

계향이는 눈으로 봉근이를 노려보면서 어이가 없어서 웃어버린다. 그리고는 목을 돌려 차 서방네 집을 향하여,

"김 서기 쟁고 건사하우. 결딴났수다."

하고 고함을 질렀다.

봉근이는 바자 틈에 돌아서서 손으로 언 가시나무 가지를 뜯다가 누이의 김 서기 부르는 소리에 속이 또다시 활랑거려 힐끗 누이의 얼굴을 쳐다본 채 그대로 꽁무니를 뺄까 한다.

"얘 봉근아!"

3 약간 미련스럽게.

하고, 즐겨서 자전거는 탔으나 뒷감당을 맡아서 치를 담력은 없는, 자기의 동생을 부드럽게 부르면서 계향이는 약간 쓸쓸함을 느끼었다.

"애 봉근아— 쟁곤 내 말 해줄게, 집에 들어가서 다랭이[4] 가지구 아버지 간 데 좇아가라. 꿍맹이 사냥 갔는데 앞강이 사람 탈 만하다더라. 오늘은 아마 큰 고기 잡는대. 주워 입구 빨리. 어서 뛔가 봐. 또 멘세기 나오기 전에."

계향이의 낮은 목소리가 끝나기 전에 봉근이는 고슴도치 모양으로 대문 안을 향하여 굴러 들어가 버렸는데 이윽고 차 서방네 집에서 코르덴 당꼬 쓰봉을 입고 기성복 외투를 걸친 김 서기하고 차 서방의 딸 옥섬玉蟾이가 행길로 나온다.

"남의 하쿠라이[5] 쟁골 가지구 왜들 새박드리 야단이야 응."
하면서 김 서기는 물고 나오던 마코— 꽁초를 불 붙은 채로 길가에 던진다. 그리고 사슬 끊어진 자전거를 바라보고는 침을 한 번 쭉 내어뱉고,

"허허 오늘 큰코다쳤다. 별수 있나, 계향이 하룻밤 화대는 마루끼[丸木] 쟁고 빵으로 털으야 됐디!"

"그거 이전 엿장세한테 팔든가 페양 갖다 박물관에 보관하디. 멘장 나으리 타시는 구루마하구는 너무 초라해."
하고 옥섬이가 깔깔 웃으며 분 떨어진 핏기 없는 얼굴로 계향을 바라본다.

자전거를 받아서 사슬을 빼 짐틀에 놓더니 김 서기는 장갑 낀

---

4 긴 통나무 따위를 운반할 때 그 통나무의 뒷부분을 얹어 끄는 데 쓰는 작은 썰매.
5 はくらい, 외래.

손으로 안장을 툭툭 털며,

"이놈이 이래 봬두 내 당나귀다. 말 갈 데 소 갈 데 없이 참 이놈 타구 세금두 많이 받았구, 뽕나무 심으라구 야단두 엔간하게 쳤다."

"그리구 또 개새끼두 수없이 짖겠구."

"하하, 아닌 게 아니라."

하고 김 서기는 계향이의 말을 다시 받으면서,

"이 종이 아직 시퍼렇게 젊었을 때 촌동리 어구를 접어들면서 한번 째르릉 하구 울리기만 하문 개새끼는 짖구 닭의 새낀 풍기구 고양이 새낀 달아나구 아새낀 모여들구 촌체니는 바자 틈에서 침을 생켰는데, 이놈이 이젠 다— 늙어서 이거 이놈 소리두 안 나네."

양쪽 쇠가 떨어져 없어져서 종은 손으로 누르면 찌륵찌륵 하기만 한다.

"오늘은 또 뱀이 끊어졌으니 돈냥 탁실히 잡아먹게 됐군. 그저 이 동네 오문 이랬거나 저랬거나 말썽이야."

"이왕이면 팔아서 소주나 사게. 날두 산산한데 한잔 먹구 니불 쓰구 낮잠이나 잠세—."

제법 사내 투로 반말로 받는 바람에 김 서기는 입이 써서 멍하게 서 있는 것을 계향이는 다시 한번,

"여보시게, 서기네 조카."

하고 간드러지게 웃었다.

"허 참 아침 흐더분이 잘 먹구 간다."

자전거를 끌고 골목을 나가려 할 때 계향이는 웃으면서,

"사랑하는 애인 만낼라문 쟁고 사슬 열 개 끊어두 아깝지 않네."

하고 그대로 웃으면서 옥섬이를 바라보았다.

"왜 이건 또 재수在洙가 안 와서 걱정인가?"

서너 발자국 가다 김 서기는 목을 돌리고 지껄이는데, 옥섬이는 코만 한번 찡긋하고,

"어떤 사람은 월급 봉투두 터는데 — ."

하였다.

"아이구 아서, 새벽부터 오늘 재수 없다."

"재수가 왜 없어. 오늘 공일이니 집에 있을걸."

셋은 배를 추며 웃고 제가끔 갈라졌다.

"엣춰!"

"아이 차겹다!"

긴 남치맛자락이 첫추위 바람에 펄럭거리며 노랑 저고리의 자주 고름이 종종걸음을 치는 대로 대문 안으로 사라져 없어진다.

어제까지 푸른 강물이 찬바람에 하물하물 떨고 있더니, 오늘 아침 추위에 조양천朝陽川은 백양가도白楊街道서부터 천주봉天柱峰 밑 저쪽까지 유리장 같은 매얼음이 짝 건너 붙었다. 이번 겨울 들어 첫 추위라 매운 바람이 등골로 스며드는 것이 유달리 차갑다. 얼음이 약할 듯싶어 아직 강을 타는 사람은 하나도 없었고, 졸망구니 아이들이 새벽에 가상으로 돌아다니며 아물아물 얼음 진 품을 발로 디뎌보더니 지금은 그림자조차 간데없다.

계향이와 봉근이의 의붓아비 땜장이 학섭鶴燮이는, 강가에 셋방

을 얻어 살면서 매년같이 매얼음 진 첫날을 놓치지 않고 꿍맹이와 작살로 고기를 낚는 데 재미를 붙였다. 이즈음 날씨가 겨울로 접어들자 며칠을 두고 소주도 덜 마시며 강변에만 정신이 팔려 있더니, 간밤에 분 바람이 잠자리에 맵게 스며드는 품이 미상불 강을 붙였으리라 짐작되매, 오늘은 이른 새벽 머리를 털며 자리를 나오자 눈을 부비면서 강가로 뛰쳐나갔다. 알린알린 기름칠한 거울같이 건너 붙은 것을 보고 강 한중복판을 발로 쿵쿵 디뎌보면서 언 품을 시험해보더니, 아침밥도 이럭저럭 쏜살로 작살과 꿍맹이를 준비해가지고 차 서방과 함께 조양천 윗목으로 올라갔다.

한 짝 고름이 떨어진 색 낡은 검은 두루마기를 노끈을 이어 칭칭 둘러 감고, 귀에다는 양의 털로 만든 귀걸이를 끼우고서, 빈 다랭이를 든 채 강가로 줄달음질 쳐 내려온 봉근이는 강 위를 획—한번 두루 살폈다. 학섭이와 차 서방의 그림자를 강 위에서 찾아보는 것이다. 그러나 두서너 개 소나무 충충 박힌 외에는 바위와 잎 떨어진 가당 나무뿐인 가난한 풍경. 산 밑에 강은 은 이불을 깔아놓은 듯이 아침 햇발에 빛나는데 눈에 보이는 것은 끝없이 줄기 뻗은 어른거리는 비단 필, 개새끼 한 마리 찾아볼 수가 없다. 통쾌하게 건너 붙은 강을 보고 흥분하였던 것도 삽시간 은근히 의심이 복받친다.

응당히 아버지와 차 서방은 내 눈에 보이는 이 앞 강에서 허리를 구부러트리고 꿍맹꿍맹 얼음 위를 달리며 고기를 몰고 있을 터인데 사람도 간데없고 하늘을 울릴 꿍맹이 소리도 들리지 않는다.

누이가 또 세무서 인[邛] 상하구 놀려고 날 속였나 — 사실 오늘이 공일이므로 계향이하고 정분난 세무서 윤재수가 대낮에 집에 올 것은 정한 이치다. 무슨 일이 있는지 이즈음은 만나면 잘 웃지도 않고 눈만 멀거니 마주 보며 한숨들만 쉬었다. 자세한 곡절은 모른다 쳐도 금년 열한 살밖에 안 먹은 봉근이의 상식으론 그들이 돈 때문에 그러는 것이라는 단정을 내릴 수는 있다. 월급도 몇 푼 못 받는 인 상과 좋아 지내는 것을 아버지와 어머니가 싫어하여 가끔 누이와의 사이에 충돌이 있는 것을 보아온 터이다. 오늘쯤 나까지 강으로 내보내고 무엇을 의논하든가 그렇지 않다 해도 대낮에 문 걸고 히히거리고 놀기라도 하려고 일부러 꾸민 수단일 것 같기도 하다. 싸릿가치⁶로 튼 고기비늘 붙은 초라한 종다랭이 — 이것을 뎅그렁하니 쥐고 섰는 자기가 싱겁기 한량없어,

"제미— 나카타나 볼당 못 볼라구—."

하고 어른 같은 입버릇을 하며 침을 뱉었다. 그리고 휙 발굽을 돌리려고 하는데 그는 그때에 똑똑히 들었다! 얼음장을 울리고 천주봉을 무너뜨릴 듯한 꿍맹이 소리가 기관총의 소리같이 연거푸 공중에 진동하지 않는가!

"오! 차 서방의 꿍맹이!"

그는 생선 잉어같이 펄깍 기운을 떨쳐 강 가상으로 달음박질쳤다. 꿍맹이는 어디냐? 작살 든 아버지는 어디 있나? 목을 뽑고 굽어보니 과연 있다, 있다. 강이 휘돌아 굽어진 곳에 낡은 순사 외투를 입은 차 서방이 꿍맹이를 울리며 화살같이 달아 나가더니 한번 유달리 높게 꿍맹이 소리가 나고 잠시 소리가 멎는 때에, 뒤쫓아 오던 학섭이가 바른손을 버쩍 들었다가 긴— 작살을 얼음 구

---

6 싸릿개비의 방언으로 싸리의 한줄기나 그것을 가늘게 쪼갠 한 도막.

멍으로 던진다. 이윽고 작살이 얼음에서 다시 나올 때에, 봉근이의 두 눈은 꺼먼 작살 끝이 팔뚝같이 번뜩거리는 생선을 물고 있는 것을 보았다.

"어—이!"

천주봉이 봉근이의 고함 소리를 받아서,

"어—이!"

대답한다. 봉근이는 아버지가 목을 돌리고 자기를 먼발로 바라볼 때에 다시 한번,

"어—이!"

소리를 치고 다랭이를 번쩍 들어 보인 뒤에 강을 따라 위로위로 뛰어갔다.

얼어붙은 자갈과 모래를 밟으며 쏜살로 달려가서 천주봉 앞까지 이르도록 차 서방과 아버지는 한 번도 이쪽을 바라보지 않고 냄새 맡는 거먹곰같이 얼음장을 굽어살피며 고기를 찾기에만 바빴다. 그러므로 목구멍에서 쇳내가 나는 것을 참아가며,

"아바지, 이제 잡은 거 머야?"

하고 헐레벌떡거릴 때 겨우 아버지는 목만을 이편으로 돌린 채 마치 봉근이가 떠드는 바람에 모여들던 누치 떼가 도망을 친다는 듯이 말 대신에 험상궂은 상통[7]을 지어 보였다.

봉근이는 핀잔을 맞고 나서 숨만 쓸데없이 씨근거리며 그래도 먼발로 본 팔뚝같이 번뜩이던 고기가 누친가 어핸가 붕언가 알고 싶어 어정어정 강 가운데로 걸어 들어갔다. 얼음은 몰아치는 찬

7 '얼굴'을 속되게 이르는 말.

바람에 표면이 굳어져서 언 고무신을 댈 때마다 물기 하나 돌지 않고 매츠럽기만[8] 하다.

거울 같은 매얼음 속으로 모가 죽은 둥근 자갈과 물이끼와 모래알이 손에 잡힐 듯이 가깝게 보이고, 깊은 곳으로 갈수록 물은 파란 기운을 더할 뿐 지척지간과 같이 들여다보였다. 아버지들 있는 쪽으로 갈수록 이따금 얼음 위에는 꿍맹이를 울린 자리와 먼 곳까지 태 맞은[9] 자리가 잦아지고 꿍맹이의 자국이 서너 개 함께 엉킨 가운데에 뚱그렇게 구멍이 뚫렸는데 속에서는 물이 하물하물 올라 솟았다. 아까 잡아놓은 누치는 바로 그 옆에 눈을 뜬 채로 등허리에 작살 자국과 붉은 피를 묻힌 채 아직 꼬리를 파르르 떨면서 가로누워 있었다. 봉근이는 만족한 듯이 한참 동안이나 그것을 내려다보다가 침을 꿀꺽 삼키고 들었던 다랭이에 손가락으로 입을 꿰어 옮겨놓았다.

둘러맬 만한 것도 못 되는 것을 억지로 무거운 것이나 지니는 듯이 다랭이를 어깨에 걸치고 나서 그는 약간 앞산을 바라보았다. 가당 나무숲 속에서 금방 산비둘기 한 마리가 푸드덕 날더니 뒤이어 차 서방의 꿍맹이 소리가 다시 자지러지게 울려온다. 산비둘기는 산을 넘어 서쪽을 향하여 하늘을 휘어 돌아 없어진다.

깍지통 같이 주워 입은 차 서방이 신이 나서 꿍맹이를 울리며,

"예 간다!"

"예 간다!"

소리를 지르고 얼음 위를 암탉 풍기듯이 뛰어논다. 그 뒤론 무

---

8 '매끄럽기만'의 방언.
9 금이 간.

릏까지밖에 안 오는 달구지꾼의 더러운 회색 두루마기를 입은 키가 늘씬한 학섭이가 키가 넘는 작살을 얼음 속 생선 대구리에 겨눈 채 꿍맹이를 따라 이리 뛰고 저리 뛰고 헤번덕거린다. 봉근이의 가슴은 갑자기 두방망이질을 하듯이 뛰었다. 그리고 무슨 큰 내기나 할 때같이 가슴이 죄어드는 것 같았다. 그래서 정신을 잃고 차 서방과 학섭이가 콩알 튀듯이 뛰어 도는 것을 바라보다가 알지 못하는 사이에 자기도 그쪽으로 달려갔다.

한 길이나 될까 말까 한 맑은 물속에는 어쩔 줄을 모르는 잉어 한 마리가 가끔 흰 배래기를 번득이며 숨을 곳을 못 찾아 어름거리고 있다. 그러나 잉어는 머리 위에서 연거푸 울리는 꿍맹이 소리에 어리둥절하여 마름 포기를 의지한 채 우뚝 서버리고 만다.

"꿍."

하고 얼음을 뚫은 꿍맹이가 슬쩍 빗서기가 무섭게,

"획."

소리를 내며 작살이 물속을 가르고, 그다음 순간 잉어는 흰 배래기를 하늘로 곧춘 채 마름 포기에 박히고 만다. 쇠로 벼린 작살 끝이 잉어 대가리를 끌고 얼음 구멍으로 다시 나올 때 봉근이는 기쁨에 입이 터져서 자기 아버지의 얼굴을 우러러본다. 함석을 가위로 오려서는 납으로 붙여서 물통을 붙여가며 김치 쪽이나 부친 두부를 손가락으로 집어넣고는 사이다병에서 소주를 따라 마시는 느림뱅이의 땜장이 학섭이가 이렇게 재빠르게 날뛰는 적을 봉근이는 본 적이 없었다. 두 팔로 작살을 들고 꿍맹이 소리에 맞추어 고기를 찌르던 그 긴장한 재주. 그러나 기쁨을 참을 수 없어 봉근이가 발을 동동 구르며 손뼉을 칠 때 학섭이는 다시 가래잎을 깨문 듯한 험상궂은 얼굴로 봉근이를 쳐다보았다.

"출랑거리다 물에 빠질라."

그러고는 또 아무 말도 안 하고 얼음장 속을 들여다보았다.

"한 놈은 어데루 갔을까?"

차 서방은 꿍맹이를 집고 봉근이가 생선을 집어 건사하는 것을 보다가 콧물을 찡— 풀었다.

"일본 집에 가문 오십 전은 주겠군."

이렇게 혼잣말로 중얼거리더니 학섭이와 함께 도망간 고기를 찾으러 다시 허리를 구부렸다.

동지 가까운 겨울 해는 짧았다. 그러나 해가 모우봉暮雨峰 위에서 남실거릴 때 학섭이네 일행은 다랭이에 차고도 한 꿰챙이가 될 만큼 많은 고기를 잡았다. 해 질 무렵이 되매 강 위엔 엄청나게 큰 산 그림자가 덮이어 등골론 산산한 바람이 스며들었으나 한 짐 잔뜩 지고 팔이 굽도록 무겁게 든 봉근이는 손끝밖에는 시리지 않았다. 몸에서는 더운 김이 훈훈히 나고 잔등과 겨드랑 밑에는 땀이 찐득하게 흘렀다.

그는 앞서서 언덕을 올라오다가 골목을 휘돌아 자기 집과 차 서방 집을 발견하곤 기쁨을 참지 못하여 소래기[10]를 지르며 달음박질을 쳤다.

"고기 한 다랭이두 더 잡았다. 어— 이."

"옥섬아, 계향아—."

이렇게 소리소리 지르며 자기 집 대문 안으로 뛰어들어갔다.

---

10 '소리'를 속되게 이르는 말.

봉근이가 고기 다랭이를 토방 위에 놓고 세수 소랭이에는 꿸챙이에 꿰었던 것을 옮겨놓았을 때 계향이는 세 살 난 관수觀洙 동생을 안고 윗방에서 나왔고, 어머니는 부엌에서 손에 물을 묻힌 채 뛰어나왔다.

"아이구 이게 웬 고기라니. 수태 잡었다."

"그러게 내가 나가보라고 안 하던."

어머니와 계향이는 입이 벌어져서 고기를 들여다본 채 한참 동안이나 움직일 줄을 모른다.

"더 잡을 겐데 꿍맹이 소리 듣구 남덜두 나와서 고만 조꼼 잡았다."

봉근이는 제가 잡기나 한 듯이 뽐을 내는 것을 계향이는 웃으면서,

"욕심두, 그럼 남두 잡어야지 너 혼자만 먹간?"

하였다.

"테 — 테. 차 서방이랑 아바지두 우정 남몰래 잡을라구 웃꼭대기에서부팀 잡아 내려오댔는데 모우봉 밑에 오네껜 모두 쓸어 나오는데 그래두 우리가 델 수태 잡어서."

이러고들 있을 때에 뒤쫓아 차 서방과 학섭이가 팔짱을 끼고 들어온다.

"왜 이건 보구들만 있니, 정 험한 건 물에 좀 씻구, 작은 건 추려서 한 오십 전어치씩 께라. 저녁 끼 때 넘기 전에 어서 팔으야 돈냥이나 산다."

학섭이는 작살을 두루마기 섶으로 닦으면서 투덜거리며 서둘러대는데 차 서방은 꿍맹이를 기둥 옆에 세우고 또 한 번 코를

찡— 풀었다.

"큰 거나 팔구 작은 건 옥섬이네하구 노나서 찔게[11]나 하디 머 걸 다— 팔겠소."

봉근이는 어이가 없어서 옆에 멍하니 서 있는데 계향이는 아이를 안은 채 아버지를 핀잔주듯 하였다.

"얘가 정신이 나갔구나. 이즘 벌이 없는데 이게 벌이다. 팔아서 쌀을 사든지 술을 사든지 하디 우리가 이런 생선을 먹으면 밸이 꼴려서 죽는다."

차 서방도 팔자는 주장이었다.

어머니는 아무 말도 안 하고 서서 이 사람 저 사람의 얼굴들만 쳐다보더니, 그대로 부엌으로 들어가서 바가지에 물을 떠가지고 나온다.

"인내우다, 내 할게. 어서 불이나 때우."

학섭이는 손을 걷고 고기를 골라서 대강대강 씻기 시작한다.

"좀 냄겼다 한잔 하야디."

둘이는 쭈그리고 앉아서 중얼거린다.

"여부 있소. 팔다 남은 거 가지구두 술 한 된 치우겠는데."

"아니 아마 이즘 이게 귀한 물건이 돼서 다 팔리리다. 미리 좀 내노야디."

"허리 끊어진 놈두 댓 마리 되니 그걸 지지구두 너끈히 술 되는 없애겠는데 어서 다— 께서 팝세다. 한 오 원 벌문 메칠 두구 땟손에 시장치나 않게 안 디내리."

---

11 '반찬'의 북한어.

봉근이는 아무 말도 안 하고 고무신을 마루 밑에 벗고 방 안으로 들어갔다. 뒤따라서 계향이도 들어온다. 계향이는 아이를 아랫방에 놓고 혼자서 샛문을 열고 자기 방으로 올라가 버렸다. 관수가 달랑달랑 걸어와서 아랫목에 서서 멀거니 농짝을 바라보고 있는 봉근이의 다리를 붙든다.

"형이 고기 먹어? 고기 먹어?"

이렇게 관수는 봉근이를 쳐다보며 잘 돌아가지 않는 혀로 말을 건넨다.

봉근이는 관수의 말도 들리지 않는 것 같다. 아니 지금도 문밖에서 중얼거리고 있는 아버지와 차 서방의 말도 들리는 것 같지 않다. 갑자기 사지가 노곤하여지며 귀와 발가락이 근질근질하고 머리가 횡하다.

지금까지 어깨에 메었던 것, 그리고 팔이 휘도록 들었던 것 — 느믈느믈한 피 뚝뚝 흐르는 생선들. 그 많은 잉어와 누치 그리고 어해와 붕어.

밖에서는 언 땅에 물 쏟는 소리가 나더니,

"그럼 차 서방은 아랫동네루 가우. 내 요릿집하구 여관으로 가볼게. 그리구 파는 대로 두붓집으로 오우다."

하면서 대문 밖으로 나가는 기척이 들린다. 아마 고기를 다 꿰고 씻어가지고 팔러 나가는 모양이다.

이윽고 윗방에서 계향이가 담배를 붙여 물고 연기를 푸 내뿜으며 봉근이 옆으로 내려왔다.

"에나, 이거 가지구 호떡이나 사 머."

봉근이는 계향이가 쥐어주는 십 전짜리를 보고 비로소 정신이

펄깍 드는 것 같았다. 그는 설움과 분함이 금시에 북받치는 듯이
몸이 일시에 북— 떨리었다.

십 전짜리 백통전을 잠시 물끄러미 들여다보다가,

"이까짓 돈."

하고 방바닥이 뚫어지라고 메어 던진다. 그러고는 터져 올라오는
눈물을 막을 길이 없는 듯이 펄싹 주저앉으며 엉엉 울기 시작한
다. 백통전은 방바닥 위에 손톱자리만 한 자국을 그리고 그대로
띠그르르 굴러서 방 걸레 옆에 가 멎는다. 관수가 돈을 따라 그쪽
으로 걸어가다가 봉근이의 울음소리에 놀라 이쪽을 쳐다본다.

"이 새끼 무슨 버릇이야."

계향이는 낯이 해쓱해지도록 가슴이 뭉클하였다. 그래서 담배
를 내던지고 달려가서 돈을 집어 다시 봉근이의 손에 쥐어주었
다. 그러나 봉근이는 누이의 얼굴을 쳐다보지도 않고 돈을 동댕
이쳐 내던지며 다리까지 버둥거린다.

"그까짓 돈 없이두."

울음에 섞여서 중얼거리다가 말끝을 덜컥 목구멍으로 삼켜버
린다.

"뭐이 어드래?"

계향이는 말끝을 쫓아가며 따지려 든다.

"호떡 안 먹어두 산다."

봉근이의 말이 채 떨어지기 전에 무섭게 쳐다보던 계향이의 바
른손은 봉근이의 눈물에 젖은 왼 볼을 후려갈겼다.

"이 자식 죽어버려라."

계향이는 땅바닥에 넘어졌다가 다시 일어나 앉아서,

"왜 때려."

"왜 때려."

하며 대드는 봉근이를 남겨두고 자기 방으로 조급하게 올라왔다. 그리고 이부자리 갠 데다 푹 얼굴을 묻고는 소리 안 나게 흑흑 느껴 울었다.

　부엌에서 밥을 짓던 어머니는 방 안에서 남매끼리 다투는 소리를 송두리째 들을 수는 없었으나 계향이가 봉근이를 두들기는 원인이 어디 있는지를 알고 있는 만큼, 계향이의 주먹이 봉근이를 후려치는 소리는 자기의 가슴을 쑤시는 거나 같이 아프고 뒤이어 엉이엉이 우는 봉근이의 울음소리에 피는 끓는 솥처럼 설레었다.

　아침부터 종일 두고 하는 소리와 짓이 자기에 대한 공치사와 지청구뿐이었다. 그래도 아무 말 않고 내버려 두었더니 에미 볼을 후려갈기지는 못해 강바람에 빨갛게 핏빛이 운 봉근이의 뺨따귀에 분풀이를 하고야 마는구나. 계향이와 봉근이의 아버지 김일구金日九가 죽은 뒤 얼마나 자기는 살아가려고 애를 태웠던고. 그때 자기는 겨우 스물여섯 살, 계향이는 아홉 살이고 봉근이는 세 살이 났었다. 아이 둘을 옆에 하나씩 끼고 홀몸이 된 자기는 할 수 있는 일이면 뭐든지 하려고 하였다. 광산에 가서, 굴속에 가서, 혹은 기계간에 가서 장정과 같이 뼈가 가루가 되도록 일할 생각도 먹었다. 그래서 죽는 한이 있어도 계향이가 가는 보통학교 이 학년은 계속해 다니게 하려고 하였다. 그러나 일자리를 안 준 건 광산회산가 세상인가 몰라도 자기는 며칠 안 되어 세상 여편네가 먹는 결심이란 만일 굳건한 용단력이 있다면 죽음밖에 다할 길이 없다는 걸 알게 되었을 뿐 계향이 —그때는 봉희鳳姬라 불렀건만—그의 공부도 가갸거겨에서 끊어지고 쌀밥이 조밥 되고 밥이 다시 죽이 되는 한 해 동안 해보고 난 것 부대껴보고 생각한 끝이 재가였다. 그때 김학섭이는 말뎅이 금광이 한창 경기가 좋을 때라 하루에 손에 집는 게 돈이었다. 매일같이 생기는 함석지붕 물수채.[12] 학섭이는 하루 해 있을 때까지만 어물거리면 돈 이 원은 헐하게 잡았다. 지금 계향이가 자기를 나무라는 것이 재가 한 데 있다면 대체 그때의 자기로서 이 길 아닌 어떠한 방향이 남아 있었단 말이냐. 그때 김학섭이는 게으름뱅이도 아니었고 술은 안 하는 축은 아니었으나 가끔 먹으면 걸걸하게 웃고 애들과 놀다간 씩씩 자버리곤 했다. 한 푼 생기면 쌀보다 소주를 찾게 되고 술 한 잔 마시면 한 되 사 오라고 집안사람과 지트럭거리고 낯도 안 닦고 검버섯이 돋은 채로 쭈그리고 공 술잔을 거두러 다니게 된 것은 말뎅이 광산이 폐광이 된 뒤 평양을 거쳐 삼 년 전 이곳에 온 뒤부터다. 그래도 자기는 기생으로 넣기를 얼마나 반대했을까. 그때 앞집 차 서방 딸 옥섬이의 새 옷이 부러웠는지, 찾아다니며 노는 젊은 녀석들과 시시덕거리는 것이 부러웠는지는 모르나, 기생 권번에 들어간다고 서두른 것은 애비도 애비려니와 기실은 봉희 자신이 아니었던가. 기생 허가가 나와서 버젓하게 요릿집에 불리우게 되는 동안 일 년 하고도 반년이나 일 원 오십 전씩 월사금을 물고, 소리 선생이 왔다고는 삼 원, 검무 선생이 왔다고는 오 원씩 — 그것을 마련하느라고 쓰인 앤들 어찌 애비에게

---

12 '수채'의 북한어.

없었다 할까. 지금 돈푼이나 들여다 쌀되나 사는 날이 며칠이나
되었길래 벌써부터 서방에다 제 좋고 나쁜 걸 가리려 들고 얼핏
하면 에미 노릇한 게 뭐냐고 지청구가 일쑤란 말이냐.

어머니는 손끝에 물이 젖은 채 샛문을 열어젖히었다.

"이 애가 누구한테 할 분풀이 못 해서 아일 때리구 야단이가.
그래 네 에밀 못 잡아먹어 아침부터 독이 올라서 법석이냐."

어머니가 성이 나서 덜렁거리는 바람에 땅바닥에서 돈을 만지
작거리던 관수가 자겁[13]에 놀라 샛문으로 달려가서 어머니에게
매어달리며 집었던 돈을 내어준다. 어머니는 관수를 부둥켜안고
올라와 나지도 않는 젖을 옷섶을 비집고 물려주었다. 안팎을 융
으로 만든 때 묻은 저고리 속으로 맥없이 늘어진 젖통을 쥐고 힘
들여 빠는 소리가 쭐쭐거리며 들린다. 와락 한마디 화를 쏟으면
좀 속이 풀릴까 했더니 어머니의 속은 가라앉지 않고 오히려 하
고 싶은 말이 더 목구멍을 치받치었다. 그는 목소리를 억지로 낮
추어 차근차근 이르는 말같이 하려고 애쓰면서,

"인젠 네 나이두 셀 새면 열아홉이야. 그만했으면 세상 물계[14]
두 알구 집안 살림살이두 채 잡아 할 나인데 부모가 이르는 말이
라문 역정이 나서 한사하구 말대답이디. 애비가 한마디 하문 열
이 올라서 사흘 나흘 집안사람을 못살게 굴구."

이렇게 중얼거리면서 그는 윗간 딸의 기색을 살피노라고 말을
멈추었다.

계향이는 울기를 멈추고 이불에서 얼굴을 들고 멍하니 어머니

13 自怯, 제풀에 겁을 냄.
14 어떤 일이나 현상의 속내나 형편.

의 말을 귓등으로 듣는 것 같았다. 그래서 어머니는 다시 일층 목소리를 낮추어서 타이르듯이 이야기를 꺼내려고,

"오늘 일만 해두 아침에 내가 한 말이."

까지 하였는데 뜻밖에 계향이의 목소리는,

"듣기 싫여! 한 말 또 하구 한 말 또 하구."

하고 말문이 막히도록 쏘아버린다. 어머니는 말을 뚝 끊었으나 오히려 냉정하게 가라앉았다. '오냐 그것이 딸이 어미에게 대하는 태도라면 어미도 또한 더 이상 붙잡지 않으리라.' 그의 해쓱해지는 낯빛은 이렇게 말하는 듯이 잠깐 묵묵히 앉았다가 갑자기 관수가 물고 있는 젖꼭지를 쭉 빼고 벌떡 일어섰다. 관수가 놀라 불티가 튄 듯이 소리를 지르며 울기 시작한다. 어머니의 정신은 그러나 관수의 울음으로 헝클어지지 않고 일어서는 대로 와락 샛문을 잡아 젖히고 윗방으로 올라간다.

"이년!"

이렇게 한번 소리 지르기가 무섭게 어머니의 손은 계향이의 머리카락을 덥석 쥐었다.

"두말 말구 네 맘에 드는 서방 데리구 맘대루 치탁거리면서 살어라!"

그러나 눈시울이 약간 부어오른 계향이도 비록 머리칼을 잡히기는 하였으나 매서운 눈초리로 어머니의 얼굴을 낮짝이 뚫어지라고 바라보는 품이 예상보다 녹녹할 것 같지 않았다. 아랫방에서 관수와 봉근이가 달려와서 엉이엉이 울며 두 사람을 하나씩 부여안고 그 사이에 끼어 선다.

"너는 그래 서방 몰르구 이태 살어왔니."

한참 바라보던 계향이의 빨갛게 핏빛이 운 입에서 이 말이 튀어나오자 어머니는 정신이 아찔해지는 것 같았다. 연하여 계향이의 독살 오른 목소리가 어머니의 찌그러진 표정을 향하여 조약돌을 던지듯이 튀어나온다.

"애비라구 가갸 잘 변변히 가르쳐줬단 말인가, 밥을 알뜰히 멕여서 남처럼 호사를 시켰단 말이냐. 기생질해서 양식 대구 몸 팔아서 술 멕인 게 이붓자식 된 큰 죄가 돼서 술독에 넣어 치닥거릴 못 시켜 죽일 년이란 말이냐. 할 거 다 하구 틈틈이 내놓은 서방하구 즐기는 게 원수가 돼서 술 먹었노라구 아우성이요, 술 안 먹은 건 정신이 말짱하다구 에미 애비 된 자세루 사람을 졸라대니 나가라문 나가지, 엄매 그늘 밑에서 흔하게 잡은 물고기 한 마리 먹어본걸?"

홱 뿌리치는 바람에 어머니는 멍하니 잡고 섰던 머리카락을 놓치고 좀 앞으로 비틀거렸다. 계향이는 치맛자락을 쥐고 섰는 봉근이를 물리치는 대로 방문을 열고 밖으로 나갔다. 저녁 산산한 바람이 열 오른 얼굴을 차갑게 스치고 간다. 귀가 씽— 하고 다시 열리면서 방 안에서 아이들 우는 소리가 유난히 요란스럽다. 그는 한참 동안 정신을 잃고 선 채로 앞산을 바라보았다.

곤하게 들었던 잠이 대문에서 두런거리는 말소리로 깨어보니 창문이 훤하게 밝았다. 봉근이는 한번 잠이 들면 부둥켜 일으키기 전에는 누가 뭐라고 떠들어도 깨지 못하는 성미였는데 대문 어귀에서 웅얼거리는 술 취한 아버지의 말소리에, 기겁을 하여 소스라쳐 깨어난 것은 이상스러운 일이었다. 전에는 제 옆에서 술을 먹으며 노래를 부르고 별짓을 다 해도 잠을 깨어본 일이 없는데 집이 바뀌어 잠자리가 달라지고 아버지가 주정을 하러 올 것을 미리부터 근심하면서 자던 때문인가? 어쨌든 그의 신경이 그만큼 아버지의 목소리에 예민해져 있던 것만은 사실이었다.

그것도 그럴 것이— 어제저녁 물고기 사건으로 어머니와 누이의 싸움이 마루턱에까지 벌어진 채 누이는 생각을 돌리지 않고 그날 밤으로 대강한 것을 꾸려가지고 봉근이와 함께 이 집— 이 고을 본바닥 기생 명월네 거리채 두 방을 빌려가지고 이사해버렸다. 방에다 불을 넣고 나서 계향이 누이는 위선 아랫방에 돗자리를 깔고 이러저러한 방 치장만 해놓고는 돈 변통을 나가는지 그 발로 어디엔가 돌아다니다가 요릿집으로 불리어간 모양인데 봉근이는 혼자서 윗간 아랫목에 이불을 펴고 엎드려서 학교서 배운 것을 두어 장 복습하는 척하다가 누이는 오지 않고 이사한 것을 모르고 있던 학섭이 아버지가 달려와서 집을 부수고 지랄을 치지나 않을까 근심하며 잠이 들었던 것이다. 꿈에도 여러 번 주독에 코가 빨개진 검버섯이 돋은 학섭이의 얼굴을 보며 자던 터이라, 그리 높지 않은 말소리에 이같이 눈이 뜨인 모양이다.

밖에서 들린 목소리가 무슨 말인지는 몰라도 그것이 아버지의 것임에 틀림없다는 것을 알았을 때엔 그는 약간 몸서리가 쳐지고 가슴이 두근거리었다.

누이— 누이는 아랫방에 들어와서 자고 있는가. 만일 누이가 없다면 이 봉변을 혼자서 겪지나 않을까 하는 생각과, 누이가 없으면 욕이나 몇 마디 하고 가버릴 것이니 오히려 누이가 간밤에 집에 오지 않고 좋아하는 '인 상'하고 어디서 밤을 샜으면— 하는 두 가지 생각이 서로 엉클리어서 머릿속에 뒤끓는다.

뒤쫓아 아버지가 대문 어귀를 돌아 뜰 안에 들어서는 발자국 소리가 난다.

"이 고약한 년 같으니 배은망덕하는 년 같으니."

이렇게 혀 꼬부라진 소리로 중얼거리더니 족제비 잡으려고 파 놓은 구멍에 다리가 빠졌는지 쿵 하고 넘어지는 소리와 '에익' 하며 다시 일어나는 기척이 들린다.

마루에 올라서는 쿵 하는 소리를 들을 때엔 봉근이는 그대로 있을 수가 없어서 이불을 푹 뒤집어썼다. 안으로 건 문을 덜강거리며 열라고 야단을 친다. 아랫방에서 끙― 하고 잠이 깨는 기척이 들린다. 계향이는 끙― 하는데 입을 쩔갑쩔갑 썹는 자가 또 하나 있는 것을 보면 아랫방에서 자는 것은 계향이 누이뿐이 아닌 모양이니 만일 '인 상'과 같이 품고 누웠다면 아버지와의 이 봉변을 어찌 감당할 것이냐. 항상 미워하고 말끝마다 욕질하던 '인 상'이 계향이와 품고 누워 있는 것을 다른 날도 아닌 오늘 이 때에 본다면 검버섯이 돋은 학섭이의 얼굴은 호랑이같이 무서워질 것이요, 그의 두 손은 독수리가 병아리를 채듯 이 두 사람을 덥석 쥐고 갈래갈래 찢어버리고 말 것이다. 봉근이는 머리 위에서 폭탄이 터지는 것을 기다리는 마음이었다.

이윽고 안에서 문 여는 소리가 나고 문이 삑― 소리를 내며 열리더니 웬일일까 그 뒤에 올 화약 터지는 소리가 들리지 않는다.

한참 문이 열린 채로 있더니 뜻밖에 학섭이는 서투른 말씨로,

"도―모 시쓰레이. 하하, 오소레오오이데쓰."[15]

15 "정말 실례했습니다. 하하. 죄송합니다."

하고 굽실거리는 품이었다. 그러고는 문을 가만히 닫고 달음박질이나 치듯이 뜰을 건너 종종걸음으로 대문을 나가버린다.

"하하하, 얏코상 후루에데이야가라!"[16]

아랫방에서 사나이의 목소리가 탁하게 들려온다.

봉근이는 처음에는 자기의 귀를 의심하였다. 그러나 이불 밖에 얼굴을 내놓고 아무리 전후를 생각하여도 그것은 틀림없는 사실이었다.

'인 상'하고 품고 있다가 학섭이한테 찢겨 죽는 한이 있다 쳐도 봉근이는 아랫방에서 계향이가 몸을 맡기고 있는 사나이가 '인 상'이기를 얼마나 원하였을까. 그러나 그는 그 때문에 여태껏 아버지 어머니와 충돌하였고 또 이사까지 하게 된, 학섭이가 매일 같이 같이 자라고 원하던 식료품 가게의 젊은 주인이었다.

물론 계향이가 몸을 맡긴 사나이는 봉근이가 아는 것만 해도 반 타는 넉넉하다. 그러나 돈 없고 구차한 세무서 '인 상'—윤재수하고 좋아 지내게 된 다음부터는 결코 다른 사나이와 잠자리를 같이하지 않았다. 아버지 어머니가 큰돈이 떨어진다고 아무리 졸라도 들으려고 하지 않았고 구박이 심하면 심할수록 그는 더욱더욱 완강하게 그들과 싸웠다.

봉근이는 아버지한테 맞고 어머니한테 갇히면서도 구차한 윤재수와 좋아하며 종시 다른 남자에게 몸을 허하지 않는 계향이를 볼 때에, 무슨 숭고하고 신성한 것을 발견하는 것같이 누이가 우러러 뵈었다. 평양 가서 여학교에 다니다가 방학 때마다 돌아오

---

16 "하하하, 녀석 벌벌 떠는 꼴이라니."

는 누구누구의 평판 높은 처녀들도 이렇게 신성하고 마음이 깨끗할 것 같지 않았다. 그는 학교 동무들이,

"깅호─꽁(김봉근) 매부 한 다─쓰? 두 다─쓰?"할 때에도 천연히 속으론 '네 누이들보다 깨끗하다'고 생각하면서 그는 부끄러움을 느끼지 않았다. 이 세상에 사랑도 쥐뿔도 없으면서 돈 때문에 명예 때문에 얼마나 많은 처녀들이 나이 많고 개기름 흐르는 사나이의 첩으로 시집을 가는지를 봉근이는 잘 알고 있었기 때문이다.

그렇던 계향이가 이것이 웬일까? 물론 집을 뛰쳐나왔으나 간조[17] 찾을 날은 멀었고 돈 한 푼 없이 살림을 해갈 차비가 막연해서 홧김에 먹어놓은 술기운에 이 일을 저질러놓은 것을 봉근이도 상상할 수 있다. 그러나 그러한 속에서 여태껏 부모와 주위와 싸워왔길래 누이는 훌륭하였거늘 결국 돈 때문에 몸을 단 한 번이나마 맡기고 말았다면 어느 모를 취할 길이 있을 터이냐. 어머니와 다투고 집을 뛰쳐나오는데 봉근이가 쫓아 나온 것도 그것을 믿고 따랐던 때문이 아니었던가!

봉근이는 모든 것이 더러워 보였다. 아버지, 어머니, 누이─모두가 더럽고 구려 보였다. 세상에는 숭고하고 신성한 것은 도무지 찾을 수 없는 것 같았다.

벌써 해가 치밀어 앞으로 한 시간이면 학교가 시작될 것이다. 봉근이는 무거운 머리를 들고 맥없이 자리에서 일어났다. 아랫방에선 다시 잠이 들었는지 조용하다. 봉근이는 낯도 씻지 않고 아

---

17 건설 현장에서 은어처럼 사용하는 말로 지불, 셈, 계산을 뜻함.

침도 찾아 먹을 생각 없이 책보를 들고 방을 나섰다.

"얘 조반 안 먹구 발쎄 학교 가니?"

대문을 나서려고 할 제 이러한 누이의 소리가 들렸으나 그는 들은 척도 안 하였고 또 듣는 것까지도 더러운 것 같았다.

골목을 돌아서서 발샛길을 걸으며 봉근이는 더러운 하수구 속에서 비어져 나온 것같이 마음이 깨끗하고 일신이 가벼웠다.

아랫동리에서 오는 길과 합하는 곳에서 오학년 선생의 아들을 만났다. 그는 봉근이보다 한 학년 위인데 몸은 그와 비등하다.

코 흘린 자국이 발갛게 난 얼굴을 싱글싱글하며 서너 발자국 앞으로 뛰어가면서 홀쩍 얼굴을 돌리더니,

"깅호―꽁. 매부 몇이던지? 한 다―쓰? 두 다―쓰?"

하곤 닝큼닝큼 뛰어간다. 봉근이는 항상 듣는 이 말이 지금같이 모욕적으로 자기를 충격한 것을 경험한 적이 없었다. 어저께로부터 오늘 아침까지 보아오고 겪어온, 아니 나서 이만큼 자라기까지 경험한 가지가지의 더럽고 추한 것들이 함께 뭉쳐서 덩지[18]가 되어 그의 얼굴 위에 떨어지는 것 같았다.

"깅호―꽁. 매부 한 다―쓰? 두 다―쓰?"

다시 이렇게 곡조를 붙여서 외면서 선생의 아들은 저만큼 뛰어가고 있다. 봉근이는 더 참을 수가 없었다. 와락 두 주먹을 쥐고 모자도 책보도 길 위에 집어 던지고 뒤를 쫓아갔다. 선생의 아들은 여느 때와는 다른 봉근이를 보고 겁이 나서 달음박질을 치는데 봉근이는 길이고 밭이고 얼음이고 분간 없이 지금 따르고 있

18 '덩치'의 비표준어.

는 것이 누구인지도 잊어버리고 두 주먹을 쥔 채 죽기를 한하고 자꾸만 쫓아간다.

— 〈조선문학〉, 1937. 3.

처를 때리고

1

남수南洙의 입에서는 '이년' 소리가 나왔다.

자정 가까운 밤에 부부는 싸움을 하고 있다.

그날 밤 열한시가 넘어 준호俊鎬와 헤어져서 이상한 흥분에 몸이 뜬 채 집에 와보니 이튿날에나 여행에서 돌아올 줄 알았던 남편이 열 시 반 차로 와 있었다.

그는 트렁크를 방 가운데 놓고 양복을 입은 채 아랫목에 앉았다가 정숙貞淑이가 문을 열고 들어오는 것을 힐끗 쳐다보곤 아무 말도 안 했다. 한참 뒤에 "어데 갔다 오느냐"고 묻는 것을 바른대로 "준호와 같이 저녁을 먹고 산보한 뒤에 들어오는 길이라"면

좋았을 것을 얼김에 "친정 쪽 언니 집에 갔다 온다"고 속인 것이 잘못이었다.

그 말을 듣고 남수는 불만은 하나 어쩔 수 없는 듯이 "세간은 없어도 집을 그리 비우면 되겠소" 하고 나직이 말한 뒤에 그대로 윗방으로 올라가서 자리에 누웠다.

정숙은 준호와 저녁을 먹고 산보한 것이 감출만 한 것도 안 되는 것을 어째서 자기가 난생처음 거짓말을 하였는가 하고 곧 후회되었으나 준호와 산보하던 때의 기분으로 보아 준호도 그것을 남수에게 말하지 않을 것이라 생각하고 다시 두말없이 그대로 아랫방에 자리를 깔았다.

그것이 오늘 남수가 저녁을 먹고 나가서 준호와 만났을 때에 탄로가 난 것이다. 하리라고는 생각도 않았던 준호가 무슨 생각으론지 남수에게 그 말을 해버렸다. 참으로 모를 일이다. 물론 준호 역시 말해서 안 될 만한 불순한 행동을 하지는 않았다. 그 역시 그만 일을 숨기느니보다 탁 털어놓고 농담으로 돌리는 것이 마음에 시원했을 것이다. 그는 늘 남수를 우당愚堂 선생이라 부른다.

"우당 선생 부재중에 부인과 산보 좀 했으니 그리 아우"쯤 말하고 껄껄 웃었는지 모른다. 아니 준호의 일이니 "내가 핸드백이 된 셈이죠. 어쨌거나 우당 선생 주의하슈. 그만 연세가 꼭 스왈로[1]를 기르고 싶을 시깁니다" 정도의 말은 했을 것이다.

이런 농담을 들을 때 남수는 얼굴에 노기를 그릴 수는 없었으나 마음만은 몹시 불쾌하였을 것이다. 가랫물을 먹은 듯한 찡그

---

1 swallow, 제비.

린 얼굴로 애써 웃어 보려는 남수의 표정이 생각된다.

원체 자기네들이 남수에게 그날 밤 일을 어떻게 말할까. 다시 말하면 속일까 바른대로 말할까, 또 말한다면 어느 정도로 고백할 것인가를 협의해두지 않은 것이 실수였다. 그러나 그런 협의를 해둘 만큼 그들은 남수에게 죄를 짓고 있다고는 생각지 않았다. 그런 죄를 의식하고 그런 협의를 할 필요가 있다고 생각했다면 그들은 적어도 양심의 가책 때문에 산보까지도 중지했을 것이다.

그날 밤의 산보. 그것은 정숙이 혼자만의 생각인지는 몰라도 물론 단순하게 길을 걷고 불이 아름답다느니 얼마 안에 꽃이 피겠느니 하는 것으로 시종된 것은 아니었다. 입으로 나온 말은 그 정도인지 몰라도 정숙이가 가졌던 흥분만은 이상하게 높았던 까닭이다.

어쨌든 그 말이 준호의 입에서 탄로가 나서 그 자리에선 웃고만 모양이나 밤에 돌아오는 대로 남수는 정숙에게 치근스럽게 트집 비슷한 말을 걸었다. 그것이 벌어져서 드디어 싸움이 되었다.

지금 정숙은 팔을 걷어붙이고 남편에게 대든다.

왜 그랬으면 어떠우, 속였으면 어떠우. 밥 먹고 산보한 건 좋으나 속인 게 불쾌하다구. 밥 먹구 산보만 한 줄 안다면 속였다고 불쾌할 게 뭐유. 그 이상 딴짓을 했으리라는 더러운 생각이 없다면 불쾌할 게 뭐유. 내가 그날 밤 속인 건 털어놓구 말하믄 오도카니 양복을 입은 채 맹초같이 앉아 있는 게 불쌍해서 속인 거유. 그래 어린애가 돼서 옷을 벗기구 자리를 깔아주어야 되우. 언제 온다는 통지두 없는 걸 허구한 날 당신만 기다리구 있어야 옳소.

사흘 밤이나 기대렸수. 이날일까 저날일까 기대리다 지쳐서 저녁 전에 거리나 한 바퀴 돌려구 나갔댔수. 돌아오다 길에서 만나서 준호 씨와 저녁 먹은 게 그리 큰 잘못이구려. 저녁 먹구 집에 와야 할 것두 없구 심심만 허겠기에 같이 산보 좀 한 게 큰 잘못이구려.

왜, 그렇게 채려놓구 있다 맞아들이는 게 좋거들랑 기대리는 사람 생각두 좀 해보죠. 전보 치고 온다는 걸 내가 일부러 나가고 집을 비워두었던가.

뭐이 어때요. 그게 속인 변명이 되느냐구. 안 되믄 말어요. 애써 변명허는 건 아니니. 만일 내가 일이 있어서 언니 집에 갔다 온다구 안 했다면 그날 당장에 오늘 같은 싸움판이 벌어졌을걸. 그래 그때 준호 씨와 밥 먹구 산보하다 온다구만 말했으면 거, 참, 잘했군 하고 칭찬할 뻔했수. 뭣이. 씨는 무슨 씨냐구 당신의 친구를 대접해서 부르는 거요. 준호 씨 준호 씨 자꾸 씨 자를 넣어 부를걸. 그 입에 발린 소리 좀 작작해요. 그날 밤으루 당신이 엉뚱한 시기를 했을 게유. 질투에 불이 붙어 밤잠두 못 잘 게 불쌍해서 속인 겐 줄두 모르구.

왜. 어때. 흥. 너 같은 것에게 질투는 무슨 질투냐구. 그래 지금하구 있는 당신의 샘트집은 질투가 아니구 질투 사춘이유. 당신은 몇 살이구. 내 나이두 반칠십에 당신은 내일 모레믄 사십이 아니오. 어제오늘 길거리나 술집에서 만난 사람들인가.

옳아. 옳아. 내가 아무리 주릿댈 안길 년이믄 그런 어린애들과 치정 관계를 맺을라구. 푸. 그만두. 그만두. 그럼 그게 그 소리지 뭔가. 그래 옳아 옳아.

뭣이 어째. 남이 말두 허기 전에 발이 재린 거라구. 저지른 죄가 있어 미리부터 넘겨짚어 본다구. 그래 내가 행실을 망쳤단 말이지. 이 쓸개 빠진 소리 좀 그만두어요. 사나이가 오죽 못났으면 제 여편네가 바람이 날라구. 저두 저 부족한 줄은 아는 게다. 어째서 준호보구는 못 해봤노. 눈앞에 자기 원수를 놓구 왜 아무 말 못 허구 웃기만 했나. 그리구는 지금 와서 나보구 이 야단인가.

흥. 죄는 준호에게 있는 게 아니라구. 속인 것이 죄라구. 그래두 자기 여편네가 남에게 농락되었다는 생각은 갖고 싶지 않은 게지.

뭣이 어째. 이년이라구, 이년. 말 잘했다. 반말하는 년, 이년이라구 그러믄 어떠냐구. 잘했다. 뭣이 더러운 년.

더러운 걸 볼라문 거울을 보구 말해. 누가 더러운 놈인가. 제 여편네를 농락했노라구 비웃는 놈을 앞에 놓고 뺨 한 개 못 갈기고 쓸쓸히 돌아와서 여편네보구 속인 게 잘못이라구. 왜 준호헌테 내가 반했수. 그랬으면 어떡헐래요. 준호허구 산보할 때 난 행복을 느꼈수. 당신에게 준호에게 있는 게 있수.

더러운 놈허구 누가 살라는가구. 응. 안 살아두 좋다. 차남수 아니면 서방 헐 사람 이 세상에 없는 줄 아는가. 차남수가 하늘 같애서 내가 이 생활을 하고 있는 줄 아는가. 차남수가 나를 호강을 시켜서 내가 그를 떠나면 거지질을 할 줄 아는가. 차남수가 위대한 인물이 돼서 내가 그를 떠나면 금시에 하늘을 잃은 듯이 미친년이 될 줄 아는가.

응. 안다 알어. 네가 어차피 그 말 헐 줄은 벌써부터 알었다. 네가 시굴 있는 년을 이혼허지 않는 것두 그 심보가 어데 있는지 난 벌써부터 알었다. 십 년 전엔 그런 게 문제두 안 됐었다. 그건 너나 내가 가정 안의 작은 사람이 아니었기 때문이다. 지금은 그걸 가지구 나를 내어 쫓으려는구나.

난 도마에 오른 고기다. 내 밑에 계집애 하나라도 있다문 이 학대는 안 받었을 게다. 애는 운동에 방해가 된다구 수술을 해서 너는 나를 불구자를 만들었지. 너는 시굴에 큰아들도 있고 딸 새끼도 있으니까. 응. 그리구는 나는 병신을 맨들고 첩으로 떨어트리고 애새끼 하나 안 붙여주고 지금 와서는 나가 달라구.

어디 말 좀 해봐. 무슨 큰 운동을 지금 하고 있나. 어째 나를 속이고는 아이 만내러 시굴은 다녔나. 내가 비럭질해온 돈으로 나 몰래 학비는 왜 보냈는가. 너희 집은 아직 천 석은 한다드라. 그 머리칼이 빠질 영감쟁이는 아들도 모로나. 내가 너희 돈 한 닢이나 쓴 줄 아니.

이놈 네 피를 뽑아 풀어봐라. 그 피가 무엇으로 뛰고 있는가. 누구 때문에 아직도 피가 네 몸에 돌고 있는가.

누가 너를 옥중에서 구해냈노. 네가 감옥에 있는 동안 육 년이란 허구헌 날 너는 그래도 전보질을 해서 나를 부르더구나. 차입두 날보구 시키더구나.

네 집에선 그때 돈 한 푼 보탠 줄 아냐. 영감두 할미두 네 본계집두 그때만은 아는 척도 안 하드구나.

친정에서 친구들한테서 별별 굴욕을 겪어가며 너에게 옷을 대고 밥을 대고 책을 대는 동안 네 영감은 아들이 옥에 간 건 그 몹쓸 년 탓이라구 물을 떠놓고 빌더라더라. 어서 그년이 죽어야 아들이 화를 면한다구. 그래두 그런 소리두 내겐 내겐 우스웠다. 난 너를 구해내려구 뼈가 가루가 되도록 미친년같이 헤매었다. 그래 지금 와서 그 보수로 나는 너한테 헌신짝같이 버림을 받아야 하느냐.

너한테 십 년 동안 뼈가 가루 되도록 해 바친 게 죄가 돼서 이년 소리를 듣구 더러운 욕을 먹어야 되니. 입이 밑구멍에 가 붙어두 그런 말은 못 하는 법이다. 입이 열 개래두 그런 수작은 못 하는 법이다.

감옥에서 나왔어두 벌써 삼 년이 되건만 네가 쌀 한 말을 사 왔나, 네 계집 속옷 하라구 융 한 자를 사 왔나.

응 허창훈許昌薰이. 그렇다. 허 변호사 그놈이 미친놈이다. 너를 여태껏 먹여오는 그놈이 미친놈이다.

아니 너는 세상에서 뭐라구 하는지나 알구 있니. 허 변호사는 영리한 놈이라 차남수가 옛날엔 ○○계 거두니까 돈이나 주어 병정으로 쓰구 제 사회적 지위나 높이려구 한다는 소문이나 너는 알구 있니. 또 차남수는 자기가 이용되는 줄 알면서 그것을 거꾸로 이용하여 생활비를 짜낸다는 소문을 너는 알구나 있니. 그래 그게 청렴한 사람의 소위 청이불문[2]이냐.

응 그놈 허창훈이 놈. 내 오늘에야 이 말을 한다. 너는 그 집에

---

2 聽而不聞, 듣고도 못 들은 체함.

가서 구구한 말 한마디 하기두 싫어서 돈 관계엔 늘 나를 내세운 걸 알고 있지. 잊히지도 않는 작년 가을 김장 때이다.

　아 나는 이 말만은 안 하려고 했다. 그대로 잊어버리려고 했다. 그러나, 아아 가을비가 마른 오동나무 잎을 울리던 것이 아직도 나의 귀에 새롭다. 나는 열린 창밖으로 불빛이 쏟아져서 그 빛 가운데 빗발이 실발같이 반득거리는 것을 보면서 허 변호사가 나오는 걸 기대리구 있었다. 너두 잘 알고 있을 허창훈이의 응접실이다.

　나는 이십 분은 기대렸다. 그대로 와버릴까 하고도 생각해봤다. 더러운 놈들 돈 몇 푼 가지고 사람을 골릴 작정인가 하구 분한 마음도 생겼으나 돈은 급허구 또 어제오늘 사귄 사람두 아니구 제 편에서 와달라고 사람을 보낸 터이라 나는 분을 누르고 기대렸다. 응접실 문을 벌컥 열드니 닝글닝글 웃더라. 얼굴이 벌건 게 술을 처먹었더라. 쓱 들어서서 문을 닫고 다시 창문 있는 쪽으로 갈 때에 그의 몸에서 술 썩은 냄새가 쿡 코를 찌르더라. 문을 닫고 창장[3]을 내려덮은 뒤에 그놈이 하는 말이 비 오시는데 무슨 용무가 계십니까, 그러면서 테이블 맞은편에는 의자도 있고 저편에는 소파도 있건만 그놈은 으슬으슬 내 옆으로 다가들드라. 내가 비둘기 같은 처녀라면 모르거니와 나두 천군만마의 속을 겪어온 년이 그놈의 눈알이 붉어진 것과 씨근거리는 숨결과 그 말하는 투로 그 지더구하는 몸가짐으로 그놈의 속이 무엇을 탐내고 있는지야 모를 겐가. 이리같이 덤벼들면 나는 사자와 같이 대항

---

3 窓帳, 창에 둘러치는 휘장.

하여 그놈을 가리가리 찢어버릴 만한 기운은 있었다. 그러나 나는 모른 척했다. 애써 그놈의 변한 태도를 모른 척해서 효과를 내일까 했다. 그는 다시 말하드라. 무슨 의논허실 용무가 계시느냐구. 그의 목소리가 떨리고 나의 볼때기에 술 썩은 뜨거운 입김이 획 스쳐 가면서 나는 갈구리 같은 손이 나의 젖통을 부여 뜯는 것을 느꼈다. 나의 손은 번개같이 그놈의 뺨을 갈겼다. 그 잘칵하는 소리. 그것은 그놈에게두 의외였고 나의 귀에도 뜻밖인 듯했다. 나는 의자를 옮겨 길을 막으며 문 있는 쪽으로 종종걸음을 쳤다. 그러나 한참 동안 그놈은 벙벙하여 어쩔 줄을 모르고 그 자리에 서 있더라. 그 짧은 순간 변호사 허창훈이도 그가 한 행동에 대하여 반성했을 게구 현관으로 뛰어나오며 나도 내가 당하고 또 행동한 것에 대하여 생각했다. 나는 슬펐다. 눈물이 연거푸 볼 편으로 쏟아져 흘렀다.

　나는 때렸건만 맞은 때보다도 분하였다. 나는 신을 어떻게 신었는지 모른다.

　나는 비를 맞으며 오동나무와 노간주나무와 전나무 사이를 지나 대문 있는 쪽으로 걸어갔다. 정숙 씨 정숙 씨 하고 부르는 소리가 등 뒤에서 나더라. 물론 허창훈이가 뒤쫓아 오는 것이다. 그는 나뭇잎이고 나무글키[4]고 풀숲이고 분간 없이 비 내리기 시작하는 뜰 안을 뛰어오더라. 그리고 나를 붙들더니 펄썩 그 앞에 엎드려 죽을죄로 용서해달라고 빌드라. 나는 발길로 찰까 했다. 그러나 잠깐 그것을 내려다보다가 그대로 그를 비껴서 대문을 향하

4 '그루터기'의 방언.

여 걸었다. 그는 다시 쫓아와서 봉투를 내밀더라. 내가 뿌리치매 그는 나에게 꽂듯이 내던지고 총총히 뛰어가 버리더라. 나는 울면서 한참 그 자리에 서 있었다. 비는 더 세게 내렸다. 그래 그 봉투를 어떻게 했는지는 네가 잘 알 게다. 배추를 사고 무를 사고 고추를 사고 소금을 샀다. 아니 마늘도 사고 미나리도 사고 굴도 샀다. 젓국도 샀다. 오늘 저녁 짠 김치는 너도 먹었고 나도 먹었다.

아 아. 이것이 너의 친구다. 십 년 아니 이십 년이나 너를 돌보아주는 애비보다 에미보다 낫다는 너의 친구다.

말 좀 해봐. 왜 아무 소리도 없나. 너는 지금 나를 보고 부르짖어야 한다. 이것을 여태 동안 감추고 네 앞에 티끌만치도 그런 빛을 보이지 않은 것두 내가 허창훈이와 치정 관계가 있어서이냐.
말해봐라. 이것은 산보한 걸 속인 것보다두 결코 적지 않은 일일 게다.
또 네가 사나이라면 그 즉시로 칼을 들고 허창훈이를 쫓아가라. 그에게 돈을 던지고 그의 가슴에 칼을 꽂아라.

그놈이 돈을 낸다구 출판사를 하겠다구. 출판사를 하여 문화 사업을 한다구. 너두 양심이 있는 놈이면 잡지책이나 내구 신문 소설이나 시 나부랭이를 출판하면서 그것이 다른 장사보다 양심적이라는 말은 안 나올 게다. 직업이 필요했지. 그따위 장사를 하려면 왜 여태껏 눈이 말똥말똥해 앉았었나. 작년에 하지. 아니 재작년에 하지. 문화 사업. 이름은 좋다. 우정이 두터운 봉사심이 많은 허창훈이를 패트런으로 해가지구 문화사업에 착수한다.

홍 사회주의, 이름은 좋다. 그 철없는 것들이 웅게중게 모여들어 선생, 선생 하니 그게 그리 신이 나던가. 우쭐해서 갈팡질팡. 드럽다 드러워. 제 여편네 젖통 만지는 건 모르구 눈앞에 내놓는 지폐장만 보이나.

징역이나 치른 게 장한 줄 아는가. 거지에게 돈 한 푼 준 게 십 년 뒤에두 적선인 줄 아는가.

왜 때려. 왜 때려. 이놈이 내게 손을 걸어. 이놈. 이 도적놈. 이놈아. 이놈아 이놈아. 날 죽여라. 이 도적놈. 날 죽여라.

네가 뭘 잘했기에 나에게 손을 거니. 이놈아. 날 죽여라. 죽여라. 자. 이걸로 날 찔러라. 응, 이놈아.

야, 사회주의자 참 훌륭허구나. 이십 년간 사회주의나 했기에 그 모양인 줄 안다.

질투심. 시기심. 파벌 심리. 허영심. 굴욕. 허세. 비겁. 인치키.[5] 브로커. 네 몸을 흐르는 혈관 속에 민중을 위하는 피가 한 방울이래도 남아서 흘러 있다면 내 목을 바치리라.

정치담이나 하구 다니면 사회주원가. 시국담이나 지껄이고 다니면 사회주원가. 백 년이 하루같이 밥 한술 못 벌고 십여 년 동안 몸을 바친 제 여편네나 때려야 사상간가. 세월이 좋아서 부는 바람에 우쭐대며 헌 수작이나 지껄이다가 감옥에 다녀온 게 하늘

5 いんちき, 부정. 사기.

같아서 백 년 가두 그걸루 행셋거릴 삼어야 사회주의자든가.

　그런 사회주언 나두 했다. 난 남의 은혜를 주먹으로 갚지만 못
했다. 애 낳는 것까지 두려워 수술을 해가면서두 오늘 이 꼴 당하
게 될 생각만 못 가졌다. 미련한 이년은 십 년이 하루 모양으로
남편을 하늘같이 알고 비방과 핍박 속에서 더울세라 추울세라 남
편만을 섬겼건만 그날 뒷날 첩으로 되어 쫓겨나게 될 줄만 몰랐
다. 두를 걸 못 두르구 먹을 걸 못 먹으면서도 남편에게 의식 걱
정시켜서는 안 된다는 미련한 마음만을 먹을 줄 알았다. 남편에
게 불만이 있고 가정 안에 울화가 있어도 그걸 누르고 참을 줄만
알았지 어디 대고 한번 떳떳하게 분풀이할 줄은 몰랐다. 그게 죄
가 돼서 오늘 너에게 매를 맞고 주먹다짐을 당해야 하는구나.

　왜. 왜 나가니. 왜 윗방으루 도망허니. 헐 말두 많을 게구 갈길
힘두 많을 게구 나 좀 더 때리고 가지, 응 응.

　흐윽 흐윽 흐윽.

2

　힘없이 그는 쓰러진다. 아직도 귀 밖에서 처의 울음소리가 들
리건만 그의 머리는 연기로 가득 찼다. 연기는 무거운 쇳덩어리
로 변하고 다시 물 축인 해면같이 엉켜 돌다간 구름같이 피어서
와사 모양으로 꽉 찬다. 아래로 몰렸던 피가 얼굴로 올라온다. 얼
굴빛이 점점 붉어지고 머리칼 속에서 비듬이 따끔따끔 간지럽다.

관자놀이를 몽치가 두드린다.

푸, 한숨도 제대로 안 나온다. 남수는 담배도 안 피우며 그대로 장판 위에 번듯이 자빠졌다. 십 촉 전등이 물끄러미 그를 내려다보고 있다. 눈을 감아도 천장에 얼굴이 나타난다. 안경 끼고 콧수염 난 점잖은 신사의 얼굴. 남수는 우선 생각한다.

허창훈 군. 네가 내 아내를 어떻게 했나. 내 아내의 젖통을 도적하고 그다음 너는 내 아내를 어떻게 할 작정이었나. 그전 순간도 아니요 그다음 순간도 아니요 바로 그 순간만 너는 내 아내를 약탈할 생각이었나.

네가 내 아내의 젖통을 약탈하고 내 아내의 볼때기에 술 썩은 더운 김을 끼얹고 떨리는 목소리로 무슨 의논할 말이 있느냐고 물으면서 너는 내 아내와 진심으로 무엇을 의논하고 싶었는가.

정숙이는 내 아내다. 내 애인이다. 내 동지다. 창훈이. 누구보다 네가 그건 잘 알 게다. 너는 내 애인과 무엇을 의논하고 싶었는가.

나는 정숙이가 고백하는 이상의 일이 그날이나 또는 내가 이 세상에 없고 내 아내가 혼자 있던 날이나 아니 그 뒤에도 어느 때에도 너와 정숙이 사이에 있었다고는 믿지 않는다. 나는 안 믿으련다. 그 이상의 일이 있은 것을 가령 세상 사람이 모두 알고 세상 사람이 수군거리고 비웃더라도 나는 그것만은 믿지 않으련다. 믿지 않아야 나는 구할 수 있다. 그것을 믿게 되는 날 나는 무엇이 되느냐. 이 더러운 연놈들하고 나는 칼을 들어 마치 치정극에 나오는 불쌍한 주인공 모양으로 너희들을 질투와 의분에 불타는 칼로 찔러버려야 할 것이다. 너희들은 나에게 그런 연극을 시킬 작정이냐. 창훈이. 너는 네가 여태껏 나에게 베푼 수많은 은혜의 보수로 내 칼을 받아야 할 것이냐.

옳다. 나는 너도 또한 사람이던 것을 잊었다. 계집에게서 매력을 느낄 때에 그것이 자기에게 어떤 관계에 서는 계집인 줄을 잊고 성적 충동과 흥분을 느끼게 되는 동물적인, 아니 진실로 인간적인 한 개의 사람이란 것을 잊어버리고 있었다. 혹은 자기와 피를 같이 나눈 누이, 피를 같이 나눈 형이나 동생의 아내, 혹은 삼촌댁 혹은 조카며느리, 아니 제 애비의 젊은 첩 다시 말하면 자기의 서모다. 엷게 입은 옷 속으로 여태껏 생각도 안 했던 불룩한 젖가슴을 처음 볼 때, 보르르한 솜털 속으로 흰 살이 등골로 흐른 것을 멀거니 볼 때, 물기 품은 잼 같은 입술이 쭝긋쭝긋 웃고 있는 것을 눈앞에 직면하여 볼 때, 자고 깨나서 기지개를 하는 순간 흘러내린 치마허리로 흰 살이 슬쩍 눈에 뜨일 때, 커다란 못 같은 두 눈이 이글이글 타고 있는 것을 숨결로 느낄 때, 아 이때에 그 누구더냐, 누가 감히 그 순간 그것이 자기 자신을 동물로 환원해 버리는 것을 느끼지 않을쏘냐.

하물며 제 동지도 아니요 이러저러한 친구의 마누라가 합체 뭐냐. 친구의 마누라쯤이 대체 뭐냐.

그런 일은 나도 있었다. 너도 있었다. 아니 세상의 모든 사나이에게 모두 있었다.

내 아내에게서 그것을 느낀 놈이 비단 허창훈이 하나뿐이랴. 준호도 그걸 느꼈으리라. 아니 준호에게 내 아내가 느꼈는지도 모르나 이건 마찬가지다. 아니 그전 옛날 청년회관에 출입하던 모든 남자, 그 중에서도 정숙이를 먹으려고 하던 몇 사람의 남자.

그들은 밤마다 생각하고 틈 있을 때마다 그것을 느꼈으리라.

내가 없는 동안 남자들이 정숙이에게 어떻게 굴었고 또 정숙이가 사나이들에게서 무엇을 느꼈으며 이것을 누르기에 얼마나 힘을 썼는지는 이 자리의 누가 감히 보증할 수 있을 것이냐.

그러나 옥중에 있는 동안 참말로 말할 수 있다만 나는 그것을 생각해보고 안타까워하며 몸이 달아한 적은 한 번도 없었다. 그런데 이것이 웬일이냐. 나는 오히려 세상에 나와서 아내를 내 옆에 놓고 가끔 그것을 느끼니 이것이 대체 어찌 된 일이냐. 오히려 내가 없었을 때 일까지를 상상하고 나는 때때로 몸이 달아한다. 아내는 그전과 조금도 다름없이 굴건만 아니 그전보다도 더 얌전하게 집 안에만 들어 있건만 나는 그전과는 판이하게 그것을 느낀다.

나는 의처병에 걸렸을까.

물론 이런 것은 나도 안다. 아내가 나에게 불만을 가지고 있다는 것 이건 벌써부터 내가 잘 알고 있다. 그것은 오늘 밤 방금 정숙이가 한 말로 증명할 수 있지 않나. 사실 나는 그에게 불만이 있다는 것을 느낀 적은 퍽 오래전부터이다. 그러나 나에 대한 그의 불만이 이렇게 그의 전 몸뚱이에 혈관같이 퍼져 있는 줄은 몰랐었다. 그가 말하는 모든 불만, 그가 내게 대들며 삿대질을 하듯이 들씌우는 모든 불평이란 것들이 하나도 거짓은 없고 그것 전부가 사실이라 할지라도 그리고 나 역시 그것을 희미하게나마 생각하고 있었다 할지라도 나는 그것이 정숙이의 몸에 그렇게 뿌리 깊게 적어도 그러한 형태로 퍼져 있는 줄은 상상하지 못하고 있었다. 어디서 옛날의 정숙의 면모를 찾을 수 있느냐. 그의 생각 그의 관찰 그의 비판, 모든 관점이 다른 옆집 부인네보다 못하면 못하지 조금도 나을 것이 없다.

나는 울고 싶었다. 나는 때리고 싶었다. 그래서 나는 생전 처음 그를 갈겼다. 내 주먹은 몇 번 주저하고 또 몇 번은 스스로 억제할 수도 있었으나 드디어 나는 그를 갈겼다. 나는 아무 말도 못하면서 그를 갈겼다. 아, 그것은 나 자신을 때리는 것이었다.

창훈아. 너는 지금 말하여라. 너는 지금도 내 아내를 낚고자 나를 시켜 출판사를 만드느냐. 너는 내가 없을 때마다 정숙이를 찾아와서 돈을 가지고 내 아내를 압박하려느냐. 또 젖통을 부르 뜨고 그의 얼굴에 더운 김을 내뿜을 터이냐. 그리고 뻔히 뭣 하러 온 줄을 알면서 닝글닝글 웃으며 무슨 용무가 계십니까 하고 내 아내의 옆으로 다가들 터이냐. 이것을 알면서도 나는 너와 함께 주식회사를 조직하여야 하느냐.

오냐 그런 것을 알면서도 나는 할 것이다. 네가 나에게 정책적으로 논다면 나는 너한테 지지는 않을 게다. 어떻게 했든 나는 눈을 감고 이번에 오만 원은 출재(出財)시키고 말겠다. 네가 눈 가리고 아옹하면 나도 한다. 네가 내 아내에게 그런 행동을 한 이튿날 나는 너와 만났다. 그때 너는 천연스럽더구나. 너는 고민도 안 하였니. 네가 정숙이에게서 느낀 것은 애정이 아니고 성욕이냐. 성욕도 애정도 마찬가진 줄은 안다. 그러나 그 어느 것이냐.

아 이런 건 다 쓸데없는 질문이다. 최정숙이는 나의 아내다. 그러기에 나는 그를 때렸다. 그도 울면서 나에게 대들었다. 지금 그는 아무 말도 안 하고 윗방에 엎드러져 있다. 그는 제가 방금 무슨 말을 하였는지를 비로소 생각할 수 있을 게다. 그는 자기가 한 말에 스스로 놀랄 것이다. 내가 때린 주먹 자리를 지금 만져보는지 모른다. 멍울이 졌겠지. 그러나 그도 자기 볼때기를 때리고 머리를 문지른 것이 자기 자신인 것을 깨달을 것이다. 그 증거로 그는 지금 윗방에서 자지도 않으나 울지도 않고 그대로 조용하다. 부석부석 부은 눈은 지금 말똥말똥 무엇을 뚫어지게 바라보고 있을 것이다.

김준호. 나는 너에게도 말할 것이 있다. 너는 좋은 청년이다.
처음 나는 너를 내 처에게 총명한 청년이라고 말했더니 처는 나를 비웃으며 김준호는 경박한 청년이라고 완강히 나에게 반대했다. 글쎄 그만둬요. 무슨 김준혼지 뭔지 당신은 어찌 그리 감격하길 잘 허우. 사람이란 첫인상만 보구 어찌 그리 내막을 알 수 있수 하고 나를 톡 쏘아붙였다.
그러나 너도 알다시피 지금은 너를 싫어하지 않는다. 너와 저녁을 먹고 너와 산보할 때에 내 처는 행복을 느낀다고 말하였다. 내 처는 너에게 반했다고 말했다. 이렇게 말하는 나의 아내가 진심으로 너에게 애정을 느끼고 참말로 반했는지 그것은 좀 더 생각해볼 여지가 있을 것이다. 감정이 격한 나머지 일종의 반발로 약을 올릴 양으로 그럴 수도 있으니까. 그러나 너와 산보할 때 행복을 느낀다는 말이 전혀 근거가 없는 말이라고는 나도 생각할 수 없다. 나의 처는 드디어 이렇게까지 질문하지 않았느냐. 준호에게 있는 것이 당신에게 있수.

　그렇다. 나는 지금 나에게는 없고 준호 너에게만 있는 것을 생각해본다. 너는 과연 나에게 없는 어떠한 것을 갖고 있느냐. 천박하다고 경멸하고 냉소하면서도 너를 만나면 기쁘고 너와 같이 걸을 때 행복과 흥분을 갖게 되는 어떠한 것이 너에게는 있느냐. 경박 그 자체가 너의 매력이냐. 그렇지 않으면 여자를 압도하고 그들을 뇌쇄해버릴 만한 두 살 난 표범 같은 억센 정열이냐.

　나는 지금 내가 너를 처음 만나고 또 출판 주식회사의 계획을 함께하는 동안 너에게서 느낀 솔직한 감상을 분석해볼 흥미를 가지고 싶지 않다. 그것보다도 나는 지금 뚜렷하게 너와 나의 아내인 정숙이와의 관계를 추궁해보고 싶다.

　처는 아까와 같이 남편에게 불만을 가지고 있었다. 세속적인 불만 외에 여러 가지 불만이 함께 엉클어져 있었다. 그것을 그는 명확하게는 인식하지 못하였고 또 그렇게 되는 것을 두려워하고 있었다. 그러나 그의 몸에는 이 불만이 흠뻑 젖어서 구석구석까지 침윤되어 있었던 것을 지금 깨달을 수 있다.

　너는 그런 때에 우리들 앞에 나타났다. 찬란하나 포착할 수 없고 경쾌하나 걷잡을 수 없고 편협한 듯하면서 자기 행동에는 지극히 관대하고 무겁지 않으나 어디로 흐르는지 알 수 없는 굴신자재屈伸自在한 성격, 이것이 정숙이의 눈에 강렬한 자극을 준 것이 사실이다. 그러므로 당장에 그는 반발하였다. 그까짓 경솔하고 천박한 자식. 신문기자란 부랑자가 아닌가. 이렇게 그는 입으로 공언하고 자기 내심에도 타일렀다. 그러므로 그는 너의 말에 내가 찬성하여 허창훈이와 기타 호남지방에 있는 돈 있는 이들을 움직이어 출판사와 인쇄소의 주식회사를 만들려는 것을 속으론 비웃었을 것이다. 그런 놈하고 무슨 사업이냐.

그러나 그는 경멸하고 기피하고 증오하면서도 아니 그렇기 때문에 더욱더욱 너에게서 오는 자극을 일층 강렬하게 받았다.

나는 지금 나 자신에 대하여 끝까지 잔인하면서 이것을 추궁해본다. 이렇게 하는 것은 나 자신에 대한 모욕이다. 나는 그것을 느낀다. 제 여편네가 나이 어린 젊은 녀석에게서 제 서방에게 없는 매력을 느껴 그것에 끌리어 들어가는 것을 냉혹하게 관찰해나가는 과정은 준호야, 네게는 아무것도 아닐지 모르나 나에게는 큰 고통이다. 준호야, 너는 아마 다른 계집을 대하는 듯이 내 아내에게도 대하였을 것이다. 사실 네가 내 아내의 어느 곳에 매력을 느꼈을는지는 도저히 상상할 수 없기 때문이다. 그러나 나는 네가 여자에게 대하여 취하는 태도를 알고 있다. 그것은 의식하건 안 하건 여자에 대한 너의 비결이다. 너는 그것을 아무 여자에게도 사용한다. 여급, 기생, 처녀, 남의 부인, 더구나 권태기에 빠져 있는 중년 부인에게는 상당히 강렬한 자극이 된다.

언뜻 보면 여자에게 흥미를 가지고 호의를 느끼는 듯이 보이면서 또 그렇지 않게 보이는 것, 다른 사람들은 낯을 붉히고 부자연한 태도를 가지고야 말할 수 있는 것을 대번에 싱글싱글 웃어가며 참말같이 또는 농말같이 말해버리는 것, 이런 것이 여자에게 흥미를 던져준다. 어떤 때는 사랑하는 남자같이 행동하나 또 어떤 때는 전혀 딴사람같이 대해준다. 누가 자기의 애정을 고백하면 너는 여지없이 그를 환멸의 심연으로 떨어뜨린다. 그러나 그가 완전히 단념해버리도록 거절도 안 하고 어디에곤 야릇하게 한 줄기의 실오리를 붙여둔다. 너는 거침없이 표범과 같이 날쌔게 그들의 눈앞에서 정력을 휘두른다.

네가 그 이상 숨어서 이러한 여성들에게 어떤 행동을 취하는지는 나는 알 수 없다. 네가 네 앞에 나타나는 성적 대상에 대하여 생불과 같이 대하지는 않는다고 하여도 적어도 비루한 트릭을 써가지고 그들을 농락하지 않는 것만은 사실일 것 같다.

나와의 십여 년 동안의 생활에서 자극을 잃고 권태에 빠져 있는 나의 아내 최정숙이가 나에게서 찾을 수 없던 포착할 수 없는 매력을 너에게서 느끼기 시작한 것은 결코 이상한 일은 아니다. 나는 퍽 전에 이것을 느꼈다. 무엇보다도 정숙이의 지나치게 심한 너에 대한 과소평가에서 나는 언뜻 그것을 느꼈다.

하루는 정숙이가 저녁녘에 종로를 다녀오더니 이렇게 나보고 말하더라.

백화점에서 나오다가 바로 문 옆에서 준호 씨를 만났는데 웬 양장한 여자와 웃고 지껄이더니 내가 물끄러미 서서 보는 것을 눈치채곤 그대로 인사하고 갈라지지 않겠수. 그래 여자와 갈라지더니 시침을 떼고 내게로 오길래 풍경이 아름답구려 했더니 흥흥하고 코웃음을 치며 둘이 한번 그런 풍경 만들어볼까요 하겠지. 그래 내가 어린것이 그게 무슨 버릇없는 소리냐고 했더니 그럼 죄지었으니 차라도 어디서 먹읍시다. 그리곤 어딘지 낮에는 차 팔고 밤에는 술 판다는 무슨 바엔가를 앞서서 갑디다. 가면서 하는 말이 이제 그게 영화배운데 젖통 크기로 유명하우 하면서 싱굿싱굿 나를 보는구려. 그 하는 수작이 너무 천하고 품위가 없어서 욕이라도 해줄까 했으나 원체 버들가지 모양으로 바람이 몰아치면 부러질 사람이유. 그런데 또 찻집에 들어가서 하는 짓이 장관이죠. 당번 여급이 보아하니 활량인데 이걸 턱 옆에다 앉히더니 자 내가 하나 물으니 대답하면 내가 한턱 내구 지면은 너의 제일 귀한 걸 내게 바쳐야 한다. 또 나도 제일 귀한 걸 바치라면 그걸 걸어도 좋지. 이러고는 그 앞에 있는 네모난 흰 종이를 쓱 들더니 자 이게 무슨 그림인가. 여급이 아무리 봐야 백지밖에. 쳐들고 보아도 안 보이고 스쳐보아도 안 보이니 그 여자의 대답도 걸작이지. 하는 말이 바람을 그렸다. 바람은 눈에 안 보이니까. 준호는 고개를 쭝긋쭝긋하며 그 말도 비슷하나 가작이지 걸작일 수는 없다. 내 해석은 이렇다. 이 그림은 토끼가 거북이를 따라가는 그림이다. 거북은 앞서서 이미 이 종이 밖으로 달아가고 토끼는 늦어서 아직 종이까지 오지 못했다. 계집애도 좋아라고 손뼉을 치니 준호 하는 말이 너도 낙제는 아니니 키스쯤으로 용서한다고 막 야단이겠지. 그래 레이디를 앞에 앉히고 그게 무슨 쌍스러운 장난이오. 당신 동무 참 훌륭합디다. 그게 망나니지 뭡니까. 배라먹을 놈.

이 말을 싱글싱글 웃으며 듣고 있던 나는 마지막 말이 나올 때 언뜻 느꼈다. 정숙이 자신이 준호에게 의식적으로 반발하고 있다는 것을 그때에 눈치챈 때문이다. 의식적으로 애써 그를 밀쳐버리려는 노력, 그것은 하면 할수록 더욱더욱 그 속으로 밀려 들어가기만 한다.

그리고는 매일에 한두 번은 반드시 내 처가 네 욕을 한다. 까분다. 부랑자다. 행실머리 없다. 이럴 때마다 나는 속으로 지금 제가 저 자신과 싸우고 있구나 하고 생각했다.

오늘 밤 싸움만 해도 물론 이렇게 될 일이 아니었다. 정숙이가 속인 것에서 시기심을 느꼈다든가 너희들이 산보할 때 무엇을 했을까 하는 것을 쓸데없이 상상하고 질투를 느끼고 트집을 건 것은 아니다. 내가 농말 비슷하게 이야기를 했더니 갑자기 낯이 해쓱해지며 쓸데없이 바빠한다. 나는 그때만은 가슴이 찌르르했다. 이것은 분석해보면 질툰지 모른다. 몇 마디 오고 가고 하는 동안 쓸데없는 싸움인 줄 알면서도 걷잡을 수 없게 되었다.

자 준호 군 어찌 되었든 나는 군을 믿고, 일을 계속하세. 군이 내 아내를 어떻게 했겠는가. 내 마누라는 감춘 것을 군은 스스로 고발하지 않았는가. 또 그 이상의 일이 있다 해도 나는 그것에 대해선 생각지 않으려네. 세상 사람의 웃음거리가 되어도.

어쨌든 최정숙은 내 아내다. 오늘 밤 한 말은 아내로서 할 만한 말은 아니었으나 그가 불만을 과장해서 지적하고 나에게 대든 것은 나에게는 좋은 약이 되겠지. 지금은 처가 저렇게 흥분하고 있으나 곧 본정신으로 돌아갈 것이다.

여하튼 출판사는 해야만 한다. 결심한 이상 꼭 해놓고야 말 것이다. 사업이 아니라면 장사라고 불러도 좋다.

주식회사가 되기까지는 허창훈이도 필요하고 김준호도 절대로 필요하다. 허창훈 너는 돈을 가졌고 김준호 나는 너의 기술이 필요하다. 자본가를 끌기 위하여는 김준호 네가 꼭 있어야 한다.

아. 나는 마누라와 밤을 새워 치정 싸움을 일삼게 되었구나.

그러나 창훈아 준호야. 아니 누구보다도 정숙아. 나는 너희들과 함께 출판사를 하련다. 아니 장사를 하련다.

3

일곱 시가 되어 햇발이 영창에 퍼졌을 때에 아랫방에서 자던 정숙이는 일어나서 거울을 보았다. 눈알이 충혈이 되어 핏줄이 둥글고 퍼런 눈알이 실꾸리같이 엉키었다. 두어 번 눈을 서먹서먹해보고 얼굴을 바싹 유리에다 들이대니 갑자기 안계眼界가 캄캄해지고 머리가 아찔하다. 그는 손으로 머리를 짚고 탁 엎드렸다. 코가 근질근질하여 손가락을 콧구멍 속에 넣어보니 피다. 종이를 비비어 꽂고 그는 부엌으로 내려갔다.

새벽녘에 피로에 지쳐서 간신히 들었던 잠을 윗방에 누웠던 남수도 문소리 때문에 깨버렸다. 머리가 아프다.

그러나 눈이 떠지자 그는 벌떡 일어났다. 그는 어젯밤 일을 생각지 않으려 한다. 아니 자기가 혼자서 생각하던 끝에 얻은 결론만을 회상하려고 한다.

아내가 부엌으로 가서 덜걱거리는 것을 보니 그도 그가 한 말과 남수에게서 맞은 것에 대하여는 생각지 않고 그가 울다 남은 끝에 도달한 건강한 결론만을 지금 마음에 갖고자 하는 것이 분명하다고 남수는 생각한다.

　이 방이 있는 집채와 안대문 하나로 사이를 둔 회사원네 집에서는 아이들이 벌써 참새와 같이 재깔댄다. 아버지와 함께 라디오에 맞추어 체조를 하려고 모두 일어나서 자리를 개는 모양이다.

　남수도 그들과 같이 체조를 할까 하였다. 그러나 명랑한 결론만을 생각하고 라디오 체조를 할 만큼 단순할 수는 없었다. 무엇보다도 그의 명랑해지려는 노력은 밥을 지으려고 부엌에 간 줄 알았던 아내가 금시에 아랫방으로 돌아와서 펄썩 앉으며 땅이 꺼지라고 깊게 짚은 긴 한숨에 부딪쳐서 깨지고 말았다.

　역시 아내는 어제 일을 깨끗이 잊어버릴 수 없는 모양이다. 그는 자기의 입으로 쏟아진 말에 대하여 생각하고 있는가 그렇지 않으면 남편에게서 맞은 것을 분하게 회상하고 있는가.

　한숨. 그것은 분할 때보다도 후회할 때 흔히 나오는 물건이라고 남수는 생각해본다. 그렇다면 그는 자기가 쏟아놓은 말에 새삼스런 두려움을 일으키고 땅에 흩어진 물을 다시 주워 담을 수 없는 자의 경지를 헤매고 있는 것이나 아닐까.

　남수는 측은한 마음이 생겼다. 아내의 괴로움이 남수 자신의 뼈에 사무치는 것 같아서 아내가 불쌍해졌다.

　뭘. 자기는 그만 것을 이해하고 용서해줄 만한 포용성과 관대한 마음은 가지고 있건만. 이렇게 생각하고 그는 아랫방으로 내려가서 아내의 등을 뚜덕뚜덕 두드려주며 그를 위로해주고 싶은 충동을 느낀다.

그러나 샛문을 열어젖힐 용기는 나지 않는다.

그때에 조간신문이 왔다. 마루 위에 대문 틈으로 들이치는 소리가 싸르르 하더니 턱 한다. 그는 미닫이 여는 소리를 내고 마루로 나가 신문을 집었다. 신문을 왈가닥 소리를 일부러 내며 이리 뒤치고 저리 뒤치고 한다.

아내는 지금 남편이 일어나서 어느 날과 다름없이 기지개를 하고 신문을 뒤적거리는 것을 알았을 것이다. 어젯밤 전에 없던 싸움이 벌어졌건만 남편은 아무렇게도 생각지 않는다. 이런 것을 남수는 정숙이에게 보여주고 싶었다.

남수는 신문을 들이뜨리고 뜰로 내려갔다. 태양을 향하여 끙하고 기지개를 한 뒤에 칫솔질을 하고 냉수에 세수를 하였다.

정숙이도 다시 부엌으로 나온다. 세수를 하노라고 구부리고 서서 다리 짬으로 남수는 정숙이의 모양을 슬쩍 본다. 뾰루퉁한 듯도 하나 얼굴은 무표정에 가깝다. 늘 하는 버릇으로 낯을 씻기 전에 얼굴을 크림으로 닦는 모양이다.

이제는 되었다. 이해는 성립되고 화해가 되었다. 남수는 방 안에 쭈그리고 앉아서 다시 신문을 본다. 정숙이는 부엌에서 왔다 갔다 한다.

"우당 선생 기침하셨습니까."

준호의 목소리다. 대문 밖에서 이 소리가 날 때에 일순간 가슴이 덜컥 내려앉고 바빠서 들었던 것을 떨어뜨릴 뻔한 것은 남수뿐만이 아니었다. 부엌에서 솥을 가시던 정숙이도 혈액순환이 정지된 사람 모양으로 한참이나 어찌 된 셈인지를 몰랐다.

준호. 모든 것의 원인을 지은 장본인이 지금 찾아온 것이다.

목소리는 다시금 안대문 밖에서 들려온다.

"우당 선생 아직 주무시우."

뜰로 뛰어나간 것은 남수나 정숙이나 동시였다. 그러나 남수는 마루 위에서,

"네 나갑니다."

하고 대답만 하고 문은 정숙이가 열었다. 허리를 구부리고 대문을 들어서더니,

"단잠을 깨워서 미안합니다."

하고 두 사람을 번갈아 본다.

"지금이 몇 신데 여적 잘라구."

남수는 손을 내민다. 그에게 악수를 청하는 것이다. 이것으로 모든 문제는 해결되는 듯이 내심에도 기뻤다. 그들은 손을 쥐고 흔들었다. 손을 놓고 나서 얼굴을 돌리고 옆에서 뻔하게 보고 섰는 정숙을 보더니,

"며칠 동안에 상하신 것 같습니다. 머 몸이 편찮습니까."

한다. 정숙은 불시에 얼굴을 만져보고,

"뭘 상하긴. 그렇거니 하니까 그렇죠. 또 나는 봄을 타서."

하고 간신히 웃어 보였다.

"네 봄을 타셔요. 좋으십니다. 봄을 타는 건 대단히 좋은 일입니다."

준호는 싱겁게 껄껄 웃는다.

"망측해, 봄을 타는 게 좋긴 머이."

"그런데 광대뼈 옆에 퍼런 건 무엇입니까."

준호가 쳐다보는 바람에 정숙이는 얼굴이 발개지는 것을 느끼며 손으로 멍울진 곳을 만져 보았다. 아직도 좀 아프다. 그러나 그는 아픈 것을 참아가며 몇 번 그것을 손으로 꾹꾹 누르고,

"어느 거. 이거. 여기 뭐 있어. 아무렇지두 않은걸요. 아마 버짐인 게죠."

하며 얼굴을 좀 돌렸다.

"자 어서 올러오슈, 이렇게 뜰 안에서 이럴 게 아니라."

윗방에 둘이 마주 앉아서 담배를 붙여 물었다. 뭘 하러 이렇게 어제저녁에도 만난 사람이 오늘 새벽에 또 찾아왔는가 하고 궁금도 했으나 어쨌건 그가 찾아준 것은 아내와의 화해를 위하여 좋은 기회가 되었다고 남수는 기뻐하였다.

한참 담배를 태우면서도 준호는 용건 될 만한 말은 꺼내지 않고 잡담만 한다. 그래서 남수는 말이 좀 끊어졌을 때에,

"그런데 오늘은 머 누가 돈을 새로 내겠다는 사람이나 생겼수. 미상불 좋은 소식을 가진 것 같은데."

하고 준호의 눈치를 보았다.

"머 용건 없이 놀러는 못 올 집이오."

하고 준호는 싱긋이 웃더니 천천히 담뱃불을 끄고 얼굴을 정색한다.

"다른 게 아니라."

이러면서 준호가 이야기한 것은 다음과 같다.

준호는 남수들에게는 비밀히 어느 신문사에 취직 운동을 하고 있었는데 오늘 아침에 그것이 결정이 나게 되었다는 것이다. 그러므로 출판회사 조직에는 금후에도 조력은 아끼지 않겠으나 직

접 관계는 끊어야 할 것이며 이삼일 후부터는 출근을 하게 될 판이므로 자기가 나서서 모아놓은 것을 인계해주겠다는 말이다.

"어차피 봉급생활을 할 바엔 신문기자를 몇 해 좀 더 해보려고 합니다. 그리구 이번엔 사회부로 가서 총독부 출입을 하라고 하므로 조건도 좀 좋고 또 여러 가지로 배울 것도 있을 것 같아서."

원수와 마주 대하여 앉아서도 불쾌한 낯을 나타내지 않을 만한 사교적 세련은 차려왔건만 이때만은 남수도 웃는 낯으로 장래를 축복한다고 기쁨을 표시할 수는 없었다. 소한테 물렸다는 말이 속담에 있거니와 남수는 이 어린것한테 한 밥 잘 먹히고 만 것이 되고 말았다.

남수는 말이 잘 나오지 않았다. 속이 찌르르하고 물 끓듯이 가슴이 부글부글 끓어오른다.

내 마누라를 농락한 놈이 이놈이다, 하는 생각이 새삼스럽게 생겨나며 이놈이 나를 농락하고 말았구나, 하는 분격한 마음이 끓어오른다.

제가 먼저 제안하고 제가 선두에 서서 일을 꾸며놓고는 그 뒤에 숨어서 그는 취직 운동을 하였다. 그리고 일이 막 되어가려고 할 즈음에 돌연히 뱀장어 모양으로 빠져나가는 것이 무슨 행동이냐.

"또 종잇값이 좀 내릴 것 같드니 오늘 시세도 그만인걸요. 앞으로 내릴 가망은 없는 모양이구려."

준호는 출판사 경영 앞에 암초까지를 암시하고 마치 남의 일을 비방하듯 한다. 남수는 주먹을 부르쥐고 그의 볼때기를 후려갈길까 했다.

그러나 냉정히 주먹을 굳게 쥐고 생각해보면 제가 미련한 놈이었다. 그는 아무것도 모르고 부엌에서 밥을 짓고 있는 처를 갈기고 싶었다.

'이년 이런 놈하고 산보할 때 너는 행복을 느끼느냐.'

이렇게 처를 두드리고 싶었다. 그러나 그 때리고 싶은 마음은 결국 제 자신에게로 돌아오는 불쌍한 심리였다.

준호는 호주머니에서 문서를 꺼내서 우물거리고 있다. 남수는 아무것도 눈 붙여보지 않으며 창문 있는 쪽을 멍하니 바라보고 있다.

라디오 체조 호령 소리가 갑자기 그의 귀에 어지럽다.

—〈조선문학〉, 1937. 6.

소년행 少年行

1. 찾아온 여인네

별로 깊은 잠을 들었던 것도 아닌 터이라 아래층 가게에서 자기 이름을 부르며 두런거리는 소리를 들으며 봉근鳳根이의 감았던 눈은 금시에 번쩍 뜨였다. 그러므로 뒤이어

"봉근아! 봉근아!"

하고 젊은 사람답지 않게 탁한 주인의 말소리가 들려와도 그것이 결코 발한산[1]을 먹고 누워 있는 봉근이를 약값 재촉에나 자전거 배달을 보내려는 게 아닌 줄은 짐작하였다. 그러나 그는 아무말 없이 침대 위에서 비스듬히 모로 돌아누웠을 따름이다. 낡은

---

1 發汗散, 병을 다스리기 위해 몸에 땀을 내게 하는 가루약.

침대가 찌꺽찌꺽 울고, 그의 눈이 불에 타기나 한 듯이 꺼멓게 된 거미줄 얽힌 천장 대신에 손톱 자리가 풀숲같이 어지러운 바람벽을 바라보고 있다.

'일 년 가도 개 한 마리 안 찾아오는 나에게 손님이 있을라구.' 하고 생각하는 순간,

"녀석이 앓는다더니 온 낮잠을 자나, 너 좀 올라가 깨워라, 손님 오셨다구."

하는 침착한 말소리가 다시 나면서 뒤이어 층계를 달려 올라오는 발자취 소리가 귀에 어지럽다.

"일어나! 누가 왔다."

문지방을 들어서면서 이렇게 성가신 듯이 외치고는 침대 옆으로 달려들어 봉근이의 얼굴을 들여다보면서 명식命植이의 표정은 능청스럽게 웃어 보였다.

"이쁜 기생이다, 머리 지지구."

봉근이는 뜻밖의 말에 놀라면서 몸 위에 덮었던 털 떨어진 담요를 발길로 차고 상반신을 침대에서 일으켰다.

"누이가 올라왔나?"

다부지게 생긴 어린 얼굴이 점점 성글성글해지면서 코와 눈과 눈썹 사이가 벙―하게 동떨어져가는 솜털이 부르르한 얼굴― 조숙한 소년이 청년기로 들어가려는 열여덟 살의 봉근이의 얼굴에 감출 수 없는 낭패와 초조가 흘러간다.

"어느새 이쁜 기생과 친했니?"

봉근이보다는 훨씬 어린 명식이는 이렇게 빈정대보고도 부끄러운지 얼굴이 금시에 벌게진다. 그러나 봉근이의 얼굴이 조금도

헝클어지지 않고 정색한 대로 서서히 침대에서 내려올 제 명식이
는 한 발자국 물러서면서 변명이나 하려는 듯이

"늘 보는 얼굴이더라."
하고 혼잣말같이 중얼거려본다.

이마에 흐른 땀을 씻고 양복저고리를 걸치면서 층층대를 내려
오는 동안 봉근이는 칠 년 동안이나 만나보지 못한 누이의 얼굴
이 땅한 머릿속을 번거롭게 굴어 어쩔 줄을 몰랐다. 그러고는 연
달아 어머니와 계부와 이복동생 관수觀洙의 모양이 휘끈휘끈 눈앞
을 지나갔다.

가게와 통한 문을 열고 약장 옆으로 나와서 마주 보는 여자의
상반신, '맨소래담'과 물감통 속으로 비스듬히 유리 좌장²에 기대
서서 물끄러미 전찻길을 내다보다가 문소리에 놀라서 봉근이 쪽
을 바라다보는 콧날이 오뚝하고 눈이 갸름한 젊은 여자, 그는 아
무리 눈을 부비고 거듭 떠보아도 칠 년 전에 갈라진 자기의 누이
봉희鳳姬는 아니었다. 평양서도 백여 리를 산골로 들어간 작은 고
을에서 시골 기생으로 이곳저곳을 헤매다가 황해도 신막新幕까지
흘러오는 동안 몸도 변하고 얼굴도 달라졌으리라. 산전山戰인들
안 겪었으랴. 수전水戰인들 안 겪었으랴. 그러나 사람의 모습이 이
렇게 변하고 크던 눈이 작아질 리야 있겠느냐. 코도 눈도 입도, 아
니 모습이 전혀 누이의 것이 아니었다. 이것이 만일 누이라면, 누
이가 옆에 있는 나에게 달려와서 "봉근아" 소리를 치며 부둥켜안
고 울지 않고는 못 견딜 것이다. 그러나 벌써 짧지 않은 동안 이

2 坐欌, 낮게 만든 진열장.

렇게 마주 보고 있어도 빤하게 쳐다만 볼 뿐 말 한마디 건네지 않는다.

"제가 봉근이올시다."

이렇게 말하며 그 여자의 앞으로 다가설 때에,

"네― 저 다른 게 아니라요."

하고 그는 제가 누구라고도 말하려 하지 않는다.

"다른 게 아니라요. 당신 누이가 어젯밤 시굴서 올라오셨는데 길도 생소하다고 한번 찾아오라고요. 그래 뭘 사러 나오는 김이라 일러주러 왔어요. 주소는 청진동 백이십×번지. 개천 끼구 올라가다가 찾기 쉽습니다."

연세는 봉근이와 별로 차이가 없으련만 매일 어울리는 사람들이 난봉 어른인 까닭인가 봉근이를 동생같이 다루면서 숨도 쉬지 않고 대번에 쪼르르 이야기해버린다. 그러고는 또 한 번 번지를 가르치고 봉근이가 어름어름하는 동안 여자는 문을 열고 전찻길로 걸어 나갔다.

백화점으로 가는지 포근한 햇빛을 등에 지고 흰 두루마기를 발뒤꿈치까지 끌면서 여자는 전찻길을 가로 건너가고 있다.

"누가 오셨다구?"

등 뒤에서 이렇게 묻는 약방 주인의 목소리에 멍하니 섰던 봉근이는 몸을 돌리고 어정어정 걸어서 뒷문으로 가기 시작한다.

"내 누이님이 올라오셨답니다."

"머 자네 누이가 있었나? 첨 듣는 소린데."

이야기도 하고 싶지 않고 머리는 다시 쑤시는 것 같아서 이 말에는 대답도 안 하고 이 층으로 올라가 그는 침대에 다시 몸을 눕

했다.

'누이 ―.' 7년 만에 만나는 누이, 열한 살 때에 보통학교 삼학년을 헌신짝같이 집어던지고 부모와 형제를 떼놓은 채 일백육십리 길을 이틀에 걸어 평양까지 도망쳐 나오던 기억이 천장 위에 어린다.

그러나 그는 지금 기생이 와서 가르쳐준 청진동 백이십×번지를 쫓아가서 누이를 만나보고 싶지도 않은 것 같다. 내 모양도 변했으려니와 그보다도 누이의 변했을 모습을 눈앞에 대하기가 두려웠다. 말라빠진 누이의 손을 잡고 가슴에 얼굴을 묻으며 그동안에 지낸 고초를 이야기하기도 전에 우선 가슴을 치고 목구멍을 올려붙일 슬픔을 터놓기가 무서운 생각이 든다. 눈 가상엔 꺼먼 자국이 그려지고 뼈는 앙상하여 분독粉毒에 씻긴 낯가죽은 벌써 스물다섯 살이니 오죽인들 초라해졌으랴. 그때에 팽팽하던 두 팔, 겨울옷을 입고 치마끈을 가슴에 잘라매어도 터질 듯이 부어오르는 젖가슴이 지금은 버선짝같이 축 늘어져서 가슴인지 등인지도 분간키 어려워졌으리라. 얼굴엔 쥐깨[3]가 내발리고 입만이 쑥 나온 것이 웃을 때마다 구리같이 누런 금니가 드문드문 박혔을 나이 많은 시골 기생. 머리칼은 빠져서 까마귀 둥지 같고 목만이 엉클하게 여미어지지 않는 때 묻은 동정 속으로 쑥 기린같이 빠져 있을 터이다.

'그 모양을 하고 뻔뻔하게 서울이 어디라고 올라왔나.'

보고 싶던 정도 내토하고 싶던 가슴에 엉킨 사랑도 없어지고

---

3 '주근깨'의 방언.

슬픔과 분함만이 열 있는 봉근이의 머릿속을 꽉 붙들고 만다.

'찾아왔던 기생의 태도로도 짐작할 수 있다. 시골 기생의 늙은 꼴이 오죽이나 초라하면 나를 찾아와서 그렇게 거만한 태도를 취할 것이냐. 나는 불과 약방의 일개 사환 아이다. 그러나 제가 잘 알고 존경하는 나이 많은 이의 어린 오빠라면 그런 건방진 태도를 취할 수 있을 것이냐.'

가슴이 설레어 머리를 움켜잡고 일어나서 바람벽에 몸을 기대니 저녁 햇발이 뒤창으로부터 벌써 봄이란 듯이 방 안으로 기어든다. 햇빛을 멍하니 바라보는 열 오른 봉근이의 두 뺨을 두 줄기의 방울이 쭈르르 흘렀다.

2. 만단 사연

지금으로부터 달 반 전에 봉근이는 누이에게서 한 장의 편지를 받았다. 큰 봉투에 육 전을 붙여서 뒷등에 '신막역전 해동관 내 김계향新幕驛前海東館內金桂香'이라고 썼다. 계향이란 물론 봉희의 기생 이름이다. 봉투는 누가 써주었는지 잉크로 제법 쭉쭉 갈겼는데 속은 줄 친 편지 종이에 연필로 더구리[4] 부적같이 씌어 있었다. 심한 사투리와 말 안 된 곳을 문맥을 통하게 고쳐놓으면 다음과 같아진다.

---

4 '딱따구리'의 방언.

봉근아 봉근아. 이렇게 그 편지는 시작되었다. 지금 내가 자면 꿈으로 술 취하면 주정 푸념으로 혹은 반갑게 혹은 슬프게 부르던 네 이름을 연필을 들고 적으려 하니 가슴이 막히고 무슨 말을 먼저 적어야 할는지 정신이 아찔하다. 이 서툰 글씨가 네 손 속으로 가서 너의 입으로 읽혀지면서 내가 부르듯이 네가 되풀이할 것을 생각하니 형언키 어려운 그리운 정이 나의 가슴을 쩌개는 것 같구나. 나는 연필을 들고 한참 동안 묵묵히 생각한다. 나의하는 짓이 싫고 더러운 집안이 마음에 붙지 않아 한마디 말도 남기지 않고 겨울이 닥쳐오는 추운 날 집을 나간 채 소식이 끊어진지 어언간 칠 년— 다시 돌이켜 생각해보니 네가 채신없이 보이는 타락한 나에게 싫증이 나고 술만 먹고 집안은 돌보지 않는 짐승 같은 의붓아버지와 그 틈에 끼어서 딸의 편도 못 들고 아버지역성도 채 못 들면서 결국 무럭무럭 자라나는 너에게 더러운 꼴만 거듭 보이는 것이 마음에 맞지 않아 집을 버리고 나가버린 마음을 이해하지 못하는 것도 아니지마는, 네가 나간 뒤 열흘 스무날 한 장의 엽서도 오지 않고, 어디 가 죽었나 살았나 소식이 끊어진 지 육칠 년, 나는 너를 한없이 원망하고 너를 어디서 붙들기만 하면 힘껏 마음껏 때려라도 주려고 마음먹은 것이 한두 번이아니었다. 그러나 봉근아, 단 하나의 나의 봉근아! 네가 나의 단하나의 피를 가른 친동생이고 흙투성이가 되든 피투성이가 되든 몸과 정신을 적시는 개암탕[5] 속에서 언뜻 정신을 차릴 때 나의 슬픈 눈앞에 단 하나의 빛 있는 희망으로 나타나는 것이 단 너 하나

5 '감탕'의 사투리. 갯가나 냇가 따위에 깔려 있는 몹시 질어서 질퍽질퍽한 진흙.

뿐인 것에는 그날이나 지금이나 변함이 없다. 내 한 몸을 변변히 못 가져서 사랑하는 어린 동생을 붉은 홀몸으로 땡땡 언 엄동설한 추운 길 위에 내세우고 만 것을 알았을 때에, 나는 금시에 하늘을 잃은 것 같고 내가 서 있는 땅은 꺼져 들어가는 것 같았다. 너보고 매일 하던 말 — 아마 너도 그것을 기억하리라. 이렇게 되고 보니 그 말을 지금 이 글 속에 적을 아무런 체면도 없다마는 내가 너에게 늘 해오던 말이 '너만은 공부 잘해 훌륭히 되라'는 말이 아니었더냐! 네가 내 품에서 없어져 버리고 어디 가서든지 입속으로 중얼거릴 것이 '더러운 년 같으니'란 저주하는 외마디 말뿐일 것이니 그것을 생각하는 나의 마음이 어떠하였을 것이냐! 그러나 네가 서울 있다는 말을 들었을 때 나는 그날 밤 잠을 이룰 수가 없었다.

너도 알지, 박 주사의 아들이라고 너 있을 때에 동경 가서 무슨 대학에 다니던 병걸秉杰이란 사람 말이다 바로, 어제저녁 그 사람이 우연히 신막엘 내려서 밤에 이 집으로 술을 먹으러 왔더구나. 그는 사회주의가 뭔가 하고 다니다가 감옥살이를 치르고 지금은 강원도 어디에서 금광을 한다더라. 제 말로는 일전에 고향 갔다가 내가 신막 있다는 소리 듣고 지나는 길에 언제든가 꼭 한번 들러보려고 했던 차에 우연히 서울 종로에서 은단을 사러 어느 약방엘 들어갔더니 네가 거가 있더라는구나. 그래 동생 소식도 전하여줄 겸 이번에 평양 가는 길에 내렸노라고 하기에 나는 너 만난 듯이 반가워서 그를 붙들고 한밤을 울어 새웠다.

아! 무정한 봉근아! 사나이가 한번 마음먹고 고향을 떠난 바에 성공하기 전에는 다시 발길을 돌이키지 않는다는 속담 말대로 내가 너의 사람 된 품을 은근히 기꺼워하면서도 생사조차 알리지 않는 너의 몰인정하고 박정한 것을 원망하지 않을 수 없는 것을 너는 잘 알 수 있으리라. 그이 말에 몸이 건장하고 키가 훨씬 커서 몰라보게 되었다니 그동안이 육칠 년이라 그렇기도 하련만은 그렇게도 몹시 변하였니? 모르고 길 위에서 만나면 생판 모르는 사람같이 지나치고 말겠구나. 지난 일은 어쨌거나 네 몸이 건강하다니 이 위에 더 기쁜 일이 어디 있니. 그동안 내가 고생한 것을 돌이켜 생각하고 어린 네가 맨몸으로 겪어나간 세상 고생이 어떠하였으리라는 것은 물으려 하지 않고 또 이곳에 적고 싶지도 않다. 어머니와 아버지는 그곳서도 할 것이 없어 빈둥거리다가 회창 금광이 금값이 올라서 재흥하는 바람에 그곳으로 이사를 해 갔는데 관수 말고 또 하나 아이를 낳아 네 가족이 이럭저럭 입에 풀칠이나 해나가는 모양이다. 나는 순천으로 안주로 정주로 개천으로 화물자동차 모양으로 흘러 다니다가 이곳 와 있는지 일 년이 되었다. 아무 데 가나 그 식이 당식이다. 네 말을 듣곤 금방이라도 너를 만나러 뛰쳐 가고 싶으나 네가 나를 버리고 달아나던 때보다도 더 형편없이 타락한 지금의 나다! 너를 보고 무슨 말을 하며 무슨 면목으로 낯짝을 들 것이냐! 그러나 아무리 내 자신을 돌이켜보고 지금의 내 모양을 두루 살펴보아도 내 뼈다귀, 이것만은 너와 같은 한 가지 물건이 아닐 것이냐. 살도 더러워지고 가죽도 더러워졌으리라, 아니 그 속을 흐르고 있는 피인들 어찌 깨끗하다 할 것이냐! 그러나 뼈만은 너의 것과 같이 돌아간 아버지의 것일 것이다. 내 뼈다귀는 너를 찾아갈 것이다. 너는 이것까지도 침 뱉고 발길로 차지는 않을 것이다. 무엇보다 너의 소식 듣고

싶다. 그러나 어디서 어떻게 만나면 좋을 게냐, 그것을 네 맘대로
지시해다오. 천 리라도 만 리라도 널 찾아가리라.

양력 이월 초사흘 봉희 씀

한번 끝을 맺고 다시 옆으로 가늘게,

그런데 조용히 상의할 말이 있다. 네가 약방에 있다니 말이지
내가 몹쓸 병 때문에 허리가 아프고 맥이 없어 죽을 지경이니 신
효한 약이 있걸랑 좀 가르쳐다오. 부끄러운 일이다.

하고 글씨까지 부끄러운 듯이 새발같이 기어가게 써 있었다.
　이 편지를 받고 봉근이는 사흘 동안을 생각하였다. 그러고는
간단하게 회답을 썼다. 그 속에는 편지를 하고 소식을 전할 마음
은 여러 번 있었으나 굳은 결심을 하고 여태껏 지내왔다는 것과
누이와 집 소식도 알아보려고 무척 애써왔다는 것, 그리고 지금
도 누이님을 만나보고 싶기는 하지만 우연히 만나면커니와 일부
러 만날 필요는 없으리라는 것, 냉병에 쓰는 약은 여러 가지가 있
는 모양이나, 어느 것이나 모다 비등비등하므로 이곳 약국에 특
효약은 없다는 것 등이 씌어 있었다.
　그랬더니 다시 누이에게서 그전보다는 짧은 편지가 왔는데 될
수록 서울 갈 기회를 엿보겠다는 것과 그리고 얼굴이 보고 싶으
니 사진을 한 장 꼭 보내달라고 하고 사진값으로 우선 돈 오 원을
보내노라고 하였다.
　그러나 봉근이는 그 편지에는 곧 회답도 안 쓰고 사진도 물론

찍지도 않았다. 한 십여 일 뒤에 편지 받았느냐는 엽서가 또 왔으므로 봉근이도 엽서로 편지도 돈도 받았노라고만 간단히 적어 보냈다. 이 일이 있고는 그대로 한 달이 지났다.

3. 봄

땀을 내었더니 몸도 거분해지고[6] 머리도 가벼워졌다. 그러나 잠이 들었다가도 한 침대에서 자는 명식이가 군입질만 쩔갑거리면 펄딱 눈이 뜨였다. 다시 잠이 들려고 할 때엔 가위가 눌려서 한참 동안이나 애가 쓰였다. 머리를 풀어헤치고 얼굴이 파랗게 뼈만 남은 누이가 입을 감물고[7] 자기의 목을 누르려고 달려들었다. '누이가 미쳤어.' 이렇게 외치면서 손으로 뿌리치려고 하여도 목소리도 나지 않고 손발도 움쩍하지 않았다. 눈이 뜨이면 막혔던 숨이 콱 터지고 뒷잔등에 땀이 쭉 흘렀다. 밤은 몇 시나 되었는지 자동차 달리는 소리가 이따금 길거리에서 들려왔다.

몇 번인가 이런 괴로움을 겪어나면서도 아침 햇발이 창문을 콱 막은 간판 사이로 스며들 때까지 봉근이는 침대에 누워 있었다. 같이 자는 명식이가 새벽에 겨우 잠이 든 봉근이를 깨칠까 염려하여서인지 어느새에 혼자 가게 문을 열고 약장과 책상의 먼지를 문대길 때에 봉근이는 겨우 잠에서 깨어났다. 잠이 깨어서도 그는 침대에 그대로 번듯이 누워 있다.

6 별로 힘들지 않고 조금 쉬워지고.
7 입술을 감아 들여서 꼭 물고.

분함과 미움과 슬픔과 쓰라림! 이런 것이 한바탕 뒤범벅을 개면서 스쳐 간 뒤에 적막이 조숫물과 같이 그의 가슴에 스며들었다. 벌써 몇 번인가 경험해본 이 쓸쓸한 마음, 이것이 그의 온몸을 붙들 때엔 그는 아무 말도 안 하고 행길로 나가서 자전거를 탔다. 광화문 네거리로 태평통으로 장곡천정[8]으로 획 한 바퀴 돌아오면 마음이 거뿐하여 모든 것을 잊어버리고 다시 전화통에 손을 얹곤 '네— 네— 녹성당 약방이올시다' 하고 외칠 수가 있었던 것이다.

그러나 지금 봉근이는 자전거를 타려고 하지도 않는다. 이 불행한 심리 상태에 몸을 적시고 머리를 묻어보고자 한다. 적막과 마주서서 몸소 그것과 부대껴보고자 한다.

그렇다! 분함은 누이에게로 돌려보낼 감정이 아니었다. 누이의 육체가 물에 젖은 걸레 조각같이 더러워졌어도 수많은 사나이들에게 고기는 짓밟히고 피는 할퀴어 지금은 능금같이 건강하고 무성한 나무같이 아름답고 씩씩함이 하나도 찾아볼 길이 없어졌다 하여도, 그는 나를 쫓아오며 빛을 구하며 희망을 찾고 있지 아니하냐! 머리는 모든 이성에서 떠나고 감정과 정서는 타락하고 일그러져서 탄력 없는 살덩이만이 뼈다귀 주머니 모양으로 축 늘어져 있다 하여도 오히려 그의 품에 나를 껴안아 주고 나를 부둥켜안고 땅을 치며 통곡할 사랑과 정성이 남아 있다며는 그것을 받아들이고 그 속에서 같이 울고 웃는 것이 나에게 남은 단 하나의 아름다운 감정이 아닐 것이냐?

이렇게 생각하면서 봉근이는 아침 햇발을 머리 위에 얹고 청

---

8 長谷川町, 현 중구 소공동의 일제강점기 명칭.

진동 백이십×번지를 찾을 염으로 이 대문 저 대문을 기웃거리고 있었다.

문등이 달리고 누런 대문 두 짝이 번들번들 윤을 내고 있는 집, 최연화崔姸花라는 사기 문패가 붙어 있는 집이 청진동 백이십×번지였다. '최연화라는 것이 아마 어저께 약방에 찾아왔던 기생의 이름일 것이다' 하고 생각하면서 약 배달을 가던 때와는 좀 다른 감정에 지배되어 봉근이는 가만히 대문을 밀어보았다. 새벽은 아니지마는 기생집으로는 이른 아침인지라, 대문이 아직 꽉 닫혔으리 하였던 것이 뜻밖에 딸랑딸랑 방울 소리가 나며 미는 대로 한 짝이 스르르 열린다. '누구요?' 하는 듯이. 대문을 들어서서 왼편 쪽으로 한참 가다가 아마 부엌에서 아침을 짓던 식모일는지 문등이같이 눈썹이 뻔질뻔질한 사십 가까운 네모가 진 여편네의 얼굴이 쑥 봉근이 쪽을 바라다본다.

"저— 말씀 좀 물읍시다."

이렇게 자기의 온 뜻을 전하고 식모가 대청으로 올라가 안방의 문을 열고 두런두런하는 동안 봉근이는 가슴에 고동을 느끼며 침착해지려고 뜰 안과 집을 물색하였다. 새로 지은 집인데 부엌에 연달아 안방이 두 칸, 대청 칸 반을 건너서 건넌방이 칸 반, 그리고 대문을 들어서서 바른쪽으로 뚝 떨어져 방 한 칸이 있고, 동쪽은 옆집 담장으로 막혀 있다. 한 달에 집세로 이십 원은 물어야할 집이었다. 뜰 안엔 아무것도 없고 토방엔 고무신, 여자 구두 이런 것들이 비교적 단정하게 놓여 있다.

식모는 다시 대청에서 나와서 아무 말 없이 부엌으로 들어가버리고 한 십 분 동안 싱겁게 섰노라니 어저께 왔던 기생이 안방에서 나온다.

"아이구."

반가운 손님이나 맞는 듯이 갸름한 눈을 흰 손으로 비비며,

"누이님은 금방 목욕을 가셨는걸! 어쩔까."

하고 도톰한 입을 웃어 보인다. 얼굴에는 아직도 수면 부족의 피로가 흐르고 머리카락이 거칠게 흩어져 있다. 짧은 치마 밑으로 보이는 긴 바지, 그리고 목달이 긴 버선, 연화의 입은 옷 품은 사오 년 내로 평양 기생들이 집에서 입는 옷 풍속이다.

그가 안내하는 대로 대청에는 올라섰으나 여자의 방 안으로 성큼 들어설 용기는 봉근이에게 나지 않았다. 어저께 이 기생에게서 느꼈던 가벼운 불쾌 — 이런 것은 어제와는 딴판으로 친절해진 지금 태도로써 넉넉히 자취를 감추었으나, 아랫목에 깔아놓았던 붉은 다알리아 무늬의 이불을 활짝 말아서 뒷목으로 밀어버리고, 방금 벗어놓았을 연둣빛 파자마와 가운을 집어서 윗목에 있는 이인용 침대 위에 던지는 것을 물끄러미 들여다보다가,

"어즈러워 미안하외다만 자 들어오라구요."

하고 평양 사투리로 봉근이의 낯짝을 쳐다볼 때에 그는 말문조차 막히어 한참 동안 머뭇거리지 않을 수 없었다.

고리타분한 간장 내 같은 데에 분내와 담뱃내가 섞인 듯한 구역나는 냄새 — 시골 기생의 방에서 늘 맡던 그런 냄새는 나지 않았다. 그러나 순전한 향수 냄새도 아니요, 머리칼 냄새도 아니요, 크림이나 분 냄새도 아니요, 여자에게서 나는 일종 악취인 듯하면서도 결코 싫지 않은 특별한 향기 — 방석을 깔고 쭈그리고 앉았을 때 무엇보다 먼저 코를 울리는 이 냄새가 여자의 냄새라

는 것을 의식하였을 때에 봉근이는 두방망이질을 하는 듯한 가슴을 진정할 수가 없었다. 뺨이 후끈하고 귀가 펄펄 붙는 듯하여 그는 낯을 푹 숙이고 묵묵히 앉아 있다.

"아직 몸에 열이 있소?"

대답도 못 하고 두어 번 도리질을 하고 나니 그는 자기의 이상한 태도가 부끄럽기 짝이 없었다.

"어저께 밤 깊도록 누이님이 기다리시던데, 혹 약방을 닫고 오나 해서."

이 말에도 봉근이는 대답하지 못했다.

"누이님두 육 년만이나 칠 년만이라니 오죽해요. 나를 시켜서 어저께 옷가지를 사다 놓으시고, 기쁨인지 한숨인지 옛말을 하면서 여러 번 말문이 막힙데다. 나와 다니는 남덩 어른들은 몰라두 웃어른 된 사람의 정이야 어데 그런가요."

여자의 말이 웃어른 같은 말씨로 변하여갈 때에 봉근이는 비로소 누이를 생각하고 누이가 기탁하고 있는 이 집 주인을 눈앞에 대할 수 있었다. 그래서 한참 동안의 침묵을 깨뜨리고 문득,

"평양서 오신 지 오래요?"

하고 봉근이가 얼굴을 들었을 때에 연화는 여지껏 정색하였던 표정을 금시에 허물고 무슨 큰 기특한 일이나 당한 듯이,

"내 사투리로 알았어요?"

하고 갸름한 눈을 오뚝 세웠다.

그가 서울 여자가 아니고 한가지 평안도 사람, 그것도 평양 여자라는 것을 알아준 것이 유별하게 반가운 듯이 여자는 오랫동안 그의 얼굴에서 예쁜 표정을 씻지 아니하였다.

"사투리보다도 치마하구 바지하구 버선!"

겨우 이 말 한마디가 봉근이의 입에서 다시 나왔는데, 여자는 기쁨을 참을 수 없어 홀딱 일어서며 손을 부비고 한참 동안이나 자기 몸에서 치마와 바지와 버선을 훑어보았다.

봉근이는 여자의 노는 품이 처음에는 퍽 이상스러워 이것이 히스테리가 아닌가 하고도 생각해보았으나 옥양목 버선 목달이를 덮을락 말락 한 흰 파레스 바지, 그리고 세 치가량 위로부터 연옥색 저고리 밑까지 깡충하게 내려 드리운 연두 치마를 묵묵히 바라다보다가 힐끗 쳐다보는 여자의 얼굴에서 귀여운 어린아이 같은 표정을 발견하곤, 어저께 교만하고 빽빽하게 보였던 이 여자에게 한없이 정이 가는 것 같았다.

열세 살이나 열두 살 때부터 기생 학교를 다니고, 열다섯 살이 되나마나 한 때 부모가 시키는 대로 남자의 살을 알기 시작하여, 평양과 서울에서 수백 수천의 사나이들의 속을 헤엄치듯이 하는 동안, 타고난 성품도 변하고 말씨와 행동에도 거짓과 아양이 끼어서 이만 나쎄[9]의 처녀들이 응당 가져야 할 모든 아름답고 귀한 모습이 없어져 버렸을 최연화란 기생의 얼굴에 이렇게 순진한 한 조각의 표정이 남아 있는 것을 봉근이는 희한케 생각하고 있다.

입이 마음껏 벌어지고 눈에는 눈물이 글썽글썽하여 두 손을 어디다 놓을지 몰라 한 번은 치마를 만져보고 그다음엔 서로 붙잡고 부비어보는, 이런 자세와 표정은 결코 마음을 낚아야 하고 웃음을 팔아야 할 사나이들을 앞에 놓은 세련된 여자의 것이 아니

9 그런 정도의 나이 또는 얼마쯤 먹은 나이를 속되게 이르는 말.

었다.

봉근이는 자기도 모르게 멍하니 이 여자를 쳐다보면서, 옛날 자기가 제일 믿고 제일 숭고하다고 생각하던 누이에게서도 찾아보지 못하였던 무슨 청신한 것을 발견하는 듯하였다. 이 청신하고 맑고 깨끗한 정서 속에 몸과 마음과 머리를 맡기고 싶었다. 이것은 봉근이가 어렸을 적부터 여태껏 그리워하고 또 호흡하고 싶었던 빛과 공기였기 때문이다. 얼마나 오랫동안 봉근이는 이 빛과 공기에 굶주리고 목말라 있었던가?

"지금 참 모란봉이 좋겠다. 대동강, 능라도, 돌아나오는 버드나무 잎새하구 단군전 뒤 언덕의 잔디. 경재리랑 신창릴 한바탕 싸다녔으문 좋겠다."

여자는 침대에 걸쳐 앉아서 혼잣말같이 중얼거린다. 평양의 경재리鏡齋里와 신창리新倉里의 길 위를 봄빛을 안고 거닐고 있을 수많은 그의 동료들을 생각하는지. 그리고 봉근이는 아무 말 없이 흥분된 얼굴을 하고 묵묵히 그대로 앉아 있을 따름이다.

4. 넘을 수 없는 개천

눈물도 나지 않고 가슴을 치고 목구멍을 치받칠 만한 절통한 감격도 생기지 않았다. 당연히 만날 사람들이 한 두어 달 만에 서로 만나는 모양으로 아니 그것보다도 더 싱겁게 봉근이는 터무니 인사라고 할 만한 것을 누이에게 한 것 같지 않다.

지금도 봉근이는 바람벽을 기대고 까치다리로 앉았고, 그 앞에는 목욕에서 돌아온 누이가 머리를 대강 틀어서 도금 비녀를 찌르고 바른 다리를 세우고 앉아서 담배를 피우며 창문 쪽을 바라보고 있건만, 별로 말할 만한 건드럭지도 없는 듯이 텅 빈 방 안에는 담배 연기만이 무럭무럭 떠오르고 있다.

담배를 털다가 혹은 담배를 끄면서 누이는 여러 번 동생의 변한 얼굴을 바라보지마는 봉근이는 누이의 눈살이 얼굴에 부딪칠 때에도 일부러 멍하니 고리짝 위에 놓인 타월로 만든 낡은 잠옷을 바라보았다.

"너 그동안 데금이나 좀 핸?"

봉근이는 머리를 썰레썰레 내흔들었다.

"데금할 돈이 있나."

그러나 그는 한 달에 먹고 십 원 받는 중에서, 육 원씩을 다달이 내는 삼백 원 저축 저금에 부어놓고 있었다.

"받는 걸루 군입질이나 하구 구경이나 가네."

봉근이는 이러한 누이의 물음에는 대답도 아니 하였다.

봉근이는 자기가 저축 저금에 다달이 육 원씩을 부어 넣노라고 입을 것도 변변히 못 입고, 철마다 주인이 사주는 양복 벌로 이렁저렁 지낸다는 것을 이야기하면 누이가 얼마나 만족해하고 기뻐할 것을 알고 있다. 그러나 이러한 것을 누이가 묻는 것이 첫째로 불만하였다. 둘째론 장가 밑천도 장사 밑천도 안 될 적은 돈에다 무슨 큰 희망을 달고 있는 듯이 매달마다 쩔쩔매면서 꾸역꾸역 저금하기에 볼장을 못 보는 자기 자신이 한없이 초라하게 보일까 두려워하였다.

"그래두 장래를 생각할래문 지금부터 돈을 아까워하야지."

이런 말은 칠 년 전에 세무서 인 상하구 좋아 지낸다고 어머니와 아버지가 야단을 칠 때마다 누이에게 타이르던 말과 비슷하였다. 열아홉 스물 전후의 기생들이 자기 신세가 불쌍해서 술 먹고 제 맘대로 휘뚜루마뚜루 하다가도 스물이 넘어서서 장차 늙으면 나는 무엇이 될 것이냐? 하는 문제에 눈이 뜰 때 돈을 모아야 한다는 생각을 가지게 되는 심리 상태의 변화를 봉근이는 잘 이해할 수 있었다. 그는 어렸을 때 자기 집에 놀러 오는 늙은 기생에게서 이런 것을 수많이 보아왔다. 그러나 칠 년 만에 만나는 누이의 입에서 이런 말을 들을 때에 그것을 진심으로 좋게 해석해 들을 겨를이 없었다. 누이는 결코 이런 소리를 입에 담아서는 안 될 사람으로 봉근이는 생각하고 있는 것이다. 봉근이가 아름답다고 생각하는 누이는 사회주의 하노라고 이리 덤벙 저리 덤벙하다가 어찌어찌하던 끝에 금광 브로커나 된 박병걸이를 하늘같이 섬기고 그에게서 술장사 밑천이나 뽑아내려고 하는 그런 누이는 아니었다. 된 데라고는 반 넢어치도 없는 놈을 '가모'[10]라고 따라와서 일생의 생계나 세운 듯이 '돈이 제일'이라고 동생에게 설교하려 드는 그런 누이는 아니었다. 박병걸이와 같이 오게 된 경위를 자랑같이 이야기할 때에 벌써 감출 수 없는 불만을 품었으매 그 위에 다시 돈 모으는 설교는 무엇이냐! 그는 누이와 자기와의 사이에 메울 수 없는 무슨 큰 도랑이 생긴 것을 쓸쓸히 느끼고 앉아 있다.

공기가 이상하게 무거워진 것을 눈치채고서인지 누이는 갑자기 웃으면서

10 かも, 이기기 좋은 상대 또는 이용하기 좋은 사람.

"너 페양 첨 나와서 여관에 있었지? 누가 와서 그러기에 그 길루 자동찰 타구 페양 나갔드니 발쎄 다른 데루 갔두나."

하고 옛날이야기를 한다.

봉근이도 그때 생각이 나서 빙그레 웃었다. 여관의 사환 아이로, 양말 공장에 들어가 실 감는 소년 직공으로, 양복점 견습으로 들어가 단춧구멍만 하고 앉았던 생각, 그리고는 삼 년 전에 서울로 와서 약방 사환 아이가 된 만 육 년 동안의 과거가 휘끈휘끈 그의 머리를 스쳐 갔다.

"그때 고생하던 이야기나 좀 해라."

누이는 다시 담배를 붙여 물며 동생의 얼굴을 보았다.

"건 해선 뭘 해, 재미있나?"

참말 봉근이는 누구에게도 자기의 지난 이야기를 털어놓고 하지 않았다. 부끄러울 것도 없고 수치 될 것도 없건만 재미가 없었다. 누가 이야기를 물으면 그대로 픽 웃고 말았다.

"넌 몰라보게 됐다만, 나두 변핸?"

이 소리에 봉근이는 힐끗 누이를 쳐다보고,

"뭘 변해."

한마디로 대답해버렸을 뿐이다. 사실 누이의 몸과 얼굴은 봉근이의 예상과는 여간 틀리지 않았다. 교통이 편하여지고 사람의 내왕이 빈번해진 탓일런가, 그전과 같이 도회 기생과의 차이가 심하지 않은 것 같다. 본래부터 눈이 크고 얼굴 모습이 미끈하던 누이는 그다지 심하게 시골 기생의 티는 보이지 않았다.

"그전보담 무던히 상했지?"

이렇게 누이는 동생에게 추궁한다. 그러나 동생은 또다시,

"뭘."

하고 빙그레 웃을 따름이다. 봉근이는 병이 있다는 말을 듣고 냉병이 심하면 자궁병을 겸하였을 것이므로 누이의 얼굴은 몹시 여위고 눈자위엔 검버섯이 끼어 있을 것을 상상하였다. 그러나 누이는 전보다 오히려 살이 찐 것 같다. 포동포동하여 물샐틈없게 다부지게 아름답던 얼굴이 오히려 뺨따귀에 살이 올라 두 볼이 맥없이 목으로 흐르고 있다. 가슴도 탄력은 없으나 더 커진 것 같다. 눈은 더 떼꾼해져서 영채가 없고 몽롱하게 술 취한 것같이 맥이 없어 보인다. 확실히 건강한 청춘은 누이에게서 떠나고 말았다. 봉근이는 예상보다는 너무 능청맞게 비둥비둥하게 살진 누이의 몸에서 징글징글한 염증을 느꼈다. 그것은 전혀 그의 말하는 투와 말의 내용과 일치하는 것 같았다. 달 반 전에 받은 편지 내용과는 너무 동떨어져 있는 것같이 생각되었다.

이러고들 있을 때에 대청으로 통한 문을 동동 두드리면서

"실례지만 문 엽니다."

하고 연화가 열린 문틈으로 얼굴을 들이민다.

"허실 말이 태산 같으시겠지만 우선 아침을 먹읍시다. 벌써 열한신데."

하고 웃는다.

이 소리를 듣자 봉근이는 벌떡 일어서며,

"난 가 먹지요."

하였다.

"아이고."

연화는 놀라는 표정을 하며 방 안으로 뛰어들어가

"그게 무슨 말이오. 채린 건 없어두 원."

하면서 봉근이의 손을 붙들어 앉힌다.

"어멈 이리루 상 디려오."

담뱃갑과 재떨이를 치우고 셋이서 둘러앉았는데 둥그런 큰 상에 조반이 들어온다.

막 상을 받아놓고 술을 들려 하는데 구두 소리를 내면서 박병걸이가 찾아왔다.

"복상 오슈?"

먼저 계향이가 뛰어나가며 반가워한다.

"머 지금 아침이슈. 응, 봉근이가 왔군, 지금 처음인가."

하면서 대청으로 올라서서 병걸이는 방 안을 들여다본다. 봉근이는 좀 불쾌하였으나 앉은 채로 끄떡 인사를 했다. 허리 잘라맨 간복 외투를 벗으니 얼룩얼룩한 뱀의 꺼풀 같은 스타킹과 다갈색 닛카 쓰봉이 나타나고 시곗줄 늘인 조끼 밑으로 혁대 고리가 번쩍번쩍한다.

"어서들 잡수시유, 난 더운데 여기 좀 앉았지."

"거긴 아직 칩습니다. 이리 들어오세요, 잡수신 데 오래되시면 좀 같이 허실걸."

연화도 일어서서 방석을 들고 들어오라고 하나,

"나두 지금 막 먹구 옵니다."

하면서 병걸이는 대청에 펄썩 앉았다.

"그래 봉근인 누일 만나 기쁜가? 오늘은 계향이한테서 한턱 졸라 먹어야겠군."

뭣이 우스운지 일동은 하하 하고 소리를 치는 속에서, 봉근이는 덤덤히 앉아 있었다. 병걸이는 연화가 내어다 주는 방석을 깔고 담배를 붙여 물곤 코허리가 간지러운지 두어 번 금테 안경을 어루만졌다.

봉근이는 병걸이를 잘 알고 있었다. 내지 가서 학교에 다닐 때엔 안경도 안 쓰고 또 코 위에 오뚝하게 기른 수염도 없었다. 긴 머리칼을 하고 방학 때에 오면 노 천도교당에서 연설을 하였다. 연설회가 끝난 밤엔 어디서 술을 처먹었는지 청년회 친구 두서넛과 곤드레만드레 취해서 자기 누이를 끼고 봉근이가 자고 있는 집으로 몰려왔다. 그러고는 다시 간즈메[11] 해서 술을 컵으로 마시며,

"기생도 학대받는 계급이다."

하고 주먹으로 술상을 울리고 야단을 쳤다.

그러면 감격하여 누이도 우는지 웃는지 모를 소리를 울리고 으악 하곤 고함을 치며 손을 두드렸다. 봉근이는 이때 모양을 묵묵히 생각해보고 지금 마루에 앉아서 점잖게 구노라곤지 담뱃내를 이상하게 흑흑 소리를 내어서 내뿜고 있는 병걸이의 모양을 내어다보았다. 그러고는,

"자 우리끼리 먹습니다."

하는 연화의 소리에 숟가락을 들고 김칫국을 연거푸 세 번이나 떠먹었다.

11 かんづめ, 통조림.

5. 내쳐 걷는 길

주사기를 닦고 소독기를 치우면서 방금 주사를 맞은 손님이 놓고 간 오 원짜리 상품권으로 무엇을 살 건가 하고 봉근이는 이 층에서 생각하고 있다. 병원에 가면 엄청나게 돈을 뺏긴다고 약방에 와서 남모르게 주사를 맞는 사람이 많았다. 두 달 석 달을 두고 '칼슘'이나 '살발산'을 맞는 사람, 혹은 '트리펠' 때문에 '트리파프라빙'이나 '판셉틴'을 장기일 동안 맞는 사람들은 약방에 들어와 슬쩍 눈짓만 하곤 봉근이를 앞세우고 이 층으로 올라갔다. 증류수나 한 병 혹은 두고 쓰는 주사약을 한 개 올려다간 주사기를 소독하여 정맥이든 피하이든 의사 부럽지 않게 봉근이는 주사를 놓아주었다. 그러나 주삿값 이외에 수수료라고 받는 것은 결코 봉근이의 수입이 되는 것이 아니고 '주사약과 증류수와 알코올 대금'이란 명목 밑에 그대로 공공연하게 약방의 버젓한 수입으로 되었다.

그러므로 간혹가다 봉근이의 신세를 생각하는 사람은 돈으로나 음식으로나 혹은 상품권 같은 것으로 제 병을 고쳐주는 봉근이에게 선물을 하였다. 아무리 금고같이 굳은 주인도 이것까지 박탈할 체면은 없었다. 그래서 '봉근이 놈 큰 수 났다'고 중얼거리며 부정 행동을 시켜 큰 이익을 보는 것을 봉근이 때문에 하는 일같이 말하였다.

봉근이는 아무 말도 안 하고 시키는 대로 유쾌한 마음으로 주사를 놓아주었다. 그는 아무런 일이 있다 해도 약국의 책임인 주인 약제사에게 관계될 일이지 자기는 상관없다고 생각하였다.

그래서 지금도 벌써 한 달 동안이나 약방에서 '백단'과 '푸로타르골'을 갖다 쓰며 하루 건너큼 '판셉틴'을 맞고 있는 서른 살이 될락 말락 한 포목상 점원이 봉근이에게 주고 간 백화점 상품권을 생각하고 있는 것이다.

　우선 명식이의 운동화를 하나 사주리라 생각했다. 부정행위에 대하여 입을 막노라고 하는 것이 아니라, 먹고 겨우 한 달에 삼 원밖에 못 받는 어린 명식이가 퍽 전부터 물이 올라오는 운동화를 신고 있는 것을 봉근이는 마음에 꺼렸던 때문이다. 자기에게는 별로 살 것이 없었다. 누이가 내복과 스웨터를 사주었기 때문에 급히 사고 싶은 것은 없었다.

　아래층으로 내려오니까 주인은 변소에를 가고 명식이가 혼자서 오도카니 앉아 밖을 내다보고 있다.

　"너 운동화 구 문 반이가?"

　"아니다. 구 문이다."

　이렇게 대답하며 명식이는 잘 다물어지지 않는 입술을 꼭 물고 '건 왜 묻니?' 하는 표정을 한다.

　"너 하나 사줄란다. 아들놈이 메기 아가리 같은 운동화를 신었으니 부친 된 마음이 오죽 아프냐."

　이 소리에 명식이는 발딱 일어서며 먼지떨이개로 '엥히' 하고 때리는 헤늉[12]을 한다.

　"잠깐 댄녀오께."

　봉근이는 자전거도 안 타고 백화점을 향하여 전찻길로 뛰어갔다.

---

12 '시늉'의 방언.

백화점의 층계를 올라가면서 봉근이는 문득 연화와 누이를 생각하였다.

연화—그는 신막서 계향이와 같이 있던 그의 언니의 신신한 부탁으로 그런다고 하지만 봉근이의 누이가 지금 괴로움을 끼치고 있는 사람이다. 이랬거나 저랬거나 자기를 찾아온 거나 다름이 없는 누이를 자기 대신에 제집에 두고 몸을 돌보아주는 사람이었다. 그리고 그 후 몇 번인가 그 집을 찾아간 봉근이에 대하여도 결코 소홀한 대접을 하지 않았다.

그러나 지금 뜻밖에 생각이 나는 연화와 누이—이 두 사람 중에서 먼저 연화의 생각이 떠오른 것은 이상한 일이라고 봉근이는 자기의 마음을 갈피갈피 뒤적여본다. 그리고 보니 자기가 몇 번인가 그의 집을 찾아간 것은 누이를 보고 싶다느니 보다 연화를 보는 것이 유쾌하여 그런 것이 아닐런가 하는 엉뚱한 생각이 일어난다.

둘째 번에 누이를 찾아갔을 때 누이는 약방을 그만두고 자기가 술장사를 차려놓으면 자기와 같이 있자는 말을 하였으나 봉근이는 단마디에 거절하고 불쾌한 감정을 안고 돌아왔다. 그다음은 좀처럼 찾아갈 생각이 날 것 같지 않았는데 열한시에 약방문을 닫고 주인이 자기 집으로 돌아간 뒤에 이상스럽게 누이 있는 집이 마음에 걸렸다. 역시 누이가 기다릴는지 모를 것이라고 찾아갔더니 연화는 요릿집에서 아직 돌아오지 않고 누이 혼자 있었다. 누이는 병걸이와 함께 다옥정과 서린정 부근으로 집을 보러 다녔다는 것을 말하고 병걸이가 자본을 얼마 내면 일 년에 그에게 얼마씩 이익을 배당하게 되느니 어쩌니 하고 봉근이에게는 듣기 싫은 소리를 늘어놓았으나 새로 한시가 되어 연화가 돌아오는 것을 보고야 그 집을 나왔다. 세 번째 가서도 누이는 방 안에 있고 연화가 대청에서 해바라기를 하고 있으므로 봉근이는 방 안에 들어가기가 싫고 대청에 앉아 있기를 즐겼다.

이런 것을 지금 차근차근 생각해보니 봉근이는 제가 연화에게 딴생각을 두고 있지는 않은가 하고 얼굴이 붉어졌다. 결코 싫지는 않았다. 그러나 그럴 리는 절대로 없다고 봉근이는 자기 마음에게 타이른다. 천부당만부당한 일이라고 그는 다시금 또 다시금 생각한다. 그리고 자기가 누이보다 먼저 연화에게 선물할 생각을 갖게 된 것은 누이와 연화와의 관계를 보고 또 누이와 자기와의 관계를 생각할 때에 당연한 일이라고 생각하였다. 그는 남이고 누이는 자기와 같다. 그러므로 선물이라는 것은 남에게 우선 해야 될 것이라고 되씹고 되씹고 하였다.

그는 명식이의 운동화를 사곤 누이의 지갑과 연화의 콤팩트를 샀다. 사놓고 생각해보니 우스웠다. 누이에게는 마치 돈 돈 하는 사람은 이게 제일이라는 듯이 지갑을 보내고, 연화에게는 아름다운 얼굴에 더러운 것이 붙을 때마다 이것을 보면서 문대라는 듯하였다. 그러고 보니 명식이 놈은 운동화 신고 하루 종일 자전거 배달이나 다니라는 것 같아서 퍽 유쾌하였다. 그것을 사고도 아직 얼마가 남았으므로 그는 상품권에 금액을 기입하고 상쾌한 마음으로 거리에 나섰다.

약방 앞으로 오니까 명식이가 배달을 가려고 자전거를 잡고 섰다. 그래 배달은 자기가 가마 하고 명식이에게는 운동화를 주었다. 그러고는 자전거도 안 타고 배달을 떠났다.

수송동으로 배달을 하고 봉근이는 그 발로 누이 있는 집으로 갔으나 누이는 병걸이와 나가고 연화가 혼자서 축음기를 틀고 있었다. 봉근이가 들어가니까 연화는 축음기를 멈추고 그에게 방석을 권한다. 그러나 그는 대청이 따스하다고 방 안에 들어가지 않았다.

"낮에 어떻게 틈이 있었수?"

"요기 수송동 배달을 갔었어요."

연화도 버선을 신고 마루로 나왔다. 해 드는 데 나와 앉아서 손톱을 갈기 시작한다. 봉근이는 잠깐 주저주저하다가 종이에 싼 두 가지 물품을 내놓고

"이거 —."

하다가 주춤했다.

'네?' 하듯이 얼굴을 들면서 연화는 좀 의아하게 내놓는 물품을 들여다보다가 다시 봉근이의 얼굴을 쳐다본다. 봉근이의 얼굴은 물감같이 빨갰다.

"돈이 좀 생겨서 사 왔는데."

겨우 여기까지 말하니까 연화는 눈치를 챈 듯이,

"네 누님 올리려구. 뭐요 이게."

하면서 두 가지를 다 끌어다가 두 손에 하나씩 쥐어본다. 그리고 갸름한 눈에 웃음을 그리면서 봉근이의 얼굴을 빤히 쳐다보았다.

"지갑만 누이."

이렇게 말하고 봉근이는 머리를 푹 숙였다가 대문간 있는 쪽을 바라다본다. 그때에 대문 소리가 나면서 병걸이와 누이가 입을 헤 — 하고 웃으면서 들어오고 있다. 봉근이는 당황하게 물건과

연화를 번갈아 보았으나 연화는 물건을 쥔 채 일어서서,

"아이구 어데를 그리 다니시유, 다리들 아프시겠수."

하며 그들을 맞아들인다. 봉근이도 일어섰다. 그러나 그는 지금 들어온 누이와 병걸이에게 인사를 하려고 일어서는 것이 아니고 집으로 가려고 서 있었다.

"어떻게 낮에 틈이 있어 왔구나. 또 주인이 야단하지 않을까."

봉근이가 신을 신을 때 누이는 대청 위에 올라서면서 말하였다.

"아니 동생이 선물을 사가지구 왔어요."

봉근이는 이 말에 뒷잔등에 선뜻하는 칼을 느끼면서 연화를 돌이켜 보았다.

"이것은 누이님 올리구 이건 내 해라우."

하면서 지갑은 누이에게 주고 자기는 크림으로 만든 콤팩트를 두 손가락으로 집어 들어 보였다. 그러고는 두 사람과 함께 하하— 하고 웃었다.

"거 또 봉근이가 엉뚱한데. 연화 씨에게 콤팩트를 보낸 걸 보니까 아마 연애를 하는가 보아. 하하하하 기생 오빠는 하는 수 없어."

봉근이는 병걸이의 낯짝을 쳐다보았다. 금테 안경이 뒤로 젖혀지면서 콧구멍의 수염과 그리고 담뱃진에 까맣게 된 입안이 껄껄 소리를 내고 있다. 봉근이는 그것이 사람인 것 같지가 않았다. 봉근이의 변하여진 낯색을 보고 벌써 연화와 누이는 웃음을 멈추었는데 병걸이만은 허리를 또 한 번 추면서,

"봉근이가 난봉이 난가 보아."

하고 혼자서 좋아한다. 봉근이는 신으려던 운동화를 벗어버리고 대청 위로 뛰쳐 올라와 연화가 쥐고 섰는 콤팩트를 빼앗아 그대

로 뜰 안에 내어던졌다. 콤팩트는 돌에 부딪쳐 깨어져서 유리알 자박이 꽃잎같이 마당에 흩어진다.

"여보, 난봉 난 놈을 보려문 당신을 보우."

봉근이의 목소리는 열이 오르고 낮은 오히려 해쓱하다.

"사회주의 하노라구 꺼덕대다가 협잡군이 안 돼서 내가 난봉이 났소."

말이 끝나는 대로 봉근이는 토방으로 뛰어내려 신을 끌고 대문으로 쏜살같이 걸어 나간다. 세 사람은 어안이 벙벙하여 봉근이의 하는 양을 움쩍도 못 하고 바라만 보고 있다.

그러나 연화는 큰 죄를 저지른 것같이 생각되어서 고무신을 끌고 대문으로 쫓아나갔다. 계향이가 미안한 듯 죄스러운 듯 갈피를 잡을 수 없는 표정을 하고 있다가 방석을 들어 병걸이에게 권하면서 눈물을 글썽글썽하여,

"복 상, 미안하외다. 어린 게 철이 없어서."

하고 침묵을 깨뜨린다.

연화가 대문을 열고 내어다 볼 때 봉근이는 벌써 골목을 돌아가려고 하고 있다. 그는 어른 티가 나는 봉근이의 뒷모양을 보면서 비로소 그의 연세가 열여덟 살이라던 말을 생각하였다.

눈물을 씻고 후 ― 한숨을 내쉬인 뒤에 약방엘 들어서니 마침 전화가 따르릉 운다. 봉근이는 전화통을 들었다. 남대문통 어느 회사에 약 배달 갈 일이다. 그는

"네 ― 네 ― 고맙습니다."

하고 전화를 끊은 뒤에,

"보험 회사 사이 상 기나프루드 제 하나요."

하고 주인에게 배달 전표를 청하였다.

자전거 위에 올라타니 벌써 마음은 시원하였다. 마침 네거리의
교통 신호는 황색이다. 그는 넘어질 듯이 자전거를 눕히고 바른
쪽으로 길을 휘어잡곤 궁둥이를 안장에서 들고 아스팔트 위를 지
치듯이 돌아간다. 뒤이어 찌르릉 하고 종이 울다 멎으면서 신호
는 파란색으로 변하였으리라. 그는 바라다볼수록 판판한 넓은 길
을 앞으로 앞으로 달아 나갔다. 막 피어나는 가로수의 나뭇가지
가 뒤로 뒤로 밀려간다. 제비 같은 자동차와 산도야지 같은 사이
드카가 그의 경쟁의 대상이었다.

— 〈조광〉, 1937. 7.

가애자 ^{可愛者}

"여기 좀 세워주게 저 약방 앞에."

걸칙한 이 말에 교통신호에 걸렸다가 금방 새로운 속력을 내어 앞을 다투든 자동차는 급정거를 하야 찍, 찌직— 하고 뒷바퀴를 끌면서 보도 위에 우뚝 섰다.

덜컥 앞으로 한번 밀렸다가 묵직한 몸집이 다시 씨트에 파묻히는 순간

"어데랍시요?"

하고 물은 것은 핸들을 쥔 채 얼굴을 돌리는 운전수가 아니고 그의 옆에 가방을 들고 앉아 있는 윤수^{允秀}였다.

"웅— 저기 저 약약방."

뚱뚱한 몸집을 인바네스로 둘러싼 최충국^{崔忠國} 씨는 흰 수염이 섞인 턱주가리를 창문 밖으로 향해서 약간 돌리드니 일시에 창밖

을 내다보는 윤수와 운전수의 뒤에서 혼자 음칠음칠하고 내릴 준비를 한다. 뒤섰든 자동차들이 옆을 스치며 앞으로 달아난다. 이들이 탄 자동차는 두어 번 우무적거리다가 이윽고 가등 밑으로 가 선다.

한 발자국 앞서서 유쾌하게 근엄하게 걸어가는 것은 김윤수였다. 그리고 뒤서서 점잖은 체 둥실둥실 걸어가는 것은 물론 만금 광업주식회사의 사장 최충국 씨이다.

이 황송한 래객을 맞는 유명매약 처방 조제의 양약국은 금시에 활기를 띠어 윤수가 유리창 문에 손을 대기가 무섭게 고구라 잠바를 입은 사환 아이는 드르륵 안에서 문을 열어젖히면서,

"어서 오십쇼."

하고 껏듯 인사를 한다.

문이 활짝 열리매 윤수는 재치 있게 비켜서고 최충국 씨의 깍지통 같은 몸집이 문턱을 넘어서서 좌장 앞으로 나선다. 뒤를 따라 윤수도 들어온다.

"응— 음양각인가 음약각정인가 있지?"

"네 있습니다."

하고 대답하는 것 이택건 화독 뒤 책상 앞에서 주판을 놀니는 약방주인이었다.

그는 흰 가운 자락을 풀어헤친 채 약장으로 뛰어가더니 나무 곽에 든 대, 중, 소, 세 가지를 두 손에 움켜 들고 손님에게로 온다.

"일주일 분, 일개월 분, 반년 분이올시다."

하고 최충국 씨가 그중의 하나를 들어 두루두루 살피는 동안 약방주인은 빤히 쳐다보며 두 손을 삭삭 부비고 있다.

"무엇에 약효가 신효하우?"

하고 최충국 씨는 안경 옆으로 약방주인의 얼굴을 바라본다. 주인은 핵— 하고 좀 바룩바룩 하다가,

"글쎄올시다. 뭐니 뭐니 하여도 역시 주효는 보양이겠습죠."

하고 쪼루루 일러바치듯 한다.

다시 광석에서 금분을 살피는 버릇으로 약 곽을 돌리며 정가 있는 곳을 살피듯 하는데,

"칠 원이올시다."

하고 턱 아래 서 있든 사완 아이놈이 재바르게 말한다.

"확실히 약효는 있을까?"

"글쎄 모두들 여러분께서 복용허시는데 외려 서양 약보다 신기하다고들 하십니다. 이창훈 박사나 조경호 박사께서도 실험 분석해보시구 주장하셨구 기타 여러 고명한 의약학 학선생님들께서도."

"네 네 아렷소이다."

대개 이○○○하면 살 의향인데 하고 주인이 한번 머리를 꺼뜩 하는데 멍하니 서 있든 윤수가,

"이것두 매약이니까 활인이 많겠구려."

한다.

"아이 천만에 말씀이올시다. 공연한 풍성이십니다. 약재가 올르구 게다가 광고대 뭘 뭘 하면."

최충국 씨는 약을 다시 유리 좌장 위에 놓고 커다란 백금 반지를 낀 손을 인바네스 속으로 움츠리면서,

"일개월분짜리를 하나 싸주. 그리구……."

머리를 한번 끼우뚱하여 좌장 옆에 써 붙인 '궁중비약 구룡충 있소'를 보드니,

"응, 이 집에두 있군. 저 구룡충 백 마리만."

"네, 네 고맙습니다. 야 저기 방 안에 들어가 구룡충 백 마리만 빨리."

사완 아이를 시키고 자기는 음양각을 싸면서,

"구룡충은 일정한 습도와 온도를 갖어야 잘 번식하는 까닭으로 방 안에다 특별히 장치를 해두었습니다. 그리구 약벌레가 먹는 건재들은 준비허셨겠습지오?"

한다. 최충국 씨는 그 말에는 달리 대답을 안 하고 점잖게 고개를 두어 번 꺼뜩 한다.

윤수는 산 것을 들고 앞서서 다시 자동차 있는 데로 가고 최충국 씨도 곁눈 하나 팔지 않고 그 뒤를 따른다.

차에 오르매 운전수는 다시 이르지도 않는데 커다란 삘딩 앞에다 차대를 대인다. 그 삘딩 층이 최충국 씨가 가끔 잡수러오는 양식당이기 때문이다.

"그러면 내가 음식을 먹는 동안 김 군은 이걸 사직동 집으로 가져다주게. 그리구 응 — 오늘은 개가 들르지를 못할 테니 그리 알라구 말씀 올리구 밤이든 낮이든 문을 구지 닫고 있으라구. 다른 게 아니라 아까 광산에서 전화가 왔는데 광부 대표가 진정을 올라온다니 나는 계동 집이나 사직동 집에 있을 수는 없단 말이야. 그러니까 그것들이 오면 열흘 동안 작정으로 동래 온천엘 갔다구 하구 나는 그들이 돌아갈 때까지 어떤 호텔에 있을 테니 그건 내 다시 군에게 알리지."

윤수는 식당대합실에서 최충국 씨의 하는 말을 근청하고 있다.

"네, 알겠습니다. 그러면 저는……."

"응, 군은 이제 사직동을 들러서 계동 집에 가 있게. 오후엔 광부 대표가 그리루 갈 테니까 군이 맡아서 물려치구 내 저녁녘 헤 다시 전화를 걸 것이니."

"네 알겠습니다."

윤수는 산 것을 들고 그곳을 물러가는데 최충국 씨는 뽀―이에게 점심을 주문한다. 그러고는,

"음."

하고 숨을 한번 짚으며 찐 물수건을 들어 모가지를 닦는다.

고급 차에 혼자서 상반신을 잠그고,

"에 ― 또 사직동으로."

하고 버젓이 운전수에게 호령하면서 제법 담배를 한 가치 꺼내어 입에 물 때엔 제 자신이 대실업가나 된 양으로 마음이 흡족하였다. 그러나 사직동까지 불과 십 분도 안 걸릴 것을 생각하니 흡족하는 마음이 흩어지고 허거픈 웃음이 담배를 듬석 물은 입가상에 떠오른다.

"이왕이면 조선은행 앞으로 해서 장곡천정으로 태평통으로 휘도라 주게."

윤수의 이 말에 운전수는 아니꼽기도 하고 한편으론 우습기도 하였으나 시키는 대로 아무 말도 안 하고 종로에서 차를 돌려 남대문통을 달아난다. 사람들이 많은 곳을 헤치면서 나즉히 뚜뚜우 소리를 울리고 가만히 빠져나가는 때가 가장 윤수를 즐겁게 하는 순간이다. 크락숀 소리에 눈을 희번덕거리며 대체 어느 양반이

이런 고급 차를 타시고 행차를 하시는가 하야 유리창으로 뚫어지게 들여다보는 굶주린 눈이 획근획근 지내가는 것을 태연자약하니 앉아서 받아넘기는 것이 윤수에게는 더없는 열락인 것이다.

황금정 네거리, 조선은행 앞, 광화문 네거리, 적어도 이만한 관문이 한 코―스에 세 개나 있다는 것은 그만큼 열락과 향락의 기회가 많은 것이나 마찬가지다. 그러므로 네거리에 다다랐을 때 교통신호가 퍼런색이면 윤수는 점잖지 못하게도 실망한다. 그가 붉은색을 좋아하는 것은 이 때문이다. 적어도 교통신호가 붉기만 하면, 그것이 누래지고 퍼래지는 동안 일이 분간은 이 자리에서 지체하게 된다. 정지선 보도 위에 몰려 서 있는 시민 제군, 양쪽 안전지대에서 느린 전차를 기다리며 등허리를 오므라치고 있는 가련한 신사 숙녀 제위, 트럭, 닷도사, 그러므로 신사 중의 신사로 군림한다.

이런 때마다 그는 그의 외투 깃에 수달피가죽이 안 달리고 번들번들하는 낙타 대신 그의 외투가 사십오 원의 최최하고 우글쭈글한 라사인 것을 슬프게 생각한다.

그러므로 차는 군중이 그의 외투를 감식할만한 여유가 있도록 장구한 시간 이곳에 머물러 있어서는 아니 된다. 앞 뿌리가 유난히 길고 뒤가 펑퍼짐한 까만 고급 차에 눈이 휘둥그레져서 뒤꽁무니를 본 군중들이 차의 번호가 구천 몇 호가 아닌 것을 발견하고 두 번 다시 놀래어서 대체 이렇게 행복되고 고귀할 팔자 좋은 주인공은 누구일까 하여 차 속으로 눈을 돌릴 때 의외에도 그 속에서 쾌활하고도 진중한 젊은 청년의 얼굴을 보고 표정에 선망을 그리는 순간 번개같이 차는 그들의 앞에서 미끄러져 나가기를 윤수는 희망하고 있는 것이다.

차는 태평통을 달아난다. 어쩌면 이렇게 빠르게 그리고 이렇게 동요가 없이 무슨 솜 속에 포근히 담아주듯이 길 위를 지치고 간다는가 — 윤수는 눈을 스르르 감고 이러한 세상에 태어나게 한 하느님에게 약간 감사를 올린다.

그러나, 차가 음칠음칠하고 머뭇거리는 것을 느끼고 윤수는 부리나케 눈을 떴다. 네거리 다 총독부 쪽을 바라보며 차는 우뚝 섰다. 차는 다시 신호대 옆을 휘도라 안전지대를 감돌면서 서대문 쪽으로 꺾어 돈다. 넌지시 밖을 내다보니 안전지대에는 사람이 산같이 몰려 있다. 이 군중 가운데 중학 시대나 혹은 전문학교 시대의 동창의 얼굴이 끼어 있으면 하곤 또다시 점잖지 못하게 창밖을 내다보나 그럼직한 얼굴을 발견할 수는 없다. 이윽고 차는 서대문 일정목에서 좁은 골목으로 접어들고 다시 한번 교통신호 없는 네거리를 지나 사직공원을 마주 보며 올라가서 어떤 조그마한 골목 어귀 싸전 가게 앞에 선다. 여기서부터는 차가 통하지를 못한다.

"그럼 다시 사장 계신 데루 차를 대우."

이렇게 운전수에 부탁하고 그는 병사와 같이 뚜벅뚜벅 골목으로 걸어 들어간다.

김윤수는 유쾌한 청년이다. 그는 가는 곳마다 즐거움을 만들고 사는 지혜롭고 재주 있는 영리한 청년이다 — 라고 제 스스로 생각하고 있다.

그가 겨울바람에 외투 자락을 휘나부끼면서 언덕길을 더듬고 있는 것은 결코 그가 불행하여서가 아니다. 만일 경성부가 이곳에 차가 들어갈 만한 삼미돌 통로만 만들어 두었더라면 자기는 이곳에서 발에 흙을 묻히며 걷지는 않을 것이다. 대문턱까지 차를 부치고 껑충 뛰어내려 떡이라도 떨어지면 줏어먹을 만큼 말끔하니 쓸어놓은 아름다운 뜰 안을 사분사분 걸어 들어가는 것으로 충분하였을 것이다. 길이라고 명목이 붙는 곳엔 어데라도 자동차가 들어가도록 어서 속히 도로가 정비되어야 할 것인다 — 하고 김윤수는 새삼스럽게 경성의 문명 수준이 옅은 것을 한탄한다. 그러나 그는 목적지에 가기 전에 새로운 행복 하나를 또다시 발견하였다. 그는 마주 오는 전문학교적 동무를 그곳에서 만났던 것이다.

"그래 자네 지금 뭐 하는가?"

이러저러한 인사 끝에 오는 말이 이 말이다.

'이런 제길할 놈 보았나? 아무러면 내가 학교를 나와서 여태껏 놀구 있을라구. 이놈이 이백만 원 콘체룬의 대실업가 최충국 씨의 비서인 것을 안다면 눈을 뒤솟구 게거품을 물며 기절을 할라.'

속으로는 이렇게 생각하였으나 보아하니 별루 신통한데 취직도 못 하였을 그의 동창을 이러한 불쌍한 경지에 떨어트리는 것이 가긍하여 그는 짐짓,

"그래 자네는 들으니 좋은 곳에 취직이 됐다구. 나야 그저 그렇네만."

하고 한번 선심을 썼다. 그랬더니 이 친구는 또,

"금융조합이라구 다니니 어데 박봉에 그걸 가지구 멀— 취직이랄 게 있냐."

한다.

(흐흥 이 녀석이 또 에라 이녀석 내가 사실대로 말한다면 금방이라도 머리를 땅에다 박구 꺼꾸로 설 놈이 소견머리 없이 지더구는 제길.)

그래서 자기의 영직을 말할까 말까 망설이다 '걸걸한 성격에 선심을 써야지' 하야 결국,

"그럼 언제 한잔 빼서먹으러 가네."

하고 갈러지고 말았다.

위선 자기보다는 말할 수 없는 곳에 그의 친구가 밥 턱을 달고 주판알이나 따지며 허구한 날을 보내는 것을 알고 제가 얼마나 훌륭한 자리에 있다는 것을 다시금 한번 재인식한 것이 기꺼웠고 제이로는 이러한 박봉에 허덕이는 그의 친구에게 종시 윤수 자신의 직업을 실토지 않아서 그에게 커다란 충격을 주지 않게 한 자기 자신의 너그럽고 관대한 마음을 또다시 한번 발견하게 되는 것이 한없이 유쾌하였다.

그러므로 문패도 없는 솟을대문의 쪽문을 밀고 마당 안에 들어서면서 윤수는 역시 몸을 찌그뚱 찌그뚱하게 내저으며 의기양양하야 들어가는 판이다.

"아씨, 아씨 계십니까?"

이렇게 마당에 서서 안방을 향하여 불러본다.

"누구유? 긴 상이유?"

말소리가 느리고 말끝에 낑하고 기지개를 하는 품이 아마 낮잠을 주무시던 모양이다.

"네 저올시다."

하고 윤수는 토방으로 올라서면서 씽끗이 혼자 웃어본다.

"영감은 안 오시구 혼자슈? 혼자든 말든 들어올 게지 늘 출입하는 터에."

이러고 다시 낑 하품을 하드니 안 문이 열리고,

"거 들은 건 뭐유? 치운데 들어와요. 머뭇거린긴. 식모두 머 사러 나간걸."

윤수는 댓돌에 구두를 벗고 닝큼 마루로 올라서드니 의자에 테―블을 놓고 응접실같이 꾸민 대청을 지나서 문을 방싯이 열고 내다보는 아씨에게로 간다. 이는 물론 최충국 씨의 제이 부인이시다. 전신은 기생 방년 이십사 세이시다.

"나졸이 중전 밀실에 들어가도 괜찮을까 원."

롱말을 하는 품이 윤수와 아씨의 사이가 이만저만하게 아닌가보다. 그러나 윤수는 흩어지려 한 머리카락과 벌게진 둥근 눈을 힐끔 보았을 뿐 노랑 저고리와 츤츤히 허리를 감싸고 발뿌리에 휘엉킨 남치마는 눈을 내려깔고 보려고 하지 않았다.

"그래 영감은 어데 게슈?"

"지금은 끄리루에 게신데 몇일간은 어떤 호텔에서 지내시게 되겠다고요. 그렇게 말씀 여쭤라고 허십디다."

"아니 호텔?"

(그러지 않아도 미심해서 이즈음 수일간은 눈을 바로 뜨고 감시를 허는데.)

"호텔은 무슨 호텔. 긴 상두 날 속이슈? 긴 상은 알을 테니 바루 대우 괜히."

하고 이번에는 입을 감물고 애띠게 위협하는 헤눙을 한다. 마음 같아선 냉큼 뛰어가서 뒤귀를 꼭 쥐고,

'요게 누구더러 위협인고?' 하고 입이래도 쭉 맞추어주려만 주인의 애첩에게 그런 무례한 짓은 헐 수도 없고 결국,

"저더러 뭘 대시란 말씀이십니까. 온 아씨두."

하고 픽하니 웃는 척했다.

"아니 그래 영감이 어린 걸 하나 또 집었는데 긴 상이 집이랑 세간이랑 맡어서 차렸다는 걸 아는데 이렇게 앙금허니 날 소길테유?"

"온 별말씀을 다 하십니다. 만일 사장 선생님이 그러신다구 하서두 지가 사직동 아씨를 두시구 무슨 말씀이시냐구 헐 텐데. 온 참 청천벽락을 맞을라구. 온 그런 말씀은 다실랑 마르세요. 이걸 보세요, 이걸."

윤수는 종이에 싼 것을 번쩍 들어 추켜 보이고,

"이게 뭔지나 아시우? 사장 선생님 마음을 상상하는 건 외람된 일이지만 외려 사장 선생님은 아씨께서 변심치나 않으시나 허구 여간 마음이 씨이시지 않는가 봅니다."

한다.

그랬더니 아랫목에 한 다리를 뻗히고 앉았던 아씨가 냉큼 일어서서 쪼르루 삼간 방을 뛰어 건너와 윤수의 앞으로 다가서며 제 몸의 배곱이나 되는 윤수를 적은 강아지나 주물듯이,

"아이구 요것 봐!"

하면서 코를 꼬집어 들고 내두른다.

"아구아구 아씨 왜 이러세요. 왜 이러세요."

두 팔은 닭의 새끼같이 풍기면서 돌아가는데,

"에, 튀, 손에 콧물이 묻었다."

하며 아씨는 바른손에 묻은 것을 윤수의 외투 자락에 슬쩍 바르고 사나이의 다림쌈에서 떨어져서 아랫목으로 간다. 윤수는 아씨의 등을 바라보며 버둥거리노라고 질서 없이 내뻗쳤든 다리를 수습하면서 껄껄껄 웃어댄다.

"그래 참 사 온 게 뭐이더라?"

아씨는 윤수의 옆에 놓인 종이봉지를 가지고 다시 아랫목으로 가서 노이를 끄른다.

"머 끌러보실 거 있습니까. 몸 보허는 약입죠."

그러나 아씨는 종시 그걸 끌러 보고야 만다.

"보세요. 제 말이 그짓말인가. 그것만 봐두 사장 선생의 정성은 아실만 허시지."

그래 아씨는 그걸 보드니 아까 영감이 호텔에서 며칠을 지내리라는 말이 금시에 생각키었든지,

"아니 그런데 영감이 호테루는 웬 호테루요?"

하고 빤히 윤수를 올려다본다.

"왜 그러십니까. 젊은 아가씰 또 하난 집어서 살림을 차르신 걸 아신다면서 호텔을 무슨 호텔이시라구 그렇게 안타까워 허십니까."

제법 말속에 어리광을 섞어서 늘어놓으니 아씨도 어이가 없다는 듯이 샐쭉하니 웃는다.

"그런 게 아니라요."

하고 이번에는 표정을 정색하고,

"일전에 왜 광산에서 다이나카이트가 터져서 광부 열 명이 사상된 사건이 안 있습니까. 그걸 현장사무소 녀석덜이 어떻게 서

투르게 처리를 했는지 광부 대표가 본사에 와서 사장을 직접 면회하구 담판을 허겠다는구려. 그런데 그것들이 올라오는 김에 아마 그밖에두 여러 가지 조건을 들구요는 모양입니다. 그래 사장과 전무께서는 당분간 피신을 허실 모양입니다."

"피신을 허시면 허시지 하필 호텔은?"

"거야 누가 아십니까? 동래온천엘 가셨다면 그곳까지 딸려오지는 않을 테니까 표면으론 그렇게 내세우고 서울서 앉으셔서 정보는 받으실 모양이두군요. 사업을 위해서 허시는 일이니 아씨께서두 양해허시구 몇일 동안 희생되셔야지요."

"아이 망칙해. 마한 일로 희생될 것까지야 없지만."

"그런데 참 사장 말씀이 낮이나 밤이나 문을 구지 말고 두문불출 허시랍디다."

"광부 대표 오믄 왔지 나꺼지 감금헐 게야 뭔구?"

"광부가 습격할가 두려워하셔서 허시는 말시이지 또 그 밖에 아씨께서 바람이 나실가 두려워 그러시는지 그것까지야 지가 알겠습니까."

이만큼 말을 듣더니 아씨는 발딱 일어나면서,

"아이 모르겠다. 귀찮어서 이제 볼일 없거들랑 사진 구경이나 가치 가우."

한다.

"온 지가 아씨와 사진 구경이 뭡니까. 대낮에 또 한참 바뿌기도 하지만."

"왜 나허군 못 가? 내가 늙어서?"

"허 허 참 별말씀 다 하십니다."

"그럼 왜. 영감의 비서면 내 비서나 마찬가지지."

"거야 다 이를 말씀입니까. 그래두 남이 보면 어데 그렇게 보는 가요. 건 그렇다 쳐두 또 지금부터 제가 할 일이 태산 같은데."

하구 윤수도 모자를 들고 일어선다.

"아니 그래 또 사장 계신 데루 가우?"

"아뇨. 이제부터 계동 집에 가서 광부들이 몰려오면 그 응대를 해야 됩니다."

"응— 계동 집."

두 눈을 씰죽하면서 아랫입술을 쫑긋한다.

"뭣이 계동 집입니까."

"마리를 후려볼려구. 아유 참 젊은 남자란 유들유들허기두. 게다가도 눈치는 경치게 빠르단 말야. 어서 그래 가봐. 남 젊은것들 연애허겠다는 걸 방해허믄 죄 되게."

(이건 또 무슨 생트집이냐. 대체 이게 샘이냐 뭣이냐. 나보다 두 살 아래가 젊은것들이라니 요것이 묏자리를 미리 봐두었나.)

"마리 아씨가 나 같은 것에 눈이나 한번 돌리간데. 공연한 말씀 마르서요. 참 저 같은 불상한 놈 두고 그런 말씀 허시면 죄루 되십니다."

사장 애첩에게 마지막으로 던진 말이 제 입으로 나왔다기는 너무 신기하고 입맛에 당겨서 윤수는 길을 걸으며 마치 단 사탕을 먹고 입을 다시듯이 여러 번 입속으로 그것을 되풀이해보았다.

— 저 같은 불상한 놈 두고 그런 말씀 허시면 죄루 되십니다.

이 말을 툭 하고 슬쩍 아씨 얼굴을 쳐다보았더니 아씨의 낯색 이 금시 홍조를 띠우고 눈이 글썽글썽해진다. 이곳이 대청마루의

한중복판이 아니고 그리고 이때가 정오를 한 시 넘은 대낮이 아
니고 나갔든 식모가 닫치지 않은 문으로 무엇을 사 들고 불쑥 뜰
가운데로 나타나지만 않았다면 아씨의 매촛하고도 포동포동한
명주 비단의 말씬한 촉각을 가지고 나의 목을 둘러 감으며 거센
숨결을 얼굴에 내뿜고.

"어쩌면 요렇게 귀엽게 군담."

하면서 커다란 대구리 통을 가슴에다 부비어주었을 것이라고 생
각하며 윤수는 지금 겨울바람이 먼지를 몰아치는 초라한 거리를
꿈결같이 걸어가고 있다. 만일 그랬더라면 윤수는,

"아씨 이게 무슨 일이심니까?"

하고 제법 윤리의 한 가닥을 펼쳐 보이며 이래 보여두 의리는 있
는 놈이라고 점잖은 훈계를 내리어 무안을 주되 그것이 더한층
자기를 좋아하게 만들 수 있게 하였을 것을 ―.

사실 윤수가 이런 것을 생각하며 혼자 즐기지 않고 맹판으로
사직동서 계동까지 가는 길을 더듬고 있었다면, 그는 이때 이상
더 불쌍한 순간을 갖을 수는 없었을 것이다. 그만큼 이 길은 고
급 차로 금방 한 시간 전에 서울의 도심 지대를 행차하신 김윤수
에게는 마땅치 않은 괴로운 행로였다. 적선동으로 나서서 총독부
앞을 거처 안국동 네거리, 그곳서 다시 계동까지, 윤수는 줄곳 이
런 행복스런 상상에 취하야 이 초라한 길을 기쁘게 향락하고 있
는 것이다.

그러나 윤수 아닌 다른 사람의 눈으로 보건대 이러한 그의 걸
음걸이는 물론 최최하기 짝이 없다. 이 길이 그를 성스럽고 화려
한 하늘로부터 초가집이 올숭졸숭한 땅 조각 위에 떨어트리는 기

막히는 순간을 주는 계기가 되는 것도 또한 사실이기 때문이다.

바로 계동 골목을 굽어 돌려 할 때 요란스러운 경적이 울고 그가 미처 빗서기도 전에 자동차 한 대가 그의 옆을 스치고 먼지를 풍기며 지나갔다. 이놈의 자동차가 윤수의 환상을 잘기잘기 부숴 놓은 것은 물론이지만 그 이상 이 적은 사건은 좀처럼 비관할 줄 모르는 윤수에게 한줄기의 수심 비슷한 것을 던지기까지 하였다. 그는 그래서 오래간만에 어떻게 하면 최충국 씨의 비서가 아니고 직접 최충국 씨 같은 큰 실업가가 될 수 있을 건가? 하는 엉뚱한 생각에 손을 뻗히게 된 것이다. 과연 생각이 여기에 이르면 앞이 까마득했다.

사실 비서니 어쩌니 하지만 똑똑히 말해야 김윤수는 최충국 씨의 버젓한 비서라고도 할 수 없다. 왜냐하면 최 씨가 관계하는 만금광업에는 따로 사장 비서가 있고 또 그가 관계하는 개발회사에도 따로이 취체역 회장의 비서가 있었다. 그러므로 윤수는 좋게 말하면 옛날의 서양식으로 최충국 씨 가정의 '집사' 시골 투로 말해서 '서사', 이즈음 유행 말로 말하면 '요짐보', 아니 이 마지막 대명사 말로 가장 윤수를 정당히 규정하는 직함이라고 할 수 있다. 최 씨의 본부인은 (언젠가 윤수가 아이들 입학 용건으로 호적 등본을 보니까) '박제석녀朴帝釋女'라는 이름으로도 알 수 있는 만큼 평안도 시골 태생인데 이는 늘 윤수를 부를 때 '서사'라는 말을 썼다.

"던차 타구 빨랑빨랑 댕게오랑구요. 서사 어런."

(온 서울에 십 년을 넘어 살면서 이런 욱실할 사투리를 그대로 던지는 것이 어데 있담 그 모양이게 밤낮 시앗을 보지.)

말이 났으니 말이지 출생지로 말하면 최충국 씨도 평안도 태생이다. 그의 전신이 무엇인지는 천착했자 별로 흥미도 없지만 덕대德大보다 좀 나을까 말까 한 지위로 있으면서 분광分鑛에 착수하야 다소간 세상맛을 알았고 산속으로 헤매다가 평안도와 함경도 접경에 있는 만금산萬金山을 보고 그 이름이 그럴듯하여 출원하였든 것이 맞아떨어져서 금일을 이룬 사람이다. 그러니 최충국 씨의 입지전을 아무리 독습하고 암송해보았자 김윤수에게는 갑자기 졸부가 될 신통한 묘법은 생겨날 리가 없다. "어데 원 이런 이름을 갖인 산이 이밖에는 또 없는가?" 물론 있기는 있다. 평안북도 귀성에 금곡동 옥천에 금제산金貯山과 금점촌 보은에 금적산金積山 상주에 천금산千金山 연백에 금산봉金山峰 영동에 황금산黃金山 성주에 금수산金水山 등등 그러나 김윤수의 지혜가 미치기 전에 벌써 그보다 영리한 사람이 모두 그 산 이름을 이용하야 거둘 만한 금 부스러기는 다 거두고 있다. 김윤수는 새삼스럽게 그의 뒤늦은 탄생을 한탄해보고 다시 학교고 뭐이고 다 집어던지고 중학교 물을 먹은 둥 만 둥 할 때부터 어째서 산속으로 들어가지 않았을까 하고 후회해본다.

　그러나 영리한 김윤수는 이러한 쓸데없는 생각에 이 이상 더 머리를 썩일 만큼 우매하지는 않다. 눈앞에 계동 최충국 씨 저택이 보인다. 사직동 아씨의 말은 아니지만 저 집안에는 최충국 씨의 따님으로 동경에 가 학교를 다니다가 방학에 나왔다 아직은 들어가지 않은 최마리崔瑪利 양이 계시다. (안 할 말이기는 하지만 이 아가씨의 본명은 최학실이다. 역시 이러한 평안도 시골 이름이 장차 음악가가 될 대부호의 영양의 이름으론 적당치 않다 하여 여자고보를 나오며 '마리'라고 하이칼라 이름을 붙인 것이다. 윤수는 물론 마리보다도 호적등본을 더 자세히 아는 만큼 이런 것은 빼놓지 않고 다 잘 안다. 그리고 이런 것이 또한 아가씨의 지극히 영리하고 시대적인 일면이 된다고 저윽히 존경의 마음까지를 일으키게 하고 있는 것이 미상불 사실에 가깝다.)

김윤수는 몸을 찌그뚱거리며 커다란 석조대문을 들어서서 양관을 향하여 걸어간다. 그는 또다시 한없이 유쾌하다.

넓은 응접실에 앉아서 남대문 통에 있는 사무소에 전화를 걸었더니 마침, 그곳서도 전화를 걸려던 참이라고 사장이 댁에 계시냐 묻는다. 안 계시다고 했더니 지금 막 사무소로 광부 대표 다섯이 왔다가 시장과 전무가 동래온천에 가셨다니까 믿을 수 없는 말이라면서 돌아갔는데 미상불 계동 댁으로 쫓아 올라갈 모양이니 그리 알라고 한다.

"미리 준비허구 대기했네."

하고 제법 기운 좋게 대답을 하기는 했으나 전화를 끊고 소파—로 와서 어깨까지 푹 몸을 잠그니 아닌 게 아니라 마음이 좀 켕겨온다. 와락부락한 무지몽매한 놈들을 상대해서 무슨 이치를 따질 수도 없을 것이오. 또 힘으로 쫓아낸대도 중과부적이라고 아무리 유도 일단에 전문학교 시대는 호걸파의 대장 노릇을 치른 김윤수이기로니 별수가 없을 것 같다.

(그러나 설마……)

"아무렴!"

하고 그는 소리를 지르며 후덕떡 일어섰다. 일당백은 좀 과장이지만 일당오, 사나이로써 할 만한 쾌사이라고 저윽히 가슴을 두

근거리고 있는 판인데 똥똥 넉크 소리가 난다. 정녕 최마리 아가
씨라고 낯을 긴장시키고,

"하이!"

했더니 웬걸 들어온 걸 보니 식모다.

(식모가 무슨 아니꼽게 똥똥 넉크를 하면서, 누가 저더러 차 가
져오라나. 제길.)

그래 차를 데—불 위에다 놓고 다시 문으로 나가려 할 때,

"마리 아가씨 있어?"

하였다.

"네."

"급헌 용무가 있다구 곧 좀 오시라구."

자주 스커—트에 까만 세—타—만 입고 스립퍼를 끌며 마
리 양이 들어온다. 짤짤 발 끄는 소리와 뭐라고 콧노래를 부르는
소리가 가까워오더니 이건 또 문도 안 뚜들기고 쑥 들어선다. 그
래 문을 뚜들면 "컴인" 할까 그대로 "네" 할까 또는 아까 모양으
로 "하이" 할까 하고 생각하다가 그대로 "들어오세요" 해버리자
고 결정하였든 윤수의 노력은 수포로 돌아가고 말았다. 그래서
서로 인사도 하기 전에,

"마리 아씨 큰일 났습니다."

해버렸다.

"웨요?"

"아니 웨라니요? 사장 선생께서 무슨 말을 못 들으셨읍니까?"

"못 드렀는데요."

"광부가 다섯 명이나 습격을 온다는구려 이리루."

"광부가 습격이라니? 건 태고적 말씀이 아니야요? 광부가 무슨 턱에 우리 집을 습격합니까?"

이렇게 따지우고 보니 제 말이 너무 지나친 과장 같다.

"아니 머 몰려온단 말이도 아니 사장 선생님을 면회허시러 오신단, 아니 온단 말이지오."

"그럼 그게 무슨 큰일입니까. 안 게시다면 그만이지."

"하하— 아가씨는 너무 문제를 경홀하게 보시는구료. 상대자는 광부입니다, 광부. 그 와락부락허구 제꺽하믄 칼부림질허구 행패질 일 일수인 광부들이야요. 아니 그래 시굴서 여기까지 와서 순순히 안 게시다면 물러갈 테야요?"

"그럼 경찰서에 전화를 해두죠."

이렇게 자꾸 말대꾸를 놓는 것을 쫓아갈라니 진땀이 난다. 그래서 이제는 슬쩍 말을 돌려가지고,

"머 그러나 염녀 없습니다. 제 다 감당허지오. 아가씨는 옆에서 좀 구경하세요."

하고 호기를 뽑았다.

"제가 이래배두 학생 시대에는 아주 맹장이었다우."

"맹장두 여러 가지요. 유행 따라 또 사회주의 했었구려."

"온 천하에 지가 그런 사람으로 뵈요? 저를 사장 선생님께 직접 소개허신 이가 누구신 줄 아세요. 이利 전문의 오 과장, 법과 과장 말입니다. 그이 지도 밑에 지가 길러 낫거든요. 지가 맹장으로 소문나긴 학생회를 상대루 해서 맹활동을 안 때 일입니다. 호걸파라면 모른 이가 없습니다. 호걸파의 김윤수 이래 봐두 유도 일단이올시다. 유도 일단이래두 이단 삼단을 뺑뺑 지웠구려."

초인종이 운다. 식모가 나간다. 중얼거리는 소리가 난다. 다시 사환 아이가 나간다. 또다시 중얼거리더니 응접실 문이 열린다.

"사장 선생님이 안 계시다니까 다른 이래도 맞나 뵙자는 뎁쇼."

"다른 사람 맞낼 이가 없다구 그래."

나갔다가 또 들어온다.

"맞나기 전에는 못 간다구 현관에들 모두 걸처 앉습니다."

마리가 신을 끌며 현관으로 나간다. 마리가 나가는데 그만둘 수가 없어,

"여보 마리 아가씨! 마리 씨!"

하고 나직이 불렀으나 못 들은 척하고 나가므로 하는 수 없이 윤수도 현관으로 나갔다.

"사장 선생을 보실려면 동래루 가우."

하고 마리의 입이 떨어지기 전에 한번 광부들을 앞찔러 놓았다. 그랬더니 그중의 한 사람이 그들 앞으로 나서면서 공순히 인사를 한 뒤,

"주인님 딸 되시는 분이신가요?"

한다.

"네 내가 이 집 딸이외다. 무슨 용무입니까?"

마리의 이 말을 듣더니 다섯 사람은 일시에 허리를 구부려 인사를 한다.

"미처 뵈온 적 없습니다."

이렇게들 공손히 나오고 보니 윤수의 대기는 좀 어색해졌고 또 일방으론 여태껏 켱기든 생각도 우스워 보였다. 그러므로 순리를

따져서 이야기를 했더라면 좋았을 걸 윤수는 이렇게 나오는 그들을 깔보았든지,

"안 계시다면 갈 게지. 왜덜 이리우 응?"

하고 제법 큰소리를 지른 것이 탈이었다.

"노형이 뭐라는 사람이웨까."

하드니 사투리가 쏟아진다.

"내가 사장 비서요."

"사당 비서믄 비서디 그렇게 큰소리할 게야 뭐였요."

퉁명스런 사투리와 느리다가는 갑자기 빨라지듯 하는 방언이 아닌 게 아니라 무슨 압력을 가지고 푹 윤수를 미는 것 같다.

"아니 그렇게 아니라 머 말할 것 있으면 하슈. 내 들으께."

마리의 말이 떨어지니 다시 광부의 한 사람은 긴장했든 얼굴을 푸르며,

"예 고맙수다. 우리네덜이 뭘 좀 사정두 하구 진정두 할라구 즉접 사당 나리를 맞내 뵈려 온 것이올세다. 광산 현장에서는 잘 처결되디 않구 또 본사에다 말을 밀구 어데 해결을 잘 짖습떼가. 그래서 우리 다섯 사람이 쥔님을 맞날나구 노비를 써가지구 왔댄넌데."

"네 그러십니까. 수고스럽게 오신 것을 제 아부님이 마츰 동래 온천을 가셨으니 어쩌면 좋으십니까. 역시 사무소에 가서서 누구 과장이나 맞나 뵈시는 게 좋지 않을까요. 먼 데서 오셨든 김이니."

"이제 막 사무소에 갔드랬는데 머 과당들 갖이군 말이 됩다랑께요."

마리 뒤에 무색하게 서 있기는 쑥스러울뿐더러 뒤에서 이러고들 있는 품을 보니 젊은 혈기가 뛰어 견딜 수가 없다.

"그러니 어떻거란 말요? 대관질."

마리 아가씨에게 보라는 듯이 압동가슴을 불쑥 내밀며 앞으로 한 발자국 나서서 그 중의 한사람과 떡 마주 선다.

"아니 우리덜이야 사당 좀 보게 해주셨으면 그만이디오. 머 벨 청이 있수까."

"사장, 안 계신 사장을 어데 가 모셔오란 말요. 거 참 딱하게들 구려두 좀 분수 있게 구러요. 어서 여러 말 말구 물러가우."

윤수의 이 말에 모다 가만있다. 그러나 그의 말에 눌리어서 침묵을 지키는지 다른 생각들을 먹노라고 결심을 하는 중인지는 좀처럼 간파할 수 없었다. 그러나 불과 일 분도 못 되어서 수그러졌든 다섯 개의 머리 중에 하나가 번쩍 솟아오르더니 상반신이 출렁하였다고 생각하는 순간, 떡 소리가 나고 뒤이어 손쓸 사이도 없이 윤수의 아이쿠 하는 소리가 난다. 광부의 한 사람이 윤수의 앞이마를 받아넘긴 것이다. 그러나 얼쿠 하고 다시 한번 허리를 꼬불하며 머리를 안고 자질을 하는 윤수도 결코 녹녹치는 않았다. 획 돌이키며 벌써 무섭게 변한 낯짝을 펄깍 날리더니 어느새에 상대자의 허리를 후려 들고 저만큼 들었다 내던진다. 꽝! 하고 소란스러워졌으나 다른 네 사람의 광부는 윤수를 꽉 붙들고 싸움을 말리려 할 뿐으로 다시 가세할 생각은 없는 모양이다.

"여보게 손질이 뭔가. 성미 사납게!"

이렇게 그중의 하나는 푸시시 하니 뜰 가운데서 일어나는 동료를 나무래듯 하면서,

"자 서사 어른 참으시우. 낼 또 봅세다."

하고 윤수를 매만저 안으로 들여보낸다. 윤수는 몇 번 더 윅 윅 하고 꿈틀거렸으나 머리가 저려오고 아닌 게 아니라 상반신을 가눌 수가 없어서 지는처럼 하고 응접실로 식모와 사완 아이에 게 부둥키어서 들어왔다.

"소란스럽게 굴어 미안하웨다. 데놈이 뵌 데가 없어 성질이 왈 패스러워 이렇게 됐으니 용서하시오."

"잔말들 말고 어서들 물러가요. 그게 무슨 행사요."

이렇게 노여움을 핀잔으로 던지고 방 안으로 와보니 윤수는 의 자에 누워 이마에다 마―큐로크롬을 바르고 있다.

"아이 저걸 어째! 어데 머리가 몹시 아프으시죠. 원 그런 부랑 무식한 놈들이 어데 있담!"

사완 아이가 바르든 약붓을 달래서 마리가 밤알만큼 불룩하게 올라온 곳에 다시 한번 손질을 해주니 윤수는 감았던 눈을 뜨며 씽긋이 웃는다. 그때 찌르릉 하고 전화가 운다.

"네― 비서 어룬이요?"

사완 아이가 전화를 잡어서 가져오며,

"사장 선생님이신가 봐."

하니 윤수는 끙 하고 상반신을 일으키며 전화를 잡는다.

"네 저올시다. 네 제가 방금 깜작같이 모라냈습니다."

윤수는 다시 흡족한 듯이 벌쭉이 웃으며 저편 쪽의 말을 귀 기 울여 듣고 있다.

―〈광업조선〉, 1938. 3.

무자리

1

학교에서 집으로 돌아오면서 운봉이는 적지 아니 긴장하였다. 마지막 시간에 치른 담임선생의 태도에 분개에 가까운 흥분을 품은 때문이다. 시간 마감이 가까워서 선생은 교과서를 접더니 느닷없이 상급 학교 지원할 생도들은 손을 들라고 한다. 늘상 제 혼자일망정 생각해오던 바가 있으므로 운봉이도 바른손을 창칼같이 기운차게 뽑아 들었다. 육십 명 넘는 중에서 단 다섯 아이뿐이다. 누구라고 돌아볼 것도 없이 금융조합장의 아들, 양조소[1] 하는 집 아이, 의사 아들, 이 고을서 제일 부자라는 김 좌수 손자, 그 틈

---

1 醸造所, 술이나 간장, 식초 등을 만드는 공장.

에 뜻밖에도 김운봉이의 바른 팔이 섞인 것이다. 이 선발된 행운 아 다섯 명 중에서 김운봉이의 야무진 얼굴을 발견한다는 것은 선생뿐 아니라 여러 아이들도 뜻밖으로 생각하는 바이었다. 선생 은 안경 낀 눈으로 대충 건듯건듯 세어보다가 운봉이의 얼굴 위 에서 한참 동안 눈을 떼지 않았으나 이윽고,

"요로시."[2]

하고 잠깐 창밖을 내어다 보았다. 운봉이도 손을 내리고 그의 얼 굴 위에 많은 눈총이 들이 쏠리는 것을 귀 따갑게 느끼면서도 헛 눈을 팔지 않고 면 바로 칠판 쪽만 바라본다.

"깅욤뽀〔김운봉〕."

선생의 나직하나 밑힘 있는 부름에 운봉이는 '하이' 하고 기척 하였다.

"운봉이는 어느 학교를 지원할 생각인가?"

"경성제일고등보통학교올시다."

선생은 말대답도 뜻밖이란 듯이 고개를 끼우뚱한다. 반의 모 든 아이들도 숨을 죽이고 긴장하여 있다. 방 안의 긴장한 기분이 압력이 되어 운봉이의 적은 몸을 향하여 육박하는 것 같은 착각 에 운봉이는 숨이 가쁘고 눈이 곤아오고 목이 마르는 것 같다. 누 가 뭐라고 부드럽게 등이라도 두드려주면 금시에 눈물이 꽉 쏟 칠 것만 같다.

"아버지와 어머님과두 다 의논했을 테지."

이 물음에 운봉이는 선뜻 대답하지 못한다. 경성제일고보 지

2 よろしい、좋다.

망이 온전한 제 생각뿐이었기 때문이다. 머릿속이 혼란하여 횃불 같은 것이 두서너 개 엉켜 돌고 거반 깎게 된 머리칼 밑이 때끔 때끔하야 안타깝게 가려웠으나 운봉이는 움칫도 안 한다. 입술을 약간 떠는 듯하다가 제 귀에도 유난히 높으리만큼 '하이!' 하고 대답해버렸다.

선생은 운봉이의 태도에서 눈치를 챈 모양이나 그 이상 더 묻지 않고,

"그럼 아부지께 오늘이든 내일이든 될수록 빨리 학교로 한번 오십사고 여쭈어."

다시 잠깐 생각하는 듯하는데 하학종이 우니까 멍하니 그것이 끝나는 것을 기다려,

"이저는 가을도 중추로 접어들었으니까 입학시험 준비하는 사람은 물론, 그렇지 않은 제군들도 열심히 공부해주기를 바랍니다. 그리구 상급 학교 지원하는 생도는 사무실에 잠깐 들러주시오."

경례가 끝나고 단에서 내려서려다가 다시 운봉이 쪽을 향하여,

"운봉이는 안 와두 좋으니까 아버지께 말씀만 여쭈어 응?"
하고 교실을 나가버린다.

교실에서 일어난 일이란 이것뿐이다. 이 적은 사건이랄 것도 없는 조그만 일이 운봉이에게는 대단한 흥분을 일으키는 원인이 되는 것이다.

첫째로 그는 선생을 속였다. 물론 속인 것이 발각이 안 될 수는 있다. 아버지께 미리 가서 일러놓으면 그만이다. 그러나 그가 흥분하고 또 그 흥분이 분개에 가까운 것으로 옮아가는 데는 다른 이유가 있었다. 지원한 생도 다섯 명 중에서 자기를 따로 취급하

는 것이 그에게는 단순하지 않았다. 그리고 아버지를 학교로 오시라는 것도 그에게는 원치 않는 일이다.

아버지는 폐인에 가까운 사람이기 때문이다. 학교서 부른다고 쉽사리 올 사람도 아니거니와 외려 학교나 선생을 욕지거리나 안 하면 용할 형편이다. 물론 운봉이가 상급 학교를 가느니 안 가느니 같은 건 그에게는 문제도 안 된다. 이런 아버지를 학교로 오시라는 건 선생님이 모르시고 하는 소린지는 모르되 운봉이에게는 여간 불쾌한 일이 아니다.

어머니 역시 운봉이가 경성으로 유학을 가느니 어쩌니 한 것을 찬성한 적도 없고 또 찬성할 건덕지도 없었다.

이런 형편이고 보니 담임선생이 운봉이의 지망을 뜻밖으로 생각하는 것도 무리가 아니고 또 한반 아이들이 곧 터져 나오려는 조롱인지 선망인지도 모를 웃음을 참고 두리번두리번 운봉이의 상판대기를 유심히 바라보는 것도 결코 이유 없음이 아닌 것이다.

그러나 운봉이로서는 누가 뭐란대도 꼭 한 곳 믿는 곳이 있었다. 서울 간 지 이태가 가까워오는 동안 한 달에 이십 원씩은 꼭꼭 송금해오는 누이를 믿는 것이다.

서울로 떠나갈 때에 "내가 서울루 가는 건 너 공부시킬 준비루 다 미리 가는" 게라고 한 말도 있지마는 일 년 전에 친히 제게로 한 편지도 있다 "네 공부 하나는 뼈가 가루 되는 한이 있어도 내가 맡어 시킬 것이니 공부만 열심히 하야라. 네가 서울서 바루 내가 볼 수 있는 눈앞에서 고등학교에 댕길 생각을 하면 몸에 벅차는 괴로움도 낙으로 변한다."

육학년도 이 학기로 접어드니 특별히 전 같은 입학 준비는 없다 쳐도 자연히 마음 설레고 졸업 후의 일이 이야기되었다. 아무 개 아무개가 평양 어느 학교를 지망하느니 서울 어느 학교를 지 원하느니 하는 소리는 벌써부터 들어온 지 오래다 그 애들은 그 애들로서 넉넉히 그만 공부를 시킬 만한 집안이므로 별다른 이야 깃거리가 될 것도 없다. 이런 소리를 귓등으로 들을 때마다 운봉 이는 누이의 편지만 혼자서 뇌어보고 속으로 뱃심만 단단히 먹을 뿐이다. 운봉이보고는 어느 학교에 가려느냐구 묻는 놈조차 없다. 그는 가만히 '중등학교 입학시험 문제집'을 사다 두었을 뿐이다.

오늘 비로소 선생의 물음에 그는 기운차게 손을 뽑아 들고 여 태껏 마음으로만 새겨두었던 것을 발표해놓았던 것이다.

다시 한번 어머니에게 다짐을 받아보고 서울 있는 누이에게 로 똑똑히 기별을 해둘 것, 그리고 선생에게는 아버지나 어머니 는 사정 때문에 학교에 올 수는 없으나 이러저러한 이유로 자기 의 상급 학교 지원은 틀림없다고 말해버리리라고 혼자서 생각해 본다. 아버지에겐 말해봤자 소용도 없을뿐더러 오히려 분경[3]이나 일으킬지도 모르니 어머니에게만 물어보자. 그러나 어머니도 누 이가 알지 내가 아니 하고 씽긋이 웃어버리고 말 것이 분명하다. 에이쿠소! 꼬라, 백성, 양, 꼬라사. 시험 쳐서 들 놈은 나 하나밖에 없다. 누이에게 하가키[4]로 편지를 쓰자.

그는 갑자기 유쾌해지기나 한 듯이 바른 팔을 내두르며 소래기 를 질러본다.

"완, 투, 스리, 꼬라, 백성, 양, 꼬라사."

3 分境, 분계.
4 はがき, 엽서.

뛰다 보니 거리 어귀다. 좀 점직해서[5] 길 건너를 쳐다보니 완일네 자전거포다. 마침 완일이는 펑크 난 걸 때우느라고 기름 묻은 당꼬 쓰봉에 툭 튀어나도록 궁둥이를 실리고 연신 꺼꿉 서서 도야지같이 돌아간다. 운봉이는 죽어라 하고 달음박질을 하야 그 집 앞을 지나갔다.

본시 운봉이가 완일이를 송충이처럼 꺼려하기 비롯한 것은 누이가 서울로 가기 바로 전 아직도 담홍이라는 이름으로 이곳서 기생 노릇을 할 때부터였다. 하루는 자전거 살로 작살을 만들려고 완일네 가게 밖에 서서 컴컴한 굴속 같은 데를 들여다보고 있었다. 파쇠로밖에 못 쓸 낡은 자전거가 집게와 모루 앞에 다섯 틀이나 먼지에 파묻혀 있는데 새 자전거는 한 틀밖에 없다. 선반 위에 부속품들이 널려 있고 조그만 유리장 안에는 빤뜩빤뜩하는 쇠바퀴가 몇 개 걸려 있다. 광고 포스터를 발라서 구멍이 따군따군한 낡은 바람벽을 감추어놓았다. 운봉이는 나무 상자 안에 그득히 담겨 있는 자전거 살을 물끄러미 바라보다가,

"완일이 사이상 나 쟁곳살 하나 주구레."

하였다. 코로 홍얼홍얼 수심가를 넘기며 자전거를 만지던 완일이는 훌쩍 얼굴을 돌리며 이쪽을 보더니,

"응? 너 누구가? 응, 너 담홍이 오래비로구나. 쟁곳살은 뭘 할란?"

운봉이는 싱긋이 웃으며 그러나 얼굴이 발개져서 대답하였다.

"쏠쟁이잽이 할라구 작살 맨들래요."

5 부끄럽고 미안한 느낌이 있어서.

"작살을 맨들래 작살을 쓰꾸루까.[6] 요시, 주지, 내 주지."

그러더니 한 뭉텅이 아마, 한 여남은 개 덥석 들고 그의 곁으로 온다. 그는 기뻐서 손을 내밀었다. 쇠줄로 작살을 만들려고 여러 번 못을 거꾸로 꽂고 뾰족한 놈을 밑으로 하자니 동그란 대가리가 거치적거려 방망이로 귀를 죽이려다가 손만 다치고 만 일이 있기 때문에 운봉이는 오랫동안 자전거 살이 그리웠었다. 그걸 지금 듬쑥 열 개나 집어주려는 것이다.

완일이는 어슬렁어슬렁 그의 옆으로 오더니 꺼멓게 기름과 때에 그슬린 손으로다 운봉이의 손을 잡고 또 한 손에 든 자전거 살을 옮겨 쥐어주었다. 받아가지고 손을 뽑으려고 하니 완일이는 그의 귀에다 입을 대고,

"나 너이 매부디?"

하면서 담뱃진에 건 이빨로 닝글닝글 웃었다. 운봉이가 팩 그의 손을 뿌리치니 자전거 살이 쫘르르 흩어져서 널장판 위에 떨어진다. 운봉이는 그 길로 입을 감물고 강 잇는 골목길을 도망치듯 장달음을 놓았다.

이런 일이 있은 뒤부터는 줄창 운봉이를 볼 적마다 "야 쟁곳살 줄라" 하든가 누이가 서울로 간 뒤에는 "학구 보구 싶다구 핀지 왔네?" 하고 놀려대었다. 학구란 건 한 오래[7] 옆집 기생의 오빠로 지금은 광산에 다니는데 처음 완일이가 하는 말이 무슨 뜻인지 몰랐으나 그 뒤 차츰 알아보니 학구가 담홍이에게 마음이 있었던 모양이었다.

6 つくるか, 만들려고.
7 한 동네의 몇 집이 한 이웃이 되어 사는 구역 안.

그러는 중에 어느덧 완일이한테 놀린 날은 재수 없는 날이고 무사히 지나친 날은 재수가 있다고 운봉이는 혼자서 작정해버렸다. 이 푼수로 치면 오늘도 재수가 좋아야 할 게다. 그런데 그는 집 대문을 들어서자 저보다 일찍이 학교에서 돌아온 누이동생 운희한테서 아버지가 갑자기 위독하시다는 말을 들었다. 그는 허둥지둥 방으로 뛰어들어갔다.

2

아버지라야 실상은 신통찮은 아버지였다. 뻐드러지기라도 했으면 싶다고 어머니는 울화가 뻗칠 때마다 옹알대고 시악[8]을 퍼붓던 그런 아버지다. "에구 언제문 이 꼬락서닐 안 보구 사나." 하루도 몇 번씩을 뇌는 통에 어머니의 표정은 모르는 사이에 포달스럽게[9] 굳어져 버렸다. 반반히 떨어진 눈썹 자국이 물결같이 도두 서고 미간엔 밭고랑처럼 주름이 잡히고 입술은 탄력 없는 꺼풀이 이그러져서 드문드문 빠진 어금니까지 드러나 보인다. 아버지는 이런 때 두 다리를 쭉 뻗고 괴침[10]도 못 가눈 채 종이 까풀처럼 누런 상판이 묵묵히 눈을 내려 감고 어머니의 지청구를 귓등으로 흘리고 앉았다. 반찬 가시[11] 같은 노란 수염이 찰깍 붙은 가

---

8 恃惡, 자기의 모질고 악한 성미를 믿음 또는 그런 성미로 부리는 악.
9 보기에 암상이 나서 악을 쓰고 함부로 욕을 하며 대들 듯하게.
10 고의의 허리 부분을 접어서 여민 사이.
11 된장 따위의 음식물에 생기는 구더기.

죽 위에 지저분하다. 상고머리로 깎았던 머리가 새 둥지 모양으로 어수선하다. 어머니의 아우성을 그는 그린 듯이 움직이지 않고 받아넘기는 것이다. 아편에 잔뜩 취했을 때이다.

약이 떨어지면 이와는 정반대다. 오늘 아침만 해도 벌써 어저께 저녁부터 약 기운이 진해서 안절부절을 못 하고 몸을 가누지 못하다가 새벽이 되자 집이 떠나가라고 지랄발광을 하고 드디어는 가슴을 두들기면서 통곡을 하였다.

운봉이가 강에 나가 세수를 하고 들어오는데 운희가 운규 놈을 업고 울먹울먹하며 대문으로 나온다. 어디를 가느냐, 왜 들먹거리느냐고 물으려는데 기왓골이 울리도록 고래고래 지르는 아버지의 높은 언성이 방에서 들려온다. 대체 뼈에 가죽만 씌운 것 같은 몸에서 그리고 어느 때는 모깃소리만큼도 분명치 못한 목소리가 어쩌면 저렇게도 요란스러우랴 싶게 이런 때의 아버지의 언성은 파격적으로 높았다.

"모두 벼락을 맞을 년덜 같으니. 집안이 망할라니 암탉이 승이 서서 글쎄 이년들 먹구 살구서야 공부두 공부 아닌가. 또 간나 새끼들이 공분 해 뭘 할 텐가. 아니 제년들이 진사 급젤 할 텐가 뭔가. 아냐 오늘 당장에 담임교사 놈을 찾아가서 떼오구 말으야지. 나이는 벌써 오래잖아 성년할 텐데 소리두 배우구 춤두 배와돼야 제 밥벌이나 안 하나. 또 간나이 년두 자식인 바에야 길러준 애비에미 모른다구 할 텐가. 서방 얻어가기 전에 밥술이나 벌어주야 에미애비두 허리를 펴잖나. 저 계집년이 몹쓸어 자식을 덜되게 가르킨단 말야. 이 담홍이란 년 안 보았겠나. 요년이 낫살이나 차서 겨우 화댓닢이나 벌라 하니게 저년이 귓속질을 해서 서울루 쫓았겠다. 저년, 송가의 딸년 같으니. 그놈어 뒤상[12] 속알머리가 고약하니 딸 하나 둔 게 저 모양이야. 뒤상 죽을 때 제 딸년마자 데리구 갔으문 이 고약스런 기구한 팔자나 면할걸. 이년 이 송가의 딸년 생게두 없어지지 않구 내 속을 태우네? 이 주릿댈 안길 년아. 모두 소리 안 나는 총이 있으문 좋겠다. 아니 이, 운희란 년 어데루 살짝 도망쳤나. 제 에미 년이 빼돌렸겠지. 이 아새끼 놈은 또 새박에 나가더니 어데루 갔나. 그놈어 새긴 물구신한테 홀렸나 새박이면 눈이 짜개지기가 무섭게 강으루 내빼니 물구신이 잡아다 뼈두 안 남기구 삼켜버릴 간나 새끼덜 같으니."

한참 뜸한 것 같더니 그다음엔 화가 천둥 같아서 주먹으로 샛문을 뚜들기며,

"아니 이 송가의 딸년이 이대루 나를 생매장할 테냐. 이 마른 벼락을 맞을 년아. 아이구 이년아. 아이구 복통이야, 아이구 가슴이야."

넋두리로 변하다가 목을 턱 놓고 초상당한 것같이 섧게 울어댄다.

소문난 집이라 웬만해서는 창피할 것도 없지만 이른 새벽에 곡성이 진동하니 동리 사람 보기도 미안하다. 하는 수 없이 낯이 새파랗게 질린 어머니가 물 묻은 손을 치마에 씻고 괴춤에서 일 원짜리 한 장을 꼬깃꼬깃 개킨 채로 아버지에게 집어 던진다. 장판에 낯을 파묻고 엉이엉이 울어대는 아버지는 종이 떨어지는 소리에 귀가 반짝 열리는지 시름히 고개를 들어 쥐 낚는 고양이처럼 지폐장을 각채들인다. 울음을 두어 번 어린아이같이 떨칵떨칵 삼킨 뒤

12 '늙은이'의 방언.

에 푸시시 일어난다. 누장판 같은 바지를 괴춤만 움켜잡고 커다란 고무신을 철레철레 끌면서 운봉이의 옆을 지나서 뿌르르 대문으로 나가버린다. 그의 안중에는 운봉이도 아무도 없었던 것이다.

아침에 이렇게 나갔던 아버지가 그날 오후 네시에 임종을 맞이했다는 것이다. 꿈같은 일이나 그것이 현실이었다. 운봉이는 구긴 봉투를 한 장 들고 우편소로 가는 길이다. 누이에게 전보를 쳐야 한다.

그렇듯이 지체밀망을 하던 폐인이라고 할지라도 역시 남편이었고 또 아버지였다. 언제나 이 꼬락서닐 안 보구 살 거냐구 아침까지도 지청구를 퍼붓던 어머니도 미적지근한 복닥재 모양으로 식어들어가는 초라하고 빈약한 육체를 앞에 놓곤 누구보다 더 바빠하고 손 붙일 곳을 몰라 쩔쩔매었다. 약을 과히 써서 중독이 되어버렸다 한다. 의사도 손을 떼고 지금 겨우 달락달락하는 희미한 숨결만 거두면 뼈와 가죽 사이에 최최하게 흐르던 다 말라버린 핏줄은 영영 굳어져 버리리라 한다.

운봉이는 울지 아니하였다. 어찌할 바를 몰라서 초점을 못 잡는 두 눈알을 부리부리 굴리던 어머니가 두서없이 내뱉는 말을 좇아 그는 낡은 봉투지를 찾아들고 우편소로 뛰어가는 것이다. 사실 그에게는 '죽음'이라는 것이 어떤 것인지가 실감을 가지고 느껴지지 않았다. 또 그것을 새겨서 연상해볼 여유도 없었다. 손땀이 찐득하게 묻은 봉투지를 뒤적여 뒷면을 찾아보니 희미하게 '경성부 관철정 ××번지 카후에 구로네코[13] 내. 김설자 요리'[14]라

13 *ガフエ くろねこ*, 카페 흑묘.
14 *より*, ~로부터.

는 삐뚤삐뚤한 글자를 골라 볼 수 있었다. 학교에서 배운 대로 그는 전보용지에 그대로 옮겨 쓰고 전문電文에는 '치치 기토쿠 스구 고이오 토우토'[15]라고 썼다. 집으로 뛰어오는 노상에서 의사를 만났으나 그는 운봉이를 모른 체한다. 뛰던 걸음을 멈추고 아버지의 병세를 물으려고 하나 땅만 들여다보며 의사는 운봉이의 거동을 무시해버린다. 의사는 묵묵히 걸어가다가 골목을 휘어 돈다. 대문을 들어서면서 운봉이는 어머니와 운희와 운규의 곡성을 듣고 멍하니 서 있다. 뜰 안에서 낯을 돌리니 초벽한 것이 다 떨어져서 수숫대가 뼈다귀 모양으로 앙상하게 드러난 바람벽이 눈앞에 있다. 여태껏 황망한 가운데도 그의 마음과 머리 밑을 찐득이 흐르고 있던 '내일엔 서울서 누이가 온다'는 생각이 펄깍 달아나고 다른 생각이, 무엇이 불쌍하고 최최한 아버지를 금방 가져가버렸다는 생각이 귀가 황황거릴 만큼 그의 머리를 휩싸버린다. 두 귀가 징하니 울고 콱 막혔던 콧구멍이 횡하니 열리는 순간 그는 비로소 눈물이 올라 솟구는 것을 깨닫는다.

3

삼일장이니 성복제니 오일장이니를 딱히 작정해두지 않았다. 운명한 날 밤에 앞집 명월이 오빠 학구가 광산에서 돌아와서 밤경할 사람들을 윗방에 모으며 화투판이니 마작판이니를 차리

---

15 부친 위독 급히 올라올 것 동생.

고 문밖에 초롱도 장만해 걸어놓은 뒤, 사주 잘 보는 이한테 가서 날을 받아왔다는 것이 사일장, 다시 말하면 성복날이다. 운봉이 어머니는 나흘 동안이나 묵혀둘 경황이 없다 생각했으나 잠자코 아무 말이 없다. 그로서는 삼일장이니 오일장이니 별로 아랑곳할 게 없었다. 전보 쳐서 하루를 지나면 서울서 담홍이가 올 것이므로 그를 기다리고 있으면 그만이었다. 기다린다고 하여도 아들과 달라 그가 없으면 입관을 못 한다든가 하는 격식으로 그를 기다리는 것이 아니었다. 아닌 게 아니라 얄따란 소나무 관을 사다가 둘째 날 되는 날 아침 벌써 입관을 해버렸다. 딸을 못 보았다고 죽은 이가 저승에 못 갈리는 없을 게다. 담홍이 오기를 기다리는 것은 장례비가 생기기를 기다리는 거나 마찬가지였다. 운명한 뒤 다시 전보를 친 것까지 시간으로 따져서 그 이튿날 하루 종일 차 시간마다 기다렸으나 담홍이는 오지 않았다. 베 한 필을 못 사고 무명 한 끝을 바꾸어오지 못한 채 돈전개니 만장이니 하는 데도 염을 내지 못하고 그 이튿날을 그대로 보내게 되니 어머니는 설움 같은 건 생둥생둥해져서 없어지고 걱정이 불쑥 앞서지 않을 수 없었다. 그러나 담홍이가 이렇듯 늦어지는 것은 갑자기 준비가 없었다가 장례비를 충분히 마련하노라니 자연 이리되는 것일 게라고 제 마음에 타이르고 안심하려 들었다.

운봉이도 누이의 일이 궁금하였다 그의 생각 같아선 전보가 떨어지자 곧 출발할 테니 적어도 그 이튿날은 올 게라 하였다. 명색이 상주라고 차 시간마다 정거장에 친히 나가 기다리진 못하나 운희와 운규가 나갔다가 시름해서 빈 몸으로 들어오는 것을 보면 한없이 낙망이 갔다.

"누이가 아침 차에두 안 완?"

학구는 일을 쉬지는 않았으나 광산에서 돌아오면 찾아왔다. 사흘째 되는 날 아침 밤대거리[16]를 끝막고 돌아오는 길에 운봉이가 실심하여 토방에 앉아 있는 것을 발견한 것이다. 머리를 쩔레쩔레 흔드는 것을 보더니,

"아니 거 어떻게 된 판국인가."

하고 혼잣말로 중얼거리며 운봉이 옆에 구럭을 놓고 궁둥이를 앉힌다. 몇 사람 안 되는 밤경꾼도 날이 훤히 밝자 뿔뿔이 돌아가 버려 큰일을 치른 집 같지 않게 조용하다. 운봉이는 아직도 두서없는 생각에 골똘해 있다. 정작 아버지가 돌아가 버리니 처음은 한없이 서러웠으나 그것이 이틀을 지내는 동안 종적을 잡을 수 없이 사라지고 운봉이 제 일이 자꾸만 생각났다. 학교에는 그 뒤에 가지 않았으니 선생의 말대로 실행은 안 했더라도 좋으나 제 생각같이 상급 학교에 갈 수 있겠는가가 하루바삐 안타깝게 알고 싶다. 엽서로 누이에게 물으려던 참이니 누이가 오게 된 것은 이 문제만으로 보면 맞춤이라고도 생각할 수 있다. 아버지의 죽음은 상급 학교 가는 문제에는 별반 지장이 되지 않을 것이므로 담홍이 누이의 확답만 있으면 그만이다. 처음에는 슬프고 바쁜 통에 통히 그 문제에 생각이 가지 않았으나 누이가 이틀 사흘째 되어도 오지 않으매 불쑥 이러한 근심이 치밀어올랐다.

"누이한테서 편지 온 게 원제가?"

---

16 주로 광산에서 밤 시간과 낮 시간을 나누어 번갈아 일하는 경우에 밤에 들어가 일을 바꾸어 함.

학구는 운봉이를 잠깐 솔깃하니 바라보면서 묻는데 운봉이는
좀 퉁명스럽게

"한 달 됐나 몰라."

한다. 주소의 이동을 염려하는 것이다. 이것을 그때서야 알아차
리고 운봉이는,

"명월이 뉘한텐 편지 안 왔나?"

하고 되레 학구에게 물어본다. 그러나 학구는 멍하니 마당만 바
라보고 있을 뿐 운봉이의 말에 대답하지 않는다. 무슨 생각에 골
똘해 있는지를 운봉이가 의아스레 생각하는 것 같아서 한참 동
안 물끄러미 움직이지 않던 고개를 약간 들면서,

"발쎄 펜지 서루 안 하는 데 오래다."

하고 자기도 무심결에 가느다란 한숨을 짓는 듯하다. 그렇게 친
하던 사인데 그리고 이번 일에도 안일을 맡아서 돕고 있는 터에
어찌하야 담홍이와 편지 왕래가 끊어진 지 오래인가? 응당 이것
이 설명되어야 할 것을 학구는 운봉이의 표정에서 간취하고 제
가 쓸데없는 발설을 한 것을 뉘우쳤다. 그래서 그는 속으로 은근
히 쩔쩔매며,

"괜하니 쓸데없는 일 때문야. 인제 오문 다 풀어버릴 테지."

하고 어색하게 중얼대었다. 명월이와 담홍이가 거래가 끊어진 것
은 순전히 자기 때문에 생긴 일이기 때문이다.

담홍이가 서울로 간 지 얼마 안 되어 눈이 부시게 휘황찬란한
사진이 담홍이 집으로 왔다. 뒷굽 높은 구두쯤에 새삼스레 놀랄
필요는 없겠으나 이 고을서 보지 못하던 경쾌한 양장과 머리 모
양에는 눈을 뒤솟지 않을 수 없었다. 양복이라면 여 훈도의 쿠렁

쿠렁하고 몸에 붙지 않는 곤색 세루거나 여름에 오카미[17]상들이 고시마키[18] 위에 들쓰는 간탕후쿠[19]만 보아온 눈에 담홍이의 사진은 노상히 일경을 시키게 함에 충분하였다. 그것을 받아들고 운봉이는 윗거리에 있는 양복점 안에 사진틀에 넣어서 주루니 매어단 서양 사람들을 연상하였다. 서울 가는 데 반대하던 아버지도 이 사진에는 만족한지 물끄러미 쳐다보다 획 던져주며 "소갈머리 없는 게 하이칼라만 부리넌 게건" 하고 핏기없는 피부를 궁상맞게 함칠거리며 입 가상에 웃음을 띠운다. 물론 이 사진은 빈틈없이 총총히 붙여서 매어달았던 길쭉한 사진틀을 내려서 다른 것을 뽑아내고 맨 가운데다 모셔서 걸었다.

그렇게 한 지 며칠 뒤에 운봉이가 학교에서 돌아오면서 막 대문 소리를 내고 들어오는데 방문이 열리고 황망한 표정을 얼굴에 드러낸 채 두 손에 무슨 종잇조각 같은 걸 들고 학구가 어마지두[20] 뛰어나온다. 어인 영문을 몰라 더 놀다 안 가느냐고 말을 건네려는데 그는 뿌르르 나가버린다. 방 안에 들어와 보매 집 안엔 아무도 없다. 마실을 갔는지 아마 앞집에나 뒷집에나 잠깐 다니러 갔을 테지만 방 안은 휭하여 학구의 수상한 행동을 알아낼 길이 없다. 마침 방바닥에 인화지 조각이 하나 남아 있어서 사진틀을 쳐다보니 담홍이의 양장한 사진이 없었다.

이러한 작은 사건과 자전거포 하는 완일이의 놀리는 수작밖에

17 おかみ, 요정이나 여관 따위의 여주인.
18 こしまき, 허리에 둘러 입는 일본의 전통 속치마.
19 かんたんふく, 원피스 등 간단한 여름용 여성복.
20 놀라거나 두려워서 정신이 얼떨떨하여.

운봉이는 담홍이와 학구의 내막에 대해서는 알지 못한다. 그러므로 지금도 학구 때문에 담홍이와 학구의 누이동생 명월이와의 사이에 의가 상한 것은 짐작할 도리가 없었다.

"담홍이 서울 간 데가 발쎄 이태가 되나."

싱겁고 면구스러운 김에 해보는 말임에 틀림없으나 벌써 학구의 말에서 어떤 기미를 눈치챈 운봉이에게는 이러한 학구의 말은 더욱 부자연한 것으로 들리지 않을 수 없었다. 스물둘 난 학구와 열네 살 난 운봉이의 대화가 부자연해가려고 할 때 마침 운봉이 어머니의 갑작스런 울음이 문창을 울리듯이 요란스럽게 들려온다. 따라서 운규가 이에 못지않게 큰 소리로 울어댄다. 이 바람에 학구는 껑충 일어나서 방으로 들어서며,

"이전 고만두슈 돌아가신 이가 운다구서 머."

하다가 그다음 말이 잘 나오지 않아

"운규 웁네다. 어린 것덜 봐서래두 오마니가 울문 되갔솅까."

하고 어루만진다. 운봉이도 슬며시 기둥을 지고 일어섰다.

그러나 다행히 참말 다행히 그다음 차로 담홍이가 왔다. 웬걸 낮차에 올 게냐구 아무두 정거장에 나가지 않았더니 바로 그 차에 온 것이다.

"서울서 옵네다."

하는 어떤 여인네 소리가 대문 밖에서 나므로 운봉이가 뜰로 뛰어가 보니 담홍이는 아래위 흰옷으로 긴 치마를 두르고 문턱을 넘어서고 있었다, 갑자기 할 말이 없어 토방 위에서 어물어물하고 있는데 방 안에서 담홍이를 본 어머니가 흰 포장 친 뒷목을 향하여 꿩꿩 처 울기 시작한다. 그 바람에 담홍이와 그 뒤를 따라

오던 여인네와 고리짝을 하나 지게 위에 진 머슴아이의 시선은 일시에 방 안으로 쏠린다. 운희만이 침착하게 운규를 업고 마중 나서더니 토방 위에 올라서는 언니의 앞으로 가서 푹 치마폭에 얼굴을 묻는다.

담홍이는 커다란 핸드백을 들고 처음부터 아무 말이 없다. 머리는 푸시시 하니 헝클어져 있으나 눈은 그전같이 뚱그런 게 차속에서 시달린 탓인지 떼꾼하다. 눈 가상엔 약간 검버섯이 끼고 낯색이 바짝 희게 질려서 윗니 틀이 좀 두드러진 것 같다. 운희와 운규를 한참 묵묵히 내려다보다가 슬며시 옆으로 돌려세우고 고무신은 토방에 벗어놓고 방 안으로 들어간다. 나지막한 병풍을 둘러 세우고 그 위로 흰 포장을 늘인 뒷목을 한참 동안이나 바라보고 섰으나 그는 무표정에 가깝다. 목을 놓고 울던 어머니가 이마와 얼굴에 뒤엉키는 파뿌리 같은 눈물에 젖은 머리카락을 두손으로 치켜올리면서 반가움인지 슬픔인지 노염인지 분간키 어려운 표정으로 그를 쳐다볼 때 비로소 담홍이의 커다란 두 눈에는 핑하니 물기가 떠올랐다.

4

장례를 치르고도 담홍이 누이는 가지 않았다. 남에게 매인 몸이란들 삼우제도 안 치렀는데 그대로 가버릴 리는 없을 터이니 아무런 갈 채비도 차리지 않는 것은 이상할 것도 없으나 가지고 온 고리짝을 끌러서 그 속에 든 알맹이를 펼쳐놓을 제 운봉이는

누이가 서울을 아주 떠나온 것이 아닌가 하는 의심이 안 생길 수
없었다. 철이 지난 백구두, 선기가 나서부터는 입지 못하는 여름
옷가지, 무엇보다도 퍼런 모기장, 이런 것들은 집에다 버리고 가
려고 일부러 싣고 온 게라면 몰라도 그렇지 않은 바엔 닥쳐오는
가을이나 겨울엔 소용없는 물건들이었다. 그리 크지도 않은 고리
짝 속엔 이 대신에 별로 몸에 지닐 만한 물건도 없다. 벌써 일 년
반이나 지난 일이기는 하나 처음 서울 가 몇 달 만에 박아 보낸
사진과 같은 양장은 어느 구석을 털어도 나오지 않았다. 지금은
입지 않는 여름 옷가지가 몇 벌, 주름살이 고깃고깃 구긴 대로 뭉
치어 있으나 별반 값나는 옷가지는 아니다. 지금 당철에 입을 옷
은 하나도 없다.

또 하나 수상한 것이 있다. 누이는 적어도 백 원 한 장은 가지
고 오리라 생각했던 것이 내놓는 것을 보니 사십 원이 좀 남짓할
뿐이다.

"전보를 일찍 받았더면 좀 더 돈이래도 둘러보잘 게 내가 그
집을 나온 지가 얼마 된 때문에 이틀을 걸려서야 나 있는 하숙을
찾아왔으니 급작스레 돈 맨들 구멍이 있어야지."

그래 아무런들 주인한테 고맛돈이야 못 두를 것이냐고 어머니
는 생각하는 모양이나 딸의 모양이 뜻밖에 최최한데 질려서 그
는 아무 말도 안 하였다. 위선 삼우제나 지내놓고.

그래서 통히 이런 것에는 눈이나 마음을 팔지 않고 삼우제까지
를 치렀다. 뫼에 갔다 오니 방은 횅한데 아편쟁이 아버지 대신에
웃간 구석에 초라한 혼백상이 하나 뎅그렇니 놓여 있다. 이 혼
백상만 해도 하루 세 때를 변변히 해 바치지 못할 처지라면, 그리

고 삭단제니 졸곡제니는 말도 말고 죽은 날 삼 년 동안 제사는 해야 안 하느냐고 말이 많아져서 아예 당초에 법식 따라 하지 못할 바엔 혼백을 불사르는 게 어떻느냐는 말까지 있었으나 남들이 보나 마나 해도 그럴 수는 없다고 저렇게 인조견 자박이나마 늘여 두게 한 것이었다.

삼우제까지를 치르고 나면 아버지를 위한 의무는 위선 풀어 져 버린다. 담홍이 누이는 저만 바란다면 서울로 돌아갈 수도 있고 운봉이와 운희는 학교에를 다시 가야만 한다.

저녁을 이럭저럭 치르고 나서 마실 왔던 학구 어머니마저 다녀 가니 처음으로 단출하게 가족끼리 방 안에 모이었다. 운규는 며칠 동안 바쁜 틈에 들볶인 탓에 벌써 아랫목에 네 활개를 펴고 곯아떨어졌고 운희는 궤짝 뒤와 발치 구석과 혼백상 다리 밑으로 머리를 틀어박고 흩어진 책을 모으기에 바쁘다. 한참씩 꺼꿉 서서 다리를 뒤로 뻗고 데가닥거리다간 먼지 묻은 책을 꺼내들고 "운봉이 산술책 못 봔" 하곤 이편을 본다. 모아온 책을 시간표대로 책보에 싸서 머리맡에 놓고 횡하니 아랫목으로 내려가는 폼이 어덴가 처녀꼴이 난다. 아버지가 학교를 떼서 기생으로 넣어야 쓴다고 고래고래 소리를 지르며 안달을 부릴 때마다 밥도 채 못 먹고 책보를 들고 학교로 뛸 때엔 아직 철딱서니 없는 어린애만 같더니 저렇게 채국채국 제 할 일을 치른 뒤에 뒷골방에서 요와 이불을 꺼내다 쪼르르 깔아놓는 것을 보면 제법 색시티가 나는 것 같다.

윗방 샛문턱에 팔굽을 세우고 멍하니 이것을 보다가 운봉이는 밖으로 나왔다. 나와도 갈 데가 없다. 학구한테나 갈까 했더니 그는 지금 밤대거리가 되어 이곳서 한 오 리가량 되는 광산 기계 간에 가 있을 게다. 아무 데도 가고 싶지 않아서 캄캄한 토방에 쭈그리고 앉았다.

운희가 책보를 꾸리는 것을 보나 마나 벌써부터 운봉이도 내일은 학교에 가야 할 것을 생각하고 있었다. 그는 아까부터 이 생각에 골똘했다.

아버지는 이미 세상에 없으니 담임선생이 데리고 오라던 말은 소용없이 되었다. 그러나 공부를 시키고 안 시키는 열쇠를 쥐고 있는 장본인이 와 있다. 내일 학교에 가는 바엔 이 문제를 단단히 다짐을 받아가지고 가야만 할 게다. 지금이라도 선뜻 방 안으로 들어가서 바람벽에 기대어 한 다리는 뻗고 또 한 다리는 세우고 왼팔로 머리를 무르팍 위에 고인 채 움칫도 안 하는 담홍이의 낯을 붙들어 세우고 '누이야 나 서울 공부시켜주지?' 한다든가 '전에 약속한 거 잊지 않았지'라든가 해놓으면 만사는 결단이 날 게다. 그러나 이 한마디 말이 용이하게 입 밖에 나오지를 않는다. 떨어진 제가 한 이태 된다고 별로 서먹서먹해진 탓도 아닐 게다. 아버지 세상 떠나자 이건 또 무슨 구살 맞은 변이냐고 눈총을 맞을까 두려워 그러는 것도 아닐 게다. 제 입에서 이 한마디가 나온 뒤에 누이의 입에서 어떠한 판단이 내릴지가 은근히 무서운 것이다.

'염려 마라. 그것만은 결심한 대루 잊지 않았다.' 이 말이 과연 제게 올 수 있는 합당한 말일 거냐. 만일 이 말 대신에 '학교가 다 무슨 태평세월에 하는 치다꺼리냐.' 소리만 나오게 된다면 그때에 자기가 당할 불행을 대체 어떻게 처치할 것이냐. 모든 것이 끝이 난다. 모든 것이 불행하게 끝이 난다. 이 불행을 한 시각이라도 멀리 물리쳐보겠다는 의식하지 않은 생각이 그로 하여금 누이와 대뜸 들어가 담판하는 것을 망설이게 하는 것이다.

그러나 부질없는 상상은 곧잘 화려한 환상이 되기 쉽다. 누이에게 말해볼 게냐 말 게냐를 골똘하게 생각하다가도 어느 사이엔지 공상은 그를 학교로 끌고 가서 교실 속으로 몰아넣는다.

"운봉이는 어느 학교를 지원할 생각이냐?"

이렇게 선생이 묻는다.

"경성제일고등보통학교올시다."

기운차게 운봉이가 대답한다.

"학비는 누가 댈 참이냐?"

"서울 있는 제 누이가 대기로 되었습니다."

선생도 놀라고 생도들도 놀란다. 선생도 부러워하고 생도들은 더욱 부러워한다. 운봉이는 만면에 웃음을 잠그고 의기양양하다.

자꾸만 이런 생각이 앞을 선다. 누이와 담판하여 이러한 결과를 낳게 되면…… 운봉이의 행복은 하늘가로 둥둥 뜬다.

운봉이는 토방에서 일어난다. 어찌 되었든 누이에게 물어보자. 낯을 돌려 아랫방을 보니 전등을 윗방으로 올려 걸고 아랫방은 캄캄하다. 그동안 얼마나 시간이 흘렀는지 그들은 벌써 잠에 취한 모양이다. 운봉이도 윗방으로 들어가서 전등을 끄고 제자리에 누웠다. 하는 수 없이 이야기는 내일 아침으로 미루어야 한다. 그는 잠을 청하려고 눈을 감았다.

잠이 오지 않는다. 눈은 감기는데 머릿속이 생둥생둥해서 잠을 들 수가 없다. 한 주일 가까운 피로에 지쳐서 자리 속에 몸을 눕히자 온몸은 안식을 요구한다. 그러나 머릿속이 이상스럽게 새록

새록하다. 간혹 졸림에 휩쓸려도 가위에 눌리었다. 그런데 아랫방에서 이야기 소리가 난다. 무엇한테 바짝 눌리었다 펄떡 소스라쳐 깨는데 아랫방에서 말소리가 들려오는 것이다. 잠귀에나 똑똑히 들렸다.

"너 언제 몸이 있선?"

어머니의 묻는 말이다. 이 말만 가지고는 그것이 누구에게 묻는 말인지 똑똑하지 않다. 운희보고도 물을 수 있는 말이기 때문이다. 그러나 아무런 대답도 없다.

"담홍이 발쎄 자네?"

또다시 어머니의 재우치는 말이다. 그 물음이 담홍이 누이에게로 가는 것임은 똑똑해졌다. 그러나 자는지 깨고도 덤덤한지, 담홍이 누이의 대답은 들리지 않는다. 이어서 어머니의 긴 한숨이 들려온다. 그러나 그 한숨이 채 끝나기 전에,

"넉 달째야."

하는 가는 목소리로 누이의 대답이 들려왔다. 또다시 아무 말이 없고 감감하다. 이 짧은 대화가 무엇을 의미하는 것인지는 운봉이에게도 족히 이해할 수가 있었다. 그러고 보니 누이의 얼굴과 옷맵시와 고리짝의 내용이 대충 설명이 되는 듯싶다. 임신 사 개월이라면 배도 어지간히 불렀을 게다. 쿠렁쿠렁하니 긴 치마를 두르고 두 손을 늘상 앞치마 자락에 읍하던 것이 생각힌다. 그러나 어머니에게는 그런 재주를 가지곤 좀처럼 숨길 수가 없었던 모양이다.

"아이 애비는 뭘 하는 사람이냐?"

한참 만에 다시 어머니의 묻는 말이다. 사실 아이를 배어서 이

미 넉 달이 지낸 바엔 그 아이의 아빠가 누구인 것을 아는 것이 어머니에게는 제일 긴요하였다. 물론 어디 사람인데, 성은 무엇, 이름은 무엇, 본은 어디 하고 묻는 것이 아니다. 그런 건 아무 소용이 없다. 직업이 뭐냐 좀 더 뾰죽하게 털어서 말하자면 부자냐 가난뱅이냐, 돈냥이나 실히 낼 사람이냐가 궁금한 것이다. 어머니의 간단한 물음에는 이런 내용이 들어 있었다.

담홍이도 어머니의 묻는 뜻을 지나치게 잘 안다. 그러므로 이러니저러니를 길게 늘어놓는 것이 아무 소용도 없는 것, 그리고 긴요한 것을 말하지 않고 딴 변두리를 빙빙 돌았자 어머니의 속만 더 클클하게 할 것을 잘 알고 있다. 한참 만에 제가 제 자신을 비웃기라도 하는 어조로,

"돈 낼 만한 사람 같으면 고리짝 싸가지구 왔겠수."

이 한마디는 모든 것을 설명하고, 해석하고, 결단 지었다. 전보 친 뒤부터 자꾸만 뒤틀려 나가던 담홍이에 대한 예측이 지금 이 한마디로써 그 전부가 설명된 것이다. 그러나 무엇보다도 이 말이 가져오는 타격이 그들에게는 한없이 컸다.

어머니의 입에서는 숨소리조차 안 나온다. 그럴 리야 없겠지 아무려면 그럴 리야 있겠느냐고 여태껏 속으로 되씹고 되새기고 하던 것이 이 한마디에 여지없이 부서져 버린 것이다.

그러나 이 말에 의하여 타격을 받은 것은 어머니뿐만이 아니었다. 윗방에서 이들의 대화를 듣던 운봉이는 거의 머리빡이 돌덩이처럼 감각을 잃어버렸다.

방 안에는 칠흑같이 검은 침묵이 질식할 듯 꽉 찼다. 운규와 운희의 숨소리만이 버러지 울음같이 고요하다. 꿈에 누구한테 쫓기

는지 운희가 몸을 뒤채며 끄응거리고는 입을 쩔갑거리며 깊은 숨을 짚는다. 또다시 숨소리.

하룻밤을 뜬눈으로 새우다시피 하고 아침 일찌감치 운봉이는 자리에서 일어났다. 그는 책보에 교과서와 잡기장과 참고서를 함께 꽁꽁 싸놓았다. '중등학교 입학시험 문제집'도 떠꿍[21]을 한참 물끄러미 내려다보다가 다른 책과 함께 보에 쌌다. 그것을 아버지 혼백상 다리 밑에 놓고 밖으로 나갔다. 그는 간밤에 작정한 대로 실행한다.

첫 실행으로 학구를 찾았더니 아직 광산에서 안 왔다. 올 시간이 되었는데 어인 일이냐고 물었더니 명월이가 새벽에 시장한 김에 오다가 묵집에 들렀을 게라고 한다.

운봉이는 묵집으로 갔다. 학구는 구럭을 옆에 놓고 감발하고 지카다비[22] 신은 채 다리를 쭉 뻗고 앉아서 파르스름한 녹두묵에 마늘장을 쳐서 후후 불며 넉가래 같은 술로 연신 퍼 넣고 있다가,

"운봉이 너 웬일이가. 들어오나라."

하더니 부엌 쪽을 향하여

"오마니 나 더운 묵 오 전어치만 더 주."

한다. 운봉이는 아무 말도 안 하고 방 안으로 들어갔다.

"학구 형이 만낼라구 집이 갔댔서."

"날? 날 만낼라구?"

학구는 입에서 술을 빼며 눈이 둥그래진다. 뜨거운 묵을 혀끝으로 슬슬 돌리다가 꿀꺽덕 소리를 내서 삼켜 넘긴다. 빤히 쳐다

---

21 '뚜껑'의 방언.
22 じかたび, 노동자용 작업화.

보는 바람에 운봉이는 점직해서 씩 하니 웃었다. 학구도 버룩하니[23] 마주 웃는다.

"학구 형이, 나, 형이 댕기는 기계간에 넣어다우."

그대로 웃는 낯으로 졸라보았다.

"머? 네가? 학곤 어떡하구. 내년에 졸업인데 학곤 어떡하구."

그러나 운봉이가 이 말에 대답하지 않으매 학구도 재우쳐 묻지 않는다. 학교에 다니다가 그만두고 광산으로 가게 되던 육칠 년 전의 자기의 사정이 지금 운봉이를 찾아온 것이라고 그는 이해한다. 묵이 올라왔다. 상 귀퉁이로 마늘장을 밀어놓으며,

"어서 묵이나 머."

하고 운봉이에게 권한다.

묵을 먹고 학구를 따라 행길에 나서니 가을 아침의 맑은 햇발이 몸에 상쾌하다.

— 〈조광〉, 1938. 9.

---

23 밖으로 벌어진 상태로.

녹성당 錄星堂

　'김남천'이라고 한다면 '응 바로 이 녹성당이라는 단편소설을
쓰고 앉았는 이 화상 말인가' 하고 적어도 이 글을 읽는 이로선,
그 이름만이라도 모른다곤 안 할 테지만, 인제 다시 '박성운'이라
는 석 자를 내가 써보았자, 그게 어이 된 성명인지를 아는 이는
퍽이나 드물 것이다. 드덜기 박 자, 이룰 성 자, 구름 운 자, 한문
자로 쓰면 '朴成雲', 이래도 모르겠느냐고 물어도, 역시 '응 그 사
람, 참 김남천이와 함께 한 육칠 년, 아니 한 십 년 전인가 더러 소
설 비슷한 걸 쓰든 사람 아닌가'고, 간혹 박성운이와 목로라도 드
나들던 사람이라야, 아니 그중에도 기억력이 제법 월등하다는 이
라야 생각해낼 것이지, 이즈음처럼 건망증이 유행하는 시절에는
그것조차 딱히는 장담할 수가 없다. (잊어버린다는 건 대단히 좋
은 물건이다. 십 년 전, 아니 오 년 전 일을 날마다 밤마다 잊지 않

고 회상하고 반성하고 흥분한다면야 대체 신경쇠약 난리가 나서 견뎌 배길 수가 있는가.) 그래서 모두들 잘 잊어버린다.

누구 생각 있는 이는 곰곰이 생각하면 알 일이지마는, 박성운이는 소화 칠 년에 그러므로 서력으로 따지면 일천구백삼십이 년, 그 전후해서 그러니까 다시 또 한 번 따지자면 경향문학인가 프로문학인가가, 한창 성할 때 신진 작가로 소설을 쓰던 사람이다. 그러나 곧 이 소설(〈녹성당〉)과는 별반 관계없는 사건으로, (하기는 전혀 관계가 없다고도 말할 수 없겠지만, 어쨌든 어떤 사건으로) 얼마간 영어의 생활을 했고, 그 뒤는 평양으로 가서 장사를 하다가 얼마 전에 장질부사로 저의 시골서 세상을 떠났다. 그의 아내도 아이 낳다가 산후의 산욕열로다 남편보다 앞서 세상을 떠났으니, 인젠 그의 유아밖에는 남아 있지 않지만, 지금 중학에 다니는 그의 동생이 한 분 있다. 그 동생도 이 소설과는 별반 관계가 없고, 또 현재 학도의 신분으로 있는 분이므로 이름을 내걸려곤 않지만, 얼마 전에 나에게로 편지와 함께 박성운 군의 유고 한 편을 보낸 것이 있다. 이 유고가 말하자면 '녹성당'이라는 제목을 붙여놓은 글인데, 박 군이 소설을 쓰던 이인 만큼, 이 수기는 그대로 소설이 될 수 있는 그러한 글이었다. 소상하니 읽어보아, 어디 발표라도 할까 하고 생각해보니 꺼릴 곳이 여간 많은 게 아니다. 이즈음 출판 조건도 달라졌고, 또 발표를 목적하고 쓴 글이 아니라, 그대로 어떤 하루의 생활을 그린 수기인 때문에, 도저히 아는 이가 아니고는 이해할 수가 없는 글이다. 독자의 이해를 돕기 위하여 꼭 있어야 할 대목이 빠지고, 그 대신 활자로 될 수 없는 구절이 수없이 많이 끼어 있다. 부득이 원고는 원고대로 간직

해두기로 하고, 내가 소설을 직업으로 하는 게 탈바가지라, 그 원고를 뜯고 고쳐서 인제 소설을 한 편 만들었다. 그래 사리를 좇아 따지고 볼 지경이면, 원작에 박성운 — 이리 되고, 그다음엔 이즈음 유행을 따라 각색이라든가, 윤색이라든가, 개작이라든가가 김남천이 될 겐데, 시끄러워 그냥 내 이름만을 걸었다.

소설의 이야기를 시작하기 전에 원작의 이해를 위해서 꼭 몇 가지 말해둘 것이 있다. 이 몇 가지는 이 소설을 제대로 이해하기 위해선 절대로 필요한 조목들이니까 끝까지 명심해두기 바란다.

첫째로 이 소설의 이야기는 소화 구 년(서력 일천구백삼십사 년)의 일이라는 것과, 그리고 이 이야기가 벌어진 고장은 평양이라는 두 가지다. 그 밖에도 여러 가지가 있겠지만, 이런 수작을 미리 늘어놓는 것도 소설가의 자격이 없는 증거라고 웃음을 살 텐데, 이 이상 더 털어놓을 수는 없다. 아뿔싸, 또 한 가지 말해둘 것은, 원작은 일인칭으로 되었다는 것, 이것도 미리 알리어둠이 고 박성운에 대한 사죄의 뜻이 될까 한다. 이만큼 지껄여놓았으니 허두는 그만해두고, 인제부터 '녹성당'이라는 이름을 붙여갖고 고인의 소설을 개작해야 할 판인데…….

상암에서 남문 거리로 향해서 내려가다가 대동문 거리, 그다음이 법교, 다시 말하면 서문통 입구인데, 대동강에서부터 보통벌 신양리 쪽을 바라보면서 외줄로 곧바르게 뚫린 상가가 바로 서문 거리다. 이 거리가 선창으로부터 서쪽으로 곧바르게 달리는 중에는, 십자로(네거리)를 세 군데나 지나치게 되는데, 그중 큰 것이 백화점 앞 전찻길, 그 다음이 물산여각, 농방, 가죽전, 잡화상, 축음기 집 등등을 지나서, 양말 공장이 있는 장별리 새길에서 부청 앞까지 가는 길과 교차가 되는 서문통 네거리, 그 다음이 신양리 쪽에서 감옥소 방면으로 가는 길과 서로 엇갈리는 서문 밖 네거리다. 이 네거리까지만 넘어서면 실상은 시외다. 길은 그대로 서성리까지 곧바로 뚫려 있어서, 한쪽으로는 창광산 가는 쪽, 또 한줄기론 보통문 안으로 갈리는 곳까지 그럴듯하지만, 보통벌 냄새가 코를 찌르는 어수선한 거리고, 게다가 노동자와 가난뱅이의 냄새가 함께 덮친 지저분하기 짝이 없는 그러한 거리다.

서문통이라는 거리가 예로부터 제법 번화한 거리이고, 보통벌 — 평양의 곡창이라고 할 만한 이 넓은 벌판으로부터 들어오는 가장 중요한 관문을 이룬 길이기는 하나, 워낙이 기장이 짧은데다, 빠져서 다다르는 부락이 노동자와 빈민의 소굴이고 보니, 전찻길에 가까운 부분에는 평양서도 손꼽이에 드는 누구누구의 포목점이 있고(이름을 밝히면 선전이나 광고가 될지도 모른다고 이렇게 상호는 숨겨버린다), 또 한다 하는 하이칼라 축음기 상회나, 의걸이 장롱, 양복장, 체경이 휘황찬란한 농방이나가 있지마는, 서편으로 갈수록 이런 건 드물어지고 농민을 상대로 하는 잡화상, 자전거포, 지물포, 고무신 가게, 양복점, 쌀가게, 반찬 가게, 그러다가 마지막에는 참말 국숫집으로 큰 건축은 막음을 막고, 그다음은 그대로 고개턱을 넘어버리는 것이었다.

이 서문통 거리의 중복판쯤 해서, 그러니까 장삿목으로 치자면 거의 보잘것없는 대목이면서도, 또 생각해보면 그렇게만 볼 곳도 아니라고 할 수 있을 만한, 그러한 곳에, 낡은 기와집, 단층집, 두 칸 넓이에 유리 창문을 해 달고 지붕에 자그마한 간판을 달았는데, 명조체로다 '녹성당약국'이라 썼고, 서양 글자는 서양 글잔데 영국 글은 아니고 또 독일 글도 아니고, 찬찬히 살펴보니 어미로 보아 에스페란토이기 갈 데 없는 글자로다 '벨다스텔로'라고 가로 쓴, 외모로 보아 이 거리로서는 그다지 초라하지 않은 점포가 하나 있었다. 이 점포의 주인 되는 이가 에스페란토 마디나 하는지, 혹은 그가 고적하고 조용한 곳에 있는 동안 이 글자와 친숙했는지, 어쨌건 '녹성'으로다 상호를 삼고, '녹성당약국'이라 했는데, 이 '약국'이 '약방'이 아닌 것이 실상은 이 집 주인의 자랑거리이기도 하다. '약국'이란 명칭은 약제사가 없는 매약상이나 약종상은 붙일 수 없는 규정이라 하여, 이 '약국'이 저 간판 양쪽에 써 붙인 '처방 조제'와 함께, 이러저러한 약방이나 약장수와는 격이 다르다는 것을 스스로 증명하는 것이라 한다.

새로 전화를 매었는지 유리창에 '전화 개설, 이사팔팔'이라고 커다랗게 써 붙이고, '마스꾸 아리마스'[1]니 '가정 상비 화상수, 구리세링, 가리 액, 일명 베르쯔 수 대매출'이니 한 종이를 써서 그 옆에 이리저리 붙였다. 시절은 겨울인가보다. 유리창 구멍을 하나 뚫고 낡은 함석 연통이 쑥 거리로 나온 놈이, 간판 옆으로 금방 석탄을 넣었는지 꺼먼 연기를 내뿜고 있다.

이 약방과 같은 지붕 밑에 있고, 얇은 널판으로 칸 사이를 막은 위 칸은 우중충한 자전거포다. 자전거포라고 해도, 새것은 체면상 두어 틀, 밖에서 잘 보일 만한 곳에 세워놓았을 뿐, 파는 것보다는 낡은 놈 고치는 게 아마 본업인 모양 같다. 이러한 자전거포에 일

1 마스크 있습니다.

하는 축들이란 상상만 해도 족할 만큼 뻔한 얼굴 생김새다. 얼굴의 본 판때기는 어찌 되었건, 옷이랄까 낯이랄까 신발이랄까 그 머리에 뒤집어쓴 의관이랄까, 그대로 검뎅이와 기름과 먼지투성이다. 이런 축들이 만들어내는 음향이란, 소름이 끼치는 생철 째는 소리거나, 지붕까지 울리는 망치 소리거나, 제법 화덕을 끼고 자분자분한다는 이야기가, 또 바람벽을 뚫고 옆집까지 들릴 만한 쌍스러운 잡소리와 기왓골이 떠날 듯한 웃음소리다.

약방 아랫집은 뚝 떨어져서 지물포이기 때문에 비교적 조용한 것이다. 그런데 남쪽 거리, 바로 약방의 건넌집이 그중 질색이다. 명색이 잡화상인데, 상점의 이름부터 재미난다. '싸게 파는 눅거리 상점' 이렇게 긴 놈이 전부 상점 이름이다. 눅거리 상점이라면 눅게 파는 상점, 다시 말하면 싸게 파는 상점이라는 뜻인데, 왜 하필 '싸게 파는 눅거리 상점'은 뭐냐고 할는지 모르나, 도리우찌[2] 쓰고 전반[3] 같은 동정을 달은 세루 두루마기 밑으로, 옹구 뿔 바지를 척 늘어뜨린 젊은 주인님에게 물을라치면, 딴은 그럴 듯도 하여 가로되, 싸다는 말은 경언[4]이요 눅다는 말은 평안도 사투리다, 그러니까 북도 사람 남도 사람 모두 끌어들일 셈 치고 붙였다 하니, 조선 안의 잇속은 혼자 차지할 뱃심인진 몰라도, 제법 한글 어학자다운 설명이 재미스럽지 않은 바가 아니다. 그러나 이걸 갖고야 성화랄 것까지 될 것도 없다. 고약스럽기는 하루에도 몇 차례씩 점원이 총출동하여 점포 앞에 나서서 제금과 깽매기와 갱지미

<hr />

2 とりうち, 사냥 모자.
3 종이를 자를 때 대고 자르는 얇고 좁은 긴 나뭇조각.
4 京言, 서울 사람이 쓰는 말.

와 징을 뚜드려대는 것인데, 이 소동은 아닌 게 아니라 상당히 머리빡을 산란케 한다. 손님을 끄는 광고 술법이 이 지경이 되면 파는 이나 사는 이나 모두 엔간한 축들이지만, 그 덕분에 부근은 하루도 몇 차례씩 상당한 불편을 겪는다. 그런데 예까지는 그런대로 견뎌 배길 만하다. 아침부터 밤새도록 줄창 하는 것이 아니라 하루 고작 네댓 차례, 한 번에 오 분 내지 십 분이니, 그것쯤이야 못 참을 리 없겠는데, 참말 기가 막히는 것은 축음기의 확성이다. 가게 문을 떼고 꽹과리를 울려대기 전부터 축음기는 소란스레 울어댄다. 레코드나 좀 좋은가, 〈맹꽁이타령〉, 〈군밤타령〉, 〈꼴불견〉, 〈조선행진곡〉 도합 예닐곱 장 되는 놈을 몇 번이든 되풀이한다. 아무리 질기고 든든한 레코드판이기로서니 그렇게 지독스레 틀어서야 어디 배겨날 수가 있는가. 그래서 가다가는 합선이 되고 혼선이 되어, 걸걸한 목청으로 어느 연극 영화계의 원로가 넣었다는 "군밤 사려, 군밤 사려"가 보탬이 아니라 이 분 동안 되풀이된 적이 있었다. 사운드박스를 손으로 콕 찌르기만 하면 될 것을 이 양반들은 재미난다고 그대로 내버려 둔다. 그러니 불쌍한 건 우리 극계의 원로 되시는 윤 아무개 씨, 그대로 한결같이 "군밤 사려, 군밤 사려……."

그 아랫집 윗집은 모두 이 '싸게 파는 눅거리 상점'과 한 지붕 밑인데, 이 커다란 건축물의 주인은 물론 옛 때부터 서문 거리에서 행세하는 지주이고 고리대금업자다. 이무[5] 연세가 진갑을 넘어서 점포 뒤로 질펀한 저택, 어느 훈훈하고 깊숙한 방에 누워 계

5 '이미'의 방언.

시고, 맏아들은 미국인가 한, 먼 고장에 가서 공부를 하고 왔다는
데, 그 흔티 흔한 박사나 학사 학위 하나 못 얻어갖고, 그러니 대
체 무얼 공부했는지는 하느님밖에 모르게 되었는데, 두툼한 외투
에 궁둥이 쪽에만 띠를 붙인 모양 하며, 모자, 안경, 양복, 구두, 도
대체 몸 가꾼 폼은 제법 그럴듯하여, 시체[6]를 따라 기생첩을 해갖
고 어디 비나전골이라던가 어딘가에서 딴살림을 한다고, 한 달에
몇 번밖에는 이 거리 위에 나타나지 않는다. 셋째아들과 딸은 서
울 가서 공부를 한다는데 겨울 방학이 되질 않아 아직 돌아오진
않았으니 그 사람 된 품을 알 길이 없다. 명물인즉슨 그러니까 이
집 둘째아들인데, 유도도 좀 했고 권투도 좀 했고, 그의 본 이름보
다도 최 도깨비라는 별명이 더 유명할 만큼 어쨌건 수상쩍은 방
면으로 이름을 떨친 분이다. 매일 하는 업은, 이 부근 가게와 전방
을 여남은 집 차례로 돌아다니면서, 축이나 잡힐 진소리[7]를 수작
하고, 밤이면 늦게까지 골목을 돌아다니다가, 어느 장국밥집이나
맹물집에서 대포나 한잔 걸치고 점포 위층, 전등도 없고 화덕도
없고 침대만 있는 추운 방으로 기어 올라가 곰처럼 구부리고 자
버리는 것인데, 이렇게 온기 없는 데서 기거한다는 것도 물론 그
의 자랑거리의 하나이다.

어쨌건 이 건축물에 상당히 많은 가게가 있는데, 싸게 파는 눅
거리 상점 윗집이 자그마한 고무신 가게, 아랫집이 간판점, 그 아
랫집이 양복점이고, 이 집에선 한 동 떨어져서 우편소와 한 지붕
밑에 있는 좀 큼직한 양복점은 서양 사람들의 양복을 주문 맡노

6 時體, 당대의 유행이나 풍습.
7 필요 이상으로 길게 늘어놓는 말.

라고 일요일엔 가게 문을 닫고(위층과 안방에선 물론 직공들이 일을 하고 있다) 의젓하니 성경책과 찬미책을 끼고 서문통 예배당으로 간다. 서양 사람이나 만나면 외투 자락에서 손을 뽑아, 제법 양국 말이나 하는 듯이 히죽하니 웃으면서 "꿋모―닝, 하우 두 유 두"라든가 뭐라든가를 중얼거리면서 악수를 청하는 것이다. 사람 좋은(?) 코 큰 친구는 드물게 보는 독실한 교우라고, 서툰 조선말로다 "하느님 은혜 많이 받으십니까" 하고 마주 웃는다.

이렇게 이 부근의 상인 신사 제씨를 소개하려면 한이 없을 테니 인제 이만해두고, 그러니까 이런 틈에 끼어 있는 우리 녹성당 약국으로 이야깃머리를 돌려야겠는데…….

녹성당약국의 주인 박성운이는 화덕에다 새로이 조개탄 한 삽을 지핀 뒤에 손을 탁탁 털고 다시 테이블 옆에 놓은 의자에, 가만히 엉덩이를 올려놓는다. 불길이 이는지 화덕 속에서 확 하는 소리와 이어서 으르렁거리는 화염 소리가 나는 것을 힐끗 곁눈질하고, 박성운은 낯을 앞에 앉은 손님에게로 돌린다. 창문께에 등을 돌려 대고 놓여진 의자에는, 조금 전에 찾아온 학생복을 입은 키가 작달막한 청년이 낡은 도리우찌를 무릎 위에 놓고 앉아 있다.

주인은 이야기가 끊어져서 미안스럽다는 말도, 그러면 다시 말씀을 계속해달라는 인사의 말도, 아무것도 아니 하고 턱아리를 약간 추키듯 하면서 청년의 얼굴을 바라본다. 스물을 겨우 넘었을까 말까 밴밴히 깎은 머리카락이 더북이 자라서 숱지게 관자놀이께를 덮었는데, 본시부터 그리 넓지 않던 이마가 답답하리만큼 까만 눈썹을 압박하고, 눈시울엔가, 입술 위에 지저분한 솜

털엔가, 또는 납작지근하게 생긴 밑으로, 검정 콩알처럼 두 구멍이 또렷한 콧구멍엔가, 어덴가 검버섯이 낀 듯이 까마툭한 얼굴을 대밭은 목덜미 위에 올려놓은 이 청년은, 방 안이 산산하여 불이 꺼졌나 보려고 주인이 화덕을 주무르는 동안 중단했던 이야기를, 잠시 입 가상에 희미한 미소를 그리는 듯하다 말고, 삽시에 긴장의 빛을 얼굴에 나타내이며, 오순도순하나 열기 찬 목소리로, 그리고 이야기가 진전됨에 따라 연설조로 되기 쉬운 그러한 구조로, 이렇게 입을 열어 이어나갔다.

"요컨대 이러한 문화적 욕망에 대답해주는 것이 예술가의 임무가 아니겠소."

말을 뚝 끊고 잠시 약방 주인의 얼굴을 고요히 쳐다본다. 그가 말하는 '문화적 욕망'이라는 건 문화의 혜택을 받지 못하는 많은 대중들 사이에 은연중에 자라나고 있는 문화에 대한 갈망을 말하는 것으로, 그는 조금 전부터 이러한 실제의 예를 들어갖고 주인에게 설명을 되풀이하고 있었다. ─보통문 안이나 서성리 같은 빈민가에는 고무든가 양말 같은 것에 종사하는 많은 가족들이 살고 있는데, 밤일이나 아니하는 밤엔 노유[8]가 한자리에 다섯 여섯 모여서, 옛말을 하든가 전기책(이 청년은 전기책이라는 부류에다 서슴지 않고, 《춘향전》,《사씨남정기》,《심청전》,《유충렬전》,《열녀전》, 심지어는 《추월색》까지 함께 뒤섞어 간주하였다)을 읽든가 하면서 밤을 새우고, 또 사실 이 청년이 이러한 재료를 하나하나 들어서 설명한 걸, 모두 적으려면 한량이 없지마는, 어쨌든 이

---

8 老幼. 늙은이와 어린이를 아울러 이르는 말.

밖에도 수없이 많은 실례를 들어서 말한 뒤에 —— 요컨대 이런 것은 그들이 문학이나 음악이나 다른 고상한 취미나 오락을 열심히 갈망하고 있는 하나의 구체적인 표적인데, 동시에 그것을 찾으려야 찾지 못하는 구체적인 표적으로도 보아야 한다는 것이 그의 결론인 것이다. 이러한 결론이 있은 뒤에 조금 전에 이 청년이 주인에게 말한 '요컨대 이러한 문화적 욕망에' 운운하는 말구가 붙었던 것이다.

약방의 주인은 가만히 앉아 있다. 마주 앉은 청년이 그의 얼굴을 뚫어지게 쳐다보며 여하간의 대답을 치열하게 기다리고 있는 것을, 비록 눈은 좌장이 놓인 곳을, '유끼와리밍', '나이스'라고 쓴 병딱지가 주르니 나란히 한 그 부근을, 멍하니 바라보고 있기는 하였으나, 그는 잘 알고 있다. 그러므로 그의 표정은 마치 청년의 따가운 시선을 피하는 것 같았다. 청년은 제가 한 제 말에 흥분하여, 가슴속을 뿌엿한 몽둥이 같은 것이 솟아오르는 것을 참고, 주인의 찬성과 동의를 구하고 있었으나, 생각했던 것처럼 수월하게 대답이 나지 않는 것에 실망하듯, 뚫어지게 바라보는 눈을 가만히 옆으로 돌렸다.

이 청년은 녹성당 주인 박성운에게서, 단지 자기의 설명과 결론에 대한 찬성이나 동의나 격려만을 기대하였는지 모른다. '네 생각이 옳다' '네 결론이 정당하다' —— 이것으로 만족하였을는지 모른다. 그의 표정을 스치고 지나간 것은 이러한 기대에서 어그러진 낙망. 물론 박성운이라고 그것을 눈치채지 못할 리는 없다. 그러나 이 이야기를 듣고 앉았는 그의 심경은 결코 그렇게 단순치는 못하였고, 청년의 기대하는 것이 무엇인지를 알수록 쉽사리

'네 생각하는 바가 맞았다'고 무릎을 쳐서, 청년의 영웅 심리를 만족시켜줄 수는 없는 것이었다. 옳다든가 궂다든가 가부 간의 판단을 내리거나, 혹은 네 설명과 결론 가운데 어느 것은 편협하고 기계적이고 조급적이고, 어느 대목은 가장 투명한 정당한 분석이라든가 하는 정도로 시비를 가리거나, 그렇게 하기는 물론 박성운으로서 그다지 곤란한 일이 아니었다. 그러나 쉽사리 해치울 수 있는 이것을, 수월하게 해치울 수 없는 미묘한 심리가 주인의 마음을 누르고 있었다. 그것은 이론과 실제라는 관계를 생각하는 이에겐 어렵지 않게 눈치채일 심리였으나, 스물 전후의 이 청년이 그것을 이해할 턱이 없다. 녹성당 주인으로서는 그것을 승인하고 안 하는 것이 단순한 판단만이 아니고, 동시에 그것은 그의 거취까지를 결정하는 문제였기 때문이다.

여하간 대답을 해야 할 참인데, 그때에 마침 이 전화를 개시하여 꼭 세 번째로 째르릉 전령이 울었다. 주인은 가만히 일어나서 기둥에 매인 전화통 앞으로 갔다. 어디서 약 주문이라도 왔는가 하는 생각에 앞서서 우선 어떻게도 할 수 없었던 궁박한 공기 속에서 자기를 건져내어 준 것에, 가벼운 숨을 돌릴 수 있었다. 전화 매기 전부터 아내나 사환 아이에게까지 일러두었고, 또 자기 스스로도 몇 번인가 연습해본 대로, 수화기를 드는 즉시 곧 전화통을 향하여 "네, 고맙습니다. 녹성당약국이올시다" 하고 말하는 것이었다. 전화를 맨 지는 오늘까지 사흘째인데 첫날은 아무 데서도 전화가 오지 않았고, 또 이곳에서도 걸지 않았다. 그 이튿날은 전화 있는 몇 군데에 이쪽으로부터 전화를 걸었다. 전화를 새로 개설했는데, 이러저러한 번호라는 것을 알리는 것이 대부분이었다. '이천사백팔십팔번'의 '팔팔'이 '하찌하찌'가 돼서, 녹성당이 벌떼처럼 번창해 나가겠네그려, 하고 우스갯소리를 하는 신문 지국의 친구도 있었다. 그러나 그날도 다 저물어서 전기가 켜질 무렵에, 이 약방과 거래하는 커다란 도매상 M 약방에서, 이번 계산은 여느 때보다 열흘 이르게, 이달 말에 할 터이니 그렇게 알고 준비해달라는, 그리 달갑지 않은 전화가, 실로 밖으로부터 걸린 첫 번째의 것이었다. 이 전화는 약국의 책임 약제사요, 박성운의 아내 되는 김경옥이 받았는데, 두 달이면 해산을 할 불룩한 활 먹처럼 굽은 배를 앞으로 안고, 그는 수화기를 엎어버리면서,

"젠장, 전화 매구 처음 오는 게 겨우 돈 채근이야."

하고 입이 쓴지, 손을 털고 그대로 가게에 달린 방 안으로 들어가 버렸다.

두 번째 전화가 온 것은 오늘 아침, 그러니까 지금으로부터 약 삼십 분쯤 전인데, 박성운과는 중학 동창으로 신문지국의 기자, 말하자면 특파 기자로 있는 최경호한테서 온 것으로, 우리 지국원 일동이 신진 작가 박성운 씨의 실업계 진출을 축하하는 뜻으로 대량적 기념 구입을 한다는 것을 전제하고,

— 인단 일 원짜리 두 개는 이 할 인으로,

— 노싱 이십 전짜리 한 봉지는 정가대로, 그리고 이건 특히 지국원 아닌 친구에게서 주문을 받은 건데,

— 프로타르골 백 그람, 메탈린블루정 오십 알, 태전위산 십 전짜리를 한 봉지 붙여서 고빠이빠바루삼 한 온스짜리,

그러고는, 한참 전화통을 들고 섰더니 "가만있게, 내가 이즈음 밤잠이 잘 안 오는 게 아무래도 신경쇠약 같으니 무어 적당한 거

없겠나."

박성운은 연필로 주문을 적다가,

"적당한 약이 없다니 말이 되는가, 부롬제 같은 거 먹어보게나. 한 주일만 써보면 알 도리가 있을 테니. 좀 맛은 흉하지만 우리 보통학교 때 수신에서, '료오야꾸 구지니 니가시'⁹라는 말 배웠겠다."

그래서,

—그놈, 부롬제를 이 일 분,

마지막으로,

"가정 봉사도 해야겠으니 베르쯔 수 한 병만 곁달아 보내게."

주문이 끝나고는 외상이 아니고 당당한 맞돈일세, 기다리니 곧 배달해주게, 이렇게 당부하면서 전화를 끊었다.

역시 그래도 친구밖에는 없다고 아내도 신이 나서 약을 짓고, 박성운이도 약장에서 약을 내리노라 계산서를 쓰노라 큰일 난 것처럼 돌아갔고, 사환 아이놈도 화덕의 젓가락만 만지작거리고 앉았는 게 무료했던 참이라, 배달 구럭을 들고 엉거주춤해 돌아갔는데, 그 녀석이 배달을 간 지 십 분이 되고, 한참 뒤범벅을 개는 듯이 전방이 활기를 띠고 있을 때 지금 이 청년이 박성운을 찾은 것이다.

그래서 지금 오는 전화가 바로 세 번째 것인데,

"성운이야?"

낯선 목소리가 대뜸 이렇게 묻는다. 좀 어안이 벙벙해서 "네,

---

9 양약은 입에 쓰다.

나 박성운이올시다" 하고 대답하니, "나 철민인데, 전화를 맸다길래 한번 걸어보느라구."

　이렇게 듣고 보니, 걸직한 목청의 특징이 전화통에 잉잉거려 뚜렷치는 않았으나, 철민의 것에 틀림이 없었다. 그러나 그것을 똑똑히 깨닫는 순간 성운은 펀뜻 처음 수화기를 들고 '성운이야?' 하는 첫마디를 들었을 때 벌써, 철민인 것을 자기는 짐작하고, 짐짓 시침을 떼고 '네, 나 박성운이올시다' 하고 대답한 것은 아니었을까 하는 생각이 들었다. 돌이켜보니, 과연 자기는 첫 번 발성이 들릴 때부터, 그가 철민인 것을 알고 있었던 것이 틀림없는 사실인 것 같다. 그러면 어째서 자기는 그것을 모르는 척 꾸며대었을까. 그러나 이런 것을 천착하고 있을 사이도 없이, 이편 쪽의 대답 같은 건 통히 개의치도 않는다는 듯이,

　"업무가 날로 번창해가는 표적이니, 우리 우인 일동은 이 이상 반가울 게 없네. 한편 생각하면 걱정도 안 되는 건 아니지만. 말하자면 날로 사업이 번창해가면 그만큼씩 더 성운이가 장사치가 되어가는 표적 같애서. 그러나 그런 건 물론 장난의 말이고……."

　이편에서는 한마디의 대답도 않고, 그대로 전화통에 귀를 기울이고 있을 따름이다. 전화 개설을 축하하는 친구의 말을 그렇게만 들어버릴 수 없는 대목이 있는지, 약국 주인은 덤덤히 낯에 꺼머툭한 불유쾌한 그림자를 그리며 그대로 서 있는데, 저편에선 기어이,

　"저, 내, 아이 보낼게. 일전 것과 같은 거 오 일분 치만 보내주게, 응. 머, 소변도 잘 나오구 거진 나았긴 했지만. 그럼 믿네."

　그러고는 뚝 전화를 끊어버리는 것이었다. 부득이 이편에서도

아무 대꾸 없이 수화기를 얹어버릴밖에 별도리가 없었다. 그는 제자리에 와 앉는다. 팔을 걸고 목을 움츠린 채 아무 말이 없다.

전화가 오기 전, 그는 지금 그의 앞에 앉아서 전화통으로부터 돌아오는 그를 힐끗 쳐다본 채 이야깃머리를 잡으려고 입술을 나물거리다 마는 청년에 대하여, 무어라고든 가부간의 대답을 해야 할 의무가 있었다. 대답을 하기는 해야겠는데, 쉽사리 해버릴 수도 없고, 그래서 적지 아니 등이 달아 있을 때 구세주처럼 전화가 왔다. 그 전화가 다 끝이 났고 그는 다시 제 의자로 돌아와 청년과 마주 앉았으니, 이야기는 다시 계속되어야 할 것이요, 그러자면 무엇보다 먼저 청년이 알고자 하는 질문에, 가부간의 판단을 내려야 할 것이 아닌가. 물론 박성운은 그것을 잘 알고 있다. 그러나 그는 될 수 있으면, 그것을 잊어버리고 싶었고, 잊어지지 않거든, 마치 잊은 거나 같이 그렇게 뵈려고 애쓰고 있는 자기를 막연하니 의식한다. 전화의 내용을 모르는 청년은, 약방 주인 박성운이가 저토록 침울해진 것은, 필시 전화로 인연해서 심상치 않은 무슨 곡절이 생긴 탓이라고 혼자서 생각하고 있을 것이요, 그래서 섣불리 제 생각에 대한 판단을 구하면, 공연히 그의 머리만 더 산란케 할는지 모를 것이라고 생각하게 될 것이요, 그러자니 결국 손톱으로 책상머리를 긁다가 그대로 도리우찌를 만지작거리고 있는 것이라 생각하는 것이다. 인제 이왕 생각하는 김이니, '저 미안하지만 이제 온 전화로 좀 큰 문젯거리가 생겨서, 내가 곧 나가봐야 할 텐데……'라고든지 뭐라고든지 헛소리를 놓고, 이 짓눌린 공기와 압박에서 벗어날 길을 막연하니 상상해보았으나, 그건 너무 온당치 못한 비겁한 행동이라고 반성하면서, 그대로 침울한 표정만 더 심각하니 양미간에 그리고 앉았는 것이다. 이러한 주인의 생각을 아는지 모르는지(필시 이 단순한 청년이 그러한 것을 알 턱이 없으련만), 청년은 아까 말하던 문제는 잊어버린 듯이(아니, 잊어버렸을 리는 만무하다. 그는 박성운이가 혼자서 생각해보고 안타까워하는 것처럼, 그렇게 커다란 생각을 자기의 언설에 대해서 갖고 있지 않았던 것이요, 그러니까 제가 생각하고 있는 명쾌한 분석과 결론을, 서울서 온 지 반년가량 되는 신진 작가에게 토로하는 것으로 자기만족을 느끼려고 하였던 것임에 틀림없고, 그것이 어느 정도까지 이루어진 지금, 그는 새삼스러이 전화가 오기 전에, 질문 형식으로 되었던 그 이야기의 판단을 다시 구해볼 필요를 인정치 않았던 것이다), 얼굴에 미소를 그리는 듯하면서 자리를 일어나며,

"그럼 처음 말씀 올린 대루, 오늘 세 시에 만나서."

그다음은 입을 뚝 감물고 도리우찌를 쳐드는데,

"네?"

하고 주인이 의아해하는 것을 보자, 이어,

"저, 아까 말한 거시기, 예술적 가치와 사회적 가치에 대한 거 말입니다."

하고 말한다.

"아아."

머리를 끄덕이며,

"그러시유, 내 만나서 알어듣도록 설명해주겠습니다. 그 자리엔 동무도 오겠소?"

"아니, 나야 그대로 인도만 하군 빠지겠습니다."

"네네, 알겠습니다."

청년은 끄떡 인사를 하고, 어린애 같은 자그마하나 다부지게 생긴 몸을, 앞으로 수그리는 듯하면서 까뚝까뚝 신양리 쪽으로 걸어갔다.

박성운은 유리창을 닫고 멍하니 길을 바라보며, 혼잣말로 중얼중얼 뇌어보다가, 맞은편 싸게 파는 눅거리 상점에서 깽매기, 제금, 징을 요란스레 울리면서, 전방으로부터 세 녀석이 거리로 뛰어나오는 바람에 펀뜻 정신이 들었다.

깽매 깽매, 저르렁 저르렁, 징 징.

이 소리를 들으며, 일순간 성운은 아무것도 생각지 않는 무신경 무감각 상태에 빠져 있었다. 창밖에서 늙은 부인 한 분이 어름거리고 섰는 것도, 그가 무엇 때문에 그러는지를 조금도 마음 붙여 생각지 아니하였다. 눈은 빤히 그것을 보고 있었으나, 망막은 이 늙은 부인의 그림자를, 마치 그의 두 귓구멍이 지금 한창 두드려대는 소란스러운 깽매기 소리를 청취하지 못하듯이, 아무것도 간취하지는 못하는 것이었다. 창밖의 늙은 부인네는, 어느 것이 출입문인데, 어디를 어떻게 열든가 밀든가 하여야 약방 안엘 들어갈 수 있을는지 알 수 없어서, 그런데, 창 안에서 빤히 저를 내어다보면서도, 문을 열어주든가 가르쳐주든가 하는 일이 도무지 없는 성운이를 수상쩍게 생각하면서, 드디어 용기를 내어 바싹 그의 얼굴을 유리창에다 들이붙이고, 무어라고 양껏 소래기를 지르지 않을 수 없었다.

비로소 약방 주인 박성운은 펀뜻 정신이 들었다. 하마터면 약 사러 온 손님을 놓칠 뻔했다고, 황급히 창문을 드륵 열고, 늙은이의 입 가까이 얼굴을 가져가며, 귀를 기울였다. 필시 무슨 약을, 하다못해 오 전짜리 고약이라도 사려고, 이 수건 쓴 시골 노파가 이렇게 안타까이 출입구를 찾고 있었던 줄 직각한 그는 상인다운 표정을 얼굴에 띠고, 노파가 부르는 약명과 눅거리 상점에서 두드리는 깽매기 소리를 분별하려고, 두 귀까지를 한없이 긴장시키고 있는데, 그의 고막을 울린 노파의 목소리는 뜻밖에도,

"기홀병원 얼루루 갑네까?"

하는 사투리였다. 그 말이 하도 뜻밖이고 기대와는 너무도 엄청나게 어긋나서, 아직도 머리를 노파의 얼굴 앞에서 떼지 못하고 있는데,

"우리 운동사가 고갯마루에서 굴러났시오."

하고 설명까지 붙인다. 성운은 상반신을 쳐들고, 그저께 저녁녘에, 희천 가는 고개턱에서 사고를 일으킨 자동차 운전수의 늙은 어머니에게, 기독병원 가는 길을 가르쳐주었다. 문득 배달 간 아이놈이 어째서 여적 돌아오지 않는가 하고 신문지국으로 전화를 걸었더니, 전화통 앞에 나온 아이놈은, 약을 주문한 선생님이 외출을 하셔서 기다리는 중이라고 한다. 현금을 주겠노라고 곧 배달해달라던 친구가, 그사이에 어디로 빠져나갔다는 것도 수상하거니와(하기는 그사이에 무슨 사건이 발생하여, 곧 촌시를 기다리지 못하고 현장에를 달려갔는지도 모를 일이지만), 그 사람을 기다리고 앉았는 아이놈도 아이놈이라고, 그래 약은 지국장이든가 총무 선생께 맡기고, 그대로 와버리라고, 핀잔주듯 하여 전화를 끊었다.

깽매기와 제금 소리가 멎고 건넌집에서는 걸직한 〈군밤타령〉

이 시작되었다. 성운이는 의자에 돌아와 펄신하니 주저앉아서 가만한 한숨을 내쉬고, 그리고 전신에 가벼운 피로가 퍼지는 것을 깨달았다. 눈을 허공에 겨누고, 멀리 창문으로 건넌집 지붕이, 희여그무레한 겨울 하늘과 잇닿은 곳을 바라보는데, 두 입술 틈에서 저으기 탄식조로 "장사" 하는 한마디 소리가, 거의 한숨인 것처럼 가느다랗게 새어 나왔다. 그러나 다음 순간 그는 무의식중에 뱉어놓은 이 한마디 말이 품고 있는 '불안'스러운 내용에 악연히 놀래어, 벌떡 몸을 일으키었다. 장사라고 시작한 지 불과 석 달, 벌써 제정신이 이것을 감당해나갈 수 없을 만큼 기진하였다는 것을 의식하는 것은, 성운으로서 두려운 일이 아닐 수 없었다. 난로, 약장, 전화, 좌장을 쭉 둘러보고, 독약, 극약의 약장 문이 걸려 있는가, 고약이나 다른 유명 매약 중에 품절이 되었거나 밑창이 난 것은 없는가, 난로의 불은 죽지 않았나, 아뿔싸 좌장 위에 먼지가 또 뽀오얗게 올라앉았구나. 드디어 성운은 먼지떨이개를 찾아서 유리 좌장을 털어보고 있는데, 아침에 서울 있는 친구한테서 온 한 장의 편지, 내용을 따지자면 '군이 서울을 아주 떠나버린 건 일종의 도피라고 보지 않을 수 없다'는 말로써 개괄할 수 있는 그러한 편지 사연이, 문득 머리에 떠올라서, 그는 가슴속에서 다시금 울렁거리는 심장의 진동을 억제할 길이 없었다. 이때에 별안간 가게와 꿰달린 방문이 열리고,

"시방 온 전화가 어디서 완 거요."

하는 아내의 목소리가 귀를 째는 바람에, 그의 당황한 빛은 일층 더 수상한 거동으로 보이지 않을 수가 없었는데, 이때에 마침 옆집 자전거포에서는 세 사나이의 높은 웃음소리가 바람벽을 뒤흔

들면서 쏟아져 들려왔다.

　오후 세시가 가까워온다. 그런데 경상골 어느 친구네 집으로
배달 간 아이놈은 돌아오질 않는다. 가는 데 십 분이나 십오 분,
돌아오는 데 또 십 분이나 십오 분, 그래 삼십 분을 잡아본 것인
데, 여적 돌아오지 않으니, 집을 찾느라고 시간을 보내는 것일까,
그렇게 소상 분명하게 그려준 지도를. 혹시 도중에서 자전거 사
슬이 끊어지든가, 바퀴가 빵꾸를 했거나, 아니, 그런 정도라면 모
르거니와 어쩌면 또 사람을 깔거나, 자전거끼리 충돌을 했거나,
전차와 경주를 하다가 뒷부리에 쓸려서 미끄러져 궤도를 베고 뼈
드러졌거나 했다면 이 일을 어쩐단 말인가. 산약散藥 수약水藥 합쳐
서 육십 전어치 팔아서 일이십 전 남는가 마는가 하는 장사에, 자
전거 수선료나 사람 치료비를 빼내자면, 한 달 동안의 영업이 하
늘로 올라간다.
　그러나 물론 그렇도록 나쁜 경우를 상상해볼 것까지는 없고 위
선 당장에 그 녀석이 돌아오질 않으면 약방이 비는 거나 같다. 아
내가 있고, 또 아내야말로 약국의 관리자니까, 신약, 매약, 독약,
극약 할 것 없이, 처방 조제에서 약가 계산에 이르기까지, 무엇 하
나 못 하는 게 없는 자격자이지만, 만삭이 가까운 무거운 몸, 그러
나 그것도 잠시 동안 방 안을 서성거리고 돌기에는 그리 힘든 일
은 아닐 것이나, 꼭 시간 맞추어 나가는 데가 어디냐고 따지기 불
하면 적지 아니 시끄러운 일이 일어나지 않을 수 없다. 대체 아이
가 돌아오는 몇 분 동안을 기다리지 못하고, 한 분 한 초를 다투
어 나가보아야 할 곳이 어디냐고, 묻는 날엔 저으기 곤란한 문젯

거리가 아닐 수 없다. 아내는 이야기의 내용을 대충 짐작하고 있다. 그것이 더 탈바가지란 말이다. 모르면 그대로 아무렇게나 속일 수도 있겠지만, 그렇게 쓰러져 버릴 수 없을 만큼 아내 김경옥이는 그런 실천적 방면엔 상식 이상의 눈치를 갖고 있다.

그러나 무슨 일이 있다 해도 시간은 지켜줘야 한다. 성운은 방 안으로 들어가 외투를 걸치고, 목에 두터운 목도리를 두르고 머리에는 방한모자를 쓰고, 입에는 마스크를 걸어야만 한다.

사실 아내와 성운이의 사이에는, 지금 몇 시간 동안 여러 번 충돌이 있어날 것을 성운의 침묵주의로 인하여 그것이 제어되어왔다. 성운이는 아까, 아내가 문을 벌컥 열면서, '시방 온 전화가 어데서 완 거요' 하는 그 말에 대해서부텀, 여적 몇 시간 동안을 침묵으로 일관해서 겨우 아내의 도전을 눌러버리기에 성공했다. 단 한마디의 대답일지라도 성운이가 지껄여대는 날엔, 성운에게 불리하면 하였지, 결코 유리하지 않을, 많은 비양청[10] 소리가 아내의 입에서 쏟아져 나올 것이 분명하기 때문이다.

그만큼 전화를 건 철민이라는 박성운의 친구는, 녹성당약국과는 사이가 좋지 못할 까닭이 있었다. 김경옥이의 입을 빌린다면, 철민은 대충 이러한 사람이다.

"연극을 하면 하는 걸로, 그것으로 일정한 직업을 세우든가, 또 그렇지 못할 경우거들랑 성성한 젊은 몸이니, 노동을 하거나 하다못해 막일이라도 해서 생활 방도를 가져야 하는 게 아니냐. 이건 노동도 허기 싫다, 그렇다고 반반히 손끝의 물만 톡톡 털고, 허

---

10 빈정거리는 투.

구헌 날 오십 전이요 일 원이요, 결코 그게 많은 돈이라든가 그게 아까워서 하는 말이 아니라, 그 근성이 아주 천박하단 말이오. 노동은 신성하다면서, 그리고 제격하면 소시민 근성이라고 욕지거리를 삼으면서, 자기는 어째서 그런 나타[11]하고, 게으르고, 남에게 의뢰하고, 비럭질하려는 룸펜 근성을 버리지 못하느냐 말이야. 남들은 다 저희만 못해서 건축장에 가서 벽돌을 지고, 도로 공사장에 가서 광이[12]를 드는 줄 아는가. 또 그것도 그 정도라면 모르겠는데, 미운 고양이가 두부까지 물어간다고, 어디서 무슨 장난을 해갖고 성병까지 올려갖고 와서 치료를 해달라고 하니, 우리가 그래 그 집엣 절게살이를 지냈단 말이요 뭐요. 그게 또 폐결핵이든가 무슨 딴 병이라면 모르겠는데, 트리퍼까지를 우리가 맡아고쳐줘야 할 책임을 지고 있단 말이오, 글쎄. 또 하는 말이, 날이 차고 불 때지 않은 찬 방에서 자는 관계인지, 냉병이 생긴가 부다구 하니, 세상에 어데 임균이란 게 그렇게 자연 발생하는 법도 있는 거요. 원 남을 깔보아도 분수가 있는 거지 우린 머 바지저고린 줄만 아는 거야. 연극이면 연극대로 그만한 성실한 맛이 있는 거가 아니고, 이건 그냥 좋다구나 하구서 남을 막 떡처럼 주물러보겠다니, 그런 작자들 치다꺼리허기 위해, 밭 팔아서 약방 채려놨다우."

아내 김경옥이 철민이라는 사람을 이렇게 보고 있으니, 박성운이가, 대체 아까 온 전화의 내용을 뭐라고 설명할 수 있겠는가. 그래 역시 남이야 엄처시하라고 웃건 말건, 묵묵히 침묵주의를 쓸

11 懶惰, 일 처리나 행동 따위가 게으르고 느림.
12 '괭이'의 옛말.

밖에 별도리가 없었던 것이다.

그다음 한참 있다가는 신문지국에 약 배달 갔던 아이가, 돈은 못 받아갖고 그대로 돌아왔다.

"언젠 외상이 아니라고 당당하니 울려놓곤, 누굴 농락허자는 겐가."

이러한 아내의 말에, 성운은 또 무어라고 변명이나 설명을 늘어놓을 수 있을 것이냐. 물론 아내의 말에 하나도 거짓이 없음을 성운은 잘 알고 있다. 그는 무거운 몸을 하고 찬 방에 서서 약을 짓고 있다. 그리고 박성운이, 자기로 말해도 새벽 여덟시부터 밤 열두시, 야업하고 돌아가는 소년공들이 종종걸음을 치며 약방 앞을 지나쳐버릴 때까지, 허리를 구부리고 주판알을 따지고 있다. 책도 변변히 못 읽고, 글 한 줄을 써보지 못하면서, 그렇게 해서 하루 종일 판 것의 매상고가 때로 오 원이 넘지 못할 때가 있으니, 이렇도록 애쓰고 이를 갈면서 하는 사업에 친구란 이들은 농락이 아니면 착취다. 이렇게 생각하는 아내에게도 물론 일리는 있다고 성운은 생각하는 것이다. 그것을 잘 알고 있기 때문에, 그는 또한 침묵을 지키고 있을밖에 별도리가 없는 것이다.

그런데 기어이 안 되려니, 철민이한테서 어린아이가 약을 가지러 오고야 말았다. 전화가 어디서 온 거냐고, 아내가 묻는 말에 대답은 하였건, 안 하였건, 어린아이가 와서, 마치 빚이나 재촉하듯이, "철민 씨가 약 달래요" 하고 외쳤으니, 아내의 성미가 온당할 이치 만무하다.

"아니, 어디서 온 녀석인데, 우리가 머 누구 약을 도둑질해왔냐."

어린아이는 눈이 휘둥그레 섰다.

"그저 가서 그러면 안다고 하든데."

하고 맥없이 경옥이의 앞에 서 있다.

"가서 그러면 안다는 양반이, 대체 어떤 대감이시란 말이냐. 우리 집에 빚을 지웠다드냐 돈을 맡겼다드냐."

그러나 성운이 아무 말도 아니하고 미리 싸두었던 약봉지를 아이에게 들려주어 보냈다. 아내의 얼굴에 어떤 표정이 떠올랐는지는 쳐다보지도 않고, 그는 그대로 돌아서서 공연한 화덕불만 쑤셔보았던 것이다.

이때에 문득, 성운은 어린아이 시절에 물속에 누가 더 오랫동안 들어가 있을 수 있는가를 내기하던 그 질식할 듯한 잠수의 경험이 머리에 떠올랐다. 지기는 싫고, 그러자니 물속에서 숨은 답답하고, 눈을 감은 채 숨을 꼭 틀어막고 있던 어린 날의 장난, 그 질식할 듯한 안타까움이 문득 머리를 스치고 지나간 것이다.

그러나 그런 것과는 아무 관계 없이, 시계는 지금 세시 십분 전을 가리키고 있다. 성운은 큰 결심을 한 것처럼 침착하니 방 안으로 들어갔다. 그는 아무것도 보려고 하지 않는다. 아랫목 어둑시근한 곳에서 아내가 편물을 하다가, 펀뜻 자기를 쳐다보고 있는 것을, 성운은 잘 알았으나 그는 애써 못 본 척 모르는 척한다. 모든 것을 무시해버리려는 노력. 이로 말미암아 그의 거동은 몹시 침착하였다. 입을 건 입고, 쓸 건 쓰고, 두를 건 두르고, 그리고 방에서 나오려고 하는데, 여적 가만히 앉아서 남편의 하는 모양을 눈 붙여 바라보고 있던 경옥이가,

"어데루 가시오."

매우 침착하게 묻는다. 그러나 물론 성운은 못 들은 척하고 방문을 닫는다.

"어데루 가는 게요."

소리가 좀 높다. 그러나 역시 묵묵부답.

"흥, 정신없이 그러다가······."

그러나 유리문을 닫고 행길로 나서면서 들은 이 한마디 희미한 말에서, 성운은 약간 주춤해보았으나, 역시 그대로 행길 가운데로 나섰다.

이때에 옆집 자전거포에서는 붕카이소오지를 하다가 함석 대야를 두들기며 어르랑타령을 하는 것이 들려왔고, 건넌집 싸게 파는 눅거리 상점에서는 손님이 아니 온다고, 오늘 잡아 세 번째 깽매기를 요란스레 두들겨대고 있었으나, 성운은 파출소 앞을 지나면서,

"약이 잘 나가십니까."

하고 묻는 나까무라 순사에게,

"오까게사마데."[13]

하고 대답하고 있었다.

— 〈문장〉, 1939. 3.

13 덕분에.

이리

악이든 선이든 간에, 세상을 송두리째 삼켜버릴 듯한 그러한 성격을 가진 사람을 대하고 싶다. 반드시 피로한 신경이 파격적인 자극이거나, 충격이거나 그러한 색다른 맛을 구하여보고 싶다는, 엽기적인 호기심에서 나오는 것만은 아닐 게라고 생각하면서 나는 오랫동안 그러한 성격을 탐구하기에 내심으론 적지 않은 노력을 거듭해보았다. 악의 아름다움, 혹은 선의 아름다움—그것보다도 악이라든가 선이라든가, 그러한 '모럴'이 개입될 여지가 없도록 우선 강렬한 걷잡을 수 없는 성격의 매력—그렇게 나는 막연히 생각해보는 것이다. 그러고는 잠시 동안이나마, 이러한 매력에 휩쓸려서 나 자신을 송두리째 그곳에 파묻고 의탁해보고 싶은, 그러한 욕구—.

어떤 날 오후. 봄이라지만 아직도 추위가 완전히 대기 속에서

가시어버리지 않은 날, 나는 영화 상설관에서 〈페페 르 모코〉를 구경하고 7시경에 거리에 나섰다. 저녁을 먹어야 할 끼니때가 이미 지났으나, 곧 버스에 시달리면서 집으로 향할 생각을 먹지 않고, 어디 그늘진 거리나 거닐면서 지금 보고 나오는 토키가 주는 아름다운 흥분을 고즈넉하니 향락하고 싶어서, 나는 발을 뒷골목으로 돌려놓았다.

서울의 빈약한 거리를 걸으면서도, 나의 상념의 촉수는 카즈바의 소란하고 수상스러운 세계를 헤매고 있었다. 〈페페 르 모코〉가 소프트의 뒷전을 추켜서 머리에 올려놓고, 줄이 반듯한 양복에 색 구두를 신고, 목에는 흰 명주 수건을 얌전히 둘러 감고서, 카즈바의 소굴을 탈출하여 계집을 찾아 부두로 향하던 그림이, 나의 머리를 떠나지 않는 것이다. 그의 어깨너머로, 혹은 그의 눈이 부딪치는 곳에서, 한없이 움직이며 전개되던 카즈바의 괴상한 골목이, 마치 빈약하고 단조로운 이 서울 거리인 양, 나의 앞으로, 지나치는 나의 길옆으로 자꾸만 자꾸만 꼬리를 물고 벌어지는 것이다. 이 카즈바의 헤아릴 수 없는 수상한 분위기 속에 아름다운 〈페페 르 모코〉— 장가방의 얼굴이 기연히 솟아올라 나의 눈을 사로잡아버리는 것이다.

'악의 아름다움?'

'아니다.'

'니힐(허무)에의 매력?'

'아니다.'

'분위기에 대한 호기심?'

'그것은 더욱 아니다.'

'그러면?'

이렇게 <u>스스로</u> 묻고 <u>스스로</u> 대답하면서 내가 어느 담뱃가게 앞에서 휘어 돌려고 할 때에 나는 문득 담배를 피우고 싶었다. 평상시에 담배를 피지 않는 나로서는 격을 깨뜨린 행동이다. 담배를 사서 갑을 따고 한 가치를 뽑아 입술에 물고서 흡사 〈페페 르 모코〉마냥으로 찍 성냥을 그어 담배에 옮겼을 때 슬며시 나의 옆에 와 서서 어깨에 손을 올려놓는 이가 있었다.

"담배를 피우고 싶소?"

나의 친구는 이렇게 물으면서 나와 악수를 청하였다.

"결국은 빙빙 돌아서, 이쪽으로 다시 돌아 나올 걸, 어쩌자고 그늘진 골목으로 들었던 것이오?"

들은즉 신문 기자인 나의 친구 박 군은 영화관에서 나오는 나를 발견하고 뒤를 쫓은 것이라 한다. 내가 두어 마디 되지도 않은 설명을 붙였을 때,

"무어, 그저 아직도 카즈바인 줄 알았겠지요. 그러나저러나 오래간만이니 어데서 저녁이나 같이합시다."

나 역시 친분 있는 박 군을 만나 이야기해본 지도 오래되므로 그의 안내하는 대로 둘이는 명치정 어떤 작은 요릿집 이 층에 올라갔다.

육조 방에 앉아서 술과 간단한 안주와 저녁을 주문해놓고 우리는 다소 무료하였다. 아직 산산한 때이라 나는 화로의 숯을 젓가락으로 그을리고 박 군은 차를 마시었다.

"무어 재미난 소식이나 없소?"

나는 신문 기자인 박 군에게 가끔 이렇게 묻는 것이 버릇이었

다. 그러면 박 군은 외교 문제에서 정치 문제, 그러고는 게재 금지된 사건 같은 것도 간간이 섞어가며 그의 소속인 사회면에 대한 거, 이러다가 이야기에 진하면 저명 신사 숙녀의 스캔들까지, 들은 대로 조사한 대로 털어놓는 것인데, 이러한 박 군의 이야기가 또한 하룻밤 한담거리로는 지나친 흥미를 나에게 던져주는 것이었다.

나의 얼굴을 쳐다보면서,

"이야기는 차차 하고, 그래 〈페페 르 모코〉를 지금에야 본담……."

하고 싱글싱글 웃었다. 나는 박 군의 이러한 말로 인연해서 다시 여태껏 잊었던 카즈바의 분위기 속에 발을 가까이하였다.

"카즈바!"

하고 나는 다소 연극의 독백조로 중얼거리며 두 팔을 다다미에 세우고, 천장이 바람벽과 닿은 곳을 멍하니 쳐다보았다. 나는 나의 눈이 가닿는 곳에 〈페페 르 모코〉의 마지막 장면을 그려보는 것이다. 기선 오랑 시호市號의 갑판 위에 나선 계집을 수갑을 찬 페페가 부두의 철문 안에서 바라다보다가 돌연히 높은 소리를 내어 '카비' 하고 불러본다. 이것을 알 턱이 없고, 이 소리를 들을 턱이 없는 카비는 그러나 그때에 마침 기선의 기적이 귀를 쨰면서 울려오는 바람에 귀를 틀어막고 선실로 물러간다. 페페의 얼굴에 눈물이 한줄기 흐르고, 이어서 그는 예리한 칼로 제 배를 가르고 거꾸러진다. 기선 오랑 시호는 이때에 이미 창파를 헤치며 바다로 향하여 검은 연기를 토하고 있었다…….

"여보 술을 드오."

하는 박 군의 말에 문득 나는 기겁을 하듯 몸을 일으키었다. 계집
은 물러 나가고 박 군은 술병을 나에게로 향하여 돌리면서,

"내, 서울의 카즈바를 구경시켜 올리리다."

하고 씽긋이 웃었다. 나는 황급히 술잔을 들고 김이 몰신몰신 나
는 노르끄름한 액체가 잔에 담기는 것을 기다려서 박 군의 조롱
을 물리치듯.

"50전 주고 지금 실컷 구경했소."

하고는 마주 웃었으나 받은 술을 달게 마시고 젓가락으로 스노
모노[1]를 한 점 입에 넣고서 다시 술병을 들려고 하였을 때에 박
군은 스스로 제 잔에 술을 따르며 혼잣말처럼 이렇게 이야기하
고 있었다.

"그런 게 아니오. 지금 금방 내가 기사를 써놓고 나왔으니 내
일 조간엔 나겠지만 신문 기사는 결국 한 편의 사실밖엔 아무것
도 아니 되지만, 그렇게 집어치우기는 아까운 대목이 하나 있으
니 그걸 내 지금 김형에게 들려줄 테란 말이오."

내가 정색하는 것을 기다려 박 군은 다시 술 한 잔을 따라 맛있
게 들이마시고, 나의 얼굴을 쳐다보았다.

"서울의 카즈바—."

이렇게 박 군의 이야기는 시작되었다.

별이야 있든 없든 달 없는 밤에 전찻길 위에 서서 그곳을 쳐다
보면 꼭 마천루를 바라보는 것 같다. 무학재를 마주 서서 왼편

---

1 すのもの, 초무침.

은 금화산金華山 밑으로 어둑시근한 감옥이 아파트처럼 엿보이는
데 높은 담장의 화살 같은 일직선의 등허리를 태양처럼 눈이 부
신 전등이 군데군데 날카로운 불광을 퍼붓고 있다. 이 불광이 희
미하게 사라지는 곳에 밀매음의 소굴로서 이름이 높은 관동館洞
이 있었고 그 중턱엔 이 또한 이름이 높은 도수장이 끼어 있었다.
한편 무학제 좁디좁은 골짜구니로부터 유난히 까끔 서서 올라 뻗
은 산봉우리는 북악北嶽이 되기 전에 우선 인왕산이 되어버렸는데
우중충한 산 그림자에 에워 앉아서 그 밑에 별똥 같은 수많은 불
광이 마치 높직하고도 무게 있는 마천루의 건축같이 보이는 것이
다. 밑으로부터 올려 세면 몇 층이나 되려는가, 질서 없는 전등이
가이없이 첩첩히 뒤덮여서 그대로 산허리를 넘었고 그것은 뻗어
서 독립문을 굽어보는 곳까지 이르러 있는 것 같다. 산허리를 덮
어버린 현저동 향촌동의 슬럼 지대, 이곳은 대 경성의 특수 구역
이 아닐 수 없다.

　전등의 시설조차 변변치는 못하다. 그러나 오다가다 한 집에서
한두 촉씩, 그것도 다른 문화 시설에 비하면 속옷 벗고 장두 칼이
다. 길이라 이름 붙일 길이 없고 상수도 하수도 대문과 변소가 없
는 집이 수두룩하다. 방공상이나 방화상 견지에서 보면 불량 주
택 아닌 것이 하나도 없다. 첫째 길이 제대로 뻗어 있지 못하니
작은 손구루마조차 굴러다니지 못하고, 공동 수도가 밑으로 서너
개, 그러나 하수구가 없으니 구정물이 그대로 길 위를 흐르고 겨
울이면 빙판이 진다. 불자동차가 통하지 못할 것은 정한 이치지
만 어디다가 호스를 박고, 어느 골목을 휘어 돌아 방화수를 끌어
올릴 수 있을 것이냐. 도시 계획이나 구획 정리가 이곳에 와선 군

입을 다실밖에 별도리가 없다. 여름 복허리엔 물난리가 나고, 우물과 공설 수통을 에워싸고 동리와 동리, 집과 집, 사람과 사람의 추악한 승강이 일어난다. 서울의 범죄 구역을 들자면 아마도 신당리, 왕십리 지대와 이곳이 서로 백중을 다툴 것이다.

　여기까지 이야기한 박 군은, 그동안에 날라다 놓은 밥반찬에서 안주 될 만한 것을 옮겨놓고 손뼉을 두드려 따끈한 술을 다시 청하였다. 그는 찻잔에서 식은 차를 재떨이에 쏟아버리고 따끈한 술을 가득히 부어 쭉 들이켰다.
　"자 김 형도 한잔하시오."
　내어대는 찻잔을 받아 들고 나도 덤덤히 술이 가득히 담기기를 기다렸다. 박 군은 전복을 하나 맛나게 씹어 먹으면서 내가 입에서 찻잔을 떼는 것을 기다려, 다시 이야기를 계속하였다.

　작년에 윤달이 끼인 때문인지 다양한 오후이면 완연한 봄이면서도 해가 질 무렵부터 바람이 일기 시작하여 그날 밤은 겨울에 못지않게 날이 산산하였다. 밤이 10시가 넘으니까 행인도 드물어지고 거세인 바람만이 거리와 골목을 설레이면서 먼지를 뿌리고 가겟문 유리창 문풍지 할 것 없이 맞부딪치는 것은 무엇이나 한참씩을 흔들어놓고야 어디로 슬쩍 물러나는 것인데 이러한 시각에 영천행 전차에서 서성거리는 어린 계집을 뒤세우고 익숙하니 냉큼 길 위에 내려선 키가 작달막한 사나이가 하나 있었다. 그 계집과 자기는 동행이 아닌 것처럼 차에서 내리면서 곧 뒤도 돌아보지 않고 성큼성큼 정무소 사식 차입집 옆 골목을 향하여 걸어갔으나 골목으로 바람과 불광을 피하여 몸을 숨긴 뒤에 계집이 제 뒤를 쫓아오도록 잠시 동안을 우두커니 그곳에 서 있었다.

그리 크지 않은 보퉁이를 왼편에 끼고, 그때 마침 바람이 길바닥 위를 몰아치는 바람에, 바른손으로 눈을 가리면서 몸을 비꼬듯 하다가 앞선 사나이를 잃어버리면 안 되겠다고 머리를 수굿하고 긴 머리채를 잔등과 궁둥이 위에서 흐느적거리며 역시 사식차입집 옆 골목을 향하여 토닥토닥 고무 신발을 옮겨놓다가, 낡은 중절모 밑으로 물끄러미 기다리고 있는 수염발이 지저분한 사나이의 얼굴을 쳐다보고 계집은 잠시 입 가장에 웃음을 그리려다 지워버린다. 사나이가 고 웃음을 기다리거나 또는 소중히 마주 대하여주거나 그렇지 않고 그대로 계집의 팔을 부욱 끌어 한편에 끼듯 하고 고불고불한 골목길을 더듬어 올라가기 시작한 때문이다.

생소한 사람에겐 지척을 어쩔 수 없는 험상궂고 가파른 좁은 골목이었다. 막다른 골목처럼 앞이 딱 막혔다가도 그 집 뜰 안처럼 된 한 귀퉁이를 더듬으면 다시 길 위에 나설 수가 있었다. 절벽 같은 돌 바위가 깎은 듯이 앞을 가로막았다가도 고 옆으로 간신히 허리끈 같은 좁은 길이 기어서 빠져 올라가고 있었다. 해가 내리쬘 때엔 구질구질하게 녹았던 것이 지금은 다시 얼어붙었는지, 한참씩 빙하처럼 얼음이 덮인 곳이 연달아 나섰다. 이러한 길을 두 남녀는 기어 올라가고 있는 것이다.

간혹가다 그래도 유족히 사는 집이라고 뜰 밖까지 불광이 비친 데선 이 두 남녀가 길을 더듬어 윗동네를 향하여 올라가는 모양이 희미하게 나타나곤 한다.

사나이는 오십이 가까운 마흔예닐곱—키는 작달막하여 다섯

자를 얼마 넘지 못하겠는데 몸은 다부지게 생긴 것을 낡은 능견 두루마기로 두르고 까까머리가 더부룩하게 자란, 위께가 뾰족 나와, 마치 대추씨처럼 생긴 머리에는 때가 재들재들 끼인 회색 중절모를 푹 눌러쓰고 있다. 얼굴은 구레나룻과 턱 아래에 히끗히끗 흰 털이 섞인 잔 수영이 쭉 깔리고 그 가운데 코가 두드러져 나와야 할 것인데 이것 역시 개구리 대가리처럼 앞머리만 벌썩 들린 것이 굴뚝같은 들창코가 두 구멍, 코허리는 볼 편과 구별이 서지 않게 그대로 평퍼짐한 것이 눈덕을 지나 깊직한 세 줄기의 주름살이 건너간 답답한 이마에 연달아 있다. 그러나 물론 희미한 불광에 그것이 나타날 이치는 없고 오직 불빛이 휘끈 그의 얼굴을 스칠 때엔 어덴가 괴죄죄한 특징만이 그 작달막한 키에 어울려서 인상 깊이 나타나는 것이었다. 성을 권權가로 부르고 이름을 명보命輔라 하는 사나이다.

이 권가에게 한 팔을 잡혀서 간신히 길을 더듬어 올라가느라고 가쁜 숨을 연신 포포 내뿜으면서 때때론 사나이의 팔에 몸을 싣고 그대로 주저앉을 듯하다가도 사정없이 끌어당기는 힘에 다시 숨도 돌릴 새 없이 궐렁매지처럼 쫓아가고 있는 계집은 연세는 열일곱이나 궁둥이며 앙가슴이며 또는 토실토실하니 버즘과 솜털이 떨어지면서 돋아 오르는 볼 편이며 제법 계집티가 나는 숙성한 년인데 머리를 땋아 늘어뜨린 끝에 붉은 인조견 댕기를 매어놓은 것이라든가 친친 감기는 옥색 교직 하비단 치마에 분홍 교직 자미사 저고리를 입은 품이라든가 저는 제법 모양을 낸다는 것이 이마에 더부룩한 머리카락을 헤어핀으로 꾹 꽂아 추켜올린 것과 함께 시골티를 가시지 못한 그러한 계집이기 갈 데 없었다.

불량한 계집애라든가 결코 바람쟁이 계집년이라든가 그렇게 말하는 것은 아니지만 그만 낫세 그만 시절이면 서울을 떠나 백 리 이백 리, 고만한 거리에 흩어져 있는 농촌에서는 흔히 볼 수 있는 말하자면 시골 농군보다도 서울 멋쟁이 서방님, 허구헌 날 밭이나 논에서 흙과 두엄 속에 썩느니보다도 한번 눈부시게 찬란한 도회지에 — 이렇게 동경이라고 하기엔 너무도 어처구니없는 고무풍선 같은 바람을 안은 계집이기엔 틀림이 없었다. 어제오늘 비로소 크림이나 분가루를 문대었는지 살에 배지도 않은 화장이 피부에서 얼룩이 진 채 딴쩍지가 되어 코와 볼 편에 발리었으나 파닥지의 바탕은 갸름한 눈과 오뚝한 코와 또 물기가 흐르는 입술과 달걀 같은 윤곽과 합해서 그렇게 흔하게 볼 수 있는 인물은 아니었다. 이만한 얼굴이면 어디다 내놓아도 빠지진 않겠다면 그건 좀 지나친 과장일는지 몰라도 시골서 썩지 않겠다고 발버둥을 칠 만은 하겠다고 생각하기엔 그다지 부족을 느끼는 생김새가 아니었던 것이었다. 항용 불러서 언년이 언년이, 하는데 권가의 주머니 속에 들어 있는 호적등본에는 년 자 대신에 계집 녀 자를 써서 언녀로 되어 있었다. 강원도에 가까운 가평 땅 어느 농촌의 출생이라고 권가가 가진 민적 등본에는 기록되어 있었다.

그러면 이 권가란 사나이와 언년이, 혹은 언녀라는 계집애와는 어떠한 관계에 있는 것일까 — 권가의 둘째 딸이나 셋째 딸, 그렇지 않으면 무슨 조카딸쯤이라면 꼭 좋겠다. 아버지나 삼촌이나 아저씨가 서울 구경을 시킨다고 오늘 시골서 서울로 데리고 올라왔다. 이것이 제일 자연스러울 것이다.

그러나 언년이의 성은 첫째 권가가 아니었다. 그러면 권가는 언년이의 외삼촌일까?

그런 건 어찌 되었건 이 사나이와 계집은 지금 현저동 마루턱 가까이 와서 잠깐 발을 멈칫하고 형세를 관망하고 있는 것처럼 보인다. 마천루를 절반 이상은 올라온 것인데 권가는 어느 으슥한 담장 밑에 서더니, 우뚝 걷던 걸음을 멈춘 것이다

"아이 다리 아파. 인제 그만 다 왔어요? 아버지."

팔에서 손을 떼고 치맛자락을 만져보며 계집이 이렇게 말하는 것을 무슨 안 될 말이나 한 것처럼 황급히 몸을 떨쳐, 바른손으로 입을 틀어막아 버리는 것이다. 그 바람에 언년이의 '아버지' 하던 말소리는 '지' 자를 채 내지 못하고 어리둥절해서 끊어지고 말았다. 그러나 수상한 행동은 그것뿐만이 아니었다. 갈구리 같은 손을 그대로 획 언년이의 목에다 감아버렸다. 권가는 언년이가 목소리를 내었다고 모진 형벌을 주려는 것일까. 언년이는 확실히 그렇게 생각하고 적지않이 겁을 집어먹고 몸서리를 쳤다. 그러나 목을 둘러 감은 능견 두루마기의 팔소매가 부욱 언년이의 목을 끌어당기었다고 생각되던 순간, 언년이의 얼굴은 산뜻한 비단의 촉감을 거쳐서 어느 새에 지저분한 수염발을 마주 대하지 않으면 안 되었던 것이다. 가쁜 숨결이 연거푸 언년이의 안면을 삽살개처럼 미칠 듯이 설레인 뒤에 으스러지도록 지금 겨우 탄력이 생기려는 어린 계집의 몸뚱아리는 권가의 가슴팍에서 파닥거리며 접쳐버리고 말았다.

계집을 놓고 한번 한숨을 푸 내뿜고 난 뒤에 권가는 다시,

"가자, 인제 얼추 다 왔다."

하고 말소리를 내어 언년이의 벌벌 떠는 몸을 앞으로 당기었으나

손을 맞잡고 앞발을 내 짚었을 때에, 그가 입속으로 혼잣말처럼,

"무슨 일이 있어도 너는 내 것이다."

하고 중얼거린 것은 물론 언년이의 귓속에까지 들리지는 아니하였다.

이윽고 둘이는 목적하는 집 앞에 이르렀다. 집은 이 부근에선 좋은 편에 속하는 것으로, 지붕은 함석을 덮고 외짝이나마 삐뚜름히 대문이 닫혀 있다. 대문을 들어서면 반 칸만큼 대청이 마주 보이고 안방이 칸 반, 건넌방이 한 칸, 그러고는 대문과 붙은 뜰아랫방이 한 칸 몫으로 넘어져 가는 기둥을 찌그뚱하니 세우고 있다. 그러나 물론 집 안의 구조나 외모도 그러한 밤에는 뚜렷이 나타날 턱이 없고 밖에서는 오직 건넌방의 불광이 훤한 것이 눈에 띄었다.

처음 전차에서 내릴 때와는 달리 적지않이 겁을 집어먹고 사시나무 떨듯 웅크리고 섰는 언년이를 비탈 한 귀퉁이에 세워놓고 권가는 저척저척 걸어가서 뜰 아랫방 들창을 뚱뚱 두드렸다.

"누구요?"

하는 늙은 여인네 목소리가 캄캄한 방 안에서 나더니, 그 밑에 대답하듯 기침 소리가 두어 번 밖에서 들리는 것을 암호로

"권 주사요?"

하는 재처 묻는 소리가 길가에 서 있는 언년이에게까지 들리었다.

"네."

하고 권가는 짤막하니 대답하였다. 대문이 찌그뚱하니 열리는데 권가보다도 다리 하나는 없을 만큼 적디적은 늙은 할망구가 깨우뚱 밖을 엿본다.

"안에서도 기대렸수."

언년이는 권가의 손질에 따라 기운 없는 발걸음으로 그러나 적지않이 긴장하여 피들의 뒤를 쫓아 뜰 안으로 들어섰다. 그들이 뜰 안에 들어서자 불광이 비치던 방문이 덜렁덜렁 열리면서 젊은 사나이의 상반신이 불쑥 나타났다.

"어둡고 치운데 수고했소. 서성거릴 거 얼이 이리 데리고 들어오시지."

그러나 권가는 언년이를 대청에 앉힌 채, 노파의 뒤를 따라 저혼자만 방 안으로 들어갔고, 이어서,

"색시두 들어오라지 치운데……."

하는 것을 그대로 묵살해버리고서 드윽 장지문을 닫아버리고 말았다.

방 안에 있던 젊은 사나이 — 그러나 권가에 비해서 젊다는 것이지 그의 연세가 무어 스물 안짝이라던 그렇지는 않은 것이다. 역시 나이는 사십 줄에 들어서 서른 예닐곱, 눈 가장과 입 가장의 잔주름이 그것을 넉넉히 증명하고 있었다. 피는 지금 남자답지도 않게 밤 단장이 한창 바쁘다. 단장이라고 하여도 머리는 벌써 찐득찐득한 빠루를 기름이 뚝뚝 흐르게 발라서 올백으로 넘겨 빗었고, 지금은 거꾸로 세수한 끝에 면도질을 하고 있었던 것이다. 보아하니 얼굴 생김새가 털 같은 것이 지저분하게 상판대기를 덮을 그런 종류의 파닥지가 아니다. 그러니까 세수도 하고 머리도 빗고 누구를 기다리다 지쳐서 수온이 떨어져서 어룽어룽한 거울을 들여다보다가 몇 오라기 미꾸라지 수염 같은 것을 입술 위에서 발견하고 이어 허리에서 혁대를 풀어 50전짜리 면도를 문대고 지

금은 고렇게 수염을 깎고 있던 것이다.

"서 주사가 웬 모양을 그리 내시나."

이렇게 늙은 할망구가 객쩍은 소리를 하는 품으로 보아 이 사나이는 서가 성을 가진 모양이다. 아닌 게 아니라 그의 성명은 서상호徐相浩였다.

서상호는 면도를 집어치우고 손바닥으로 발그레한 인중께를 털어 부비더니, 그다음엔 혁대로 허리 괴춤을 묶었다. 그러고는 날씬한 상반신에 저고리를 걸쳤다. 회색 교직 숙수 마고자의 가짜 밀화 단추가 번득거렸다.

권가는 윗목에 쭈그리고 앉아서 잔뜩 눈살을 찌푸리고 서가의 하는 품을 바라보고 있다. 고 표정은 솔찬히 복잡한 것으로 어찌 보면 무슨 일이 뒤틀려서 우울해 있는 표정 같기도 하고 또 한편이 으스러진 입술이라든가 이글이글하는 두 눈알이라든가 이맛살이라든가 이러한 것으로 보면 어딘가 질투심 같은 것이 서리어 있는 것 같기도 하였다. 사실 그는 내심, 눈앞에 보이는 기름달판이 같은 반들반들한 사나이에게 저도 모르는 질투를 느끼고 있던 것이다.

'저 녀석이 단장을 하고 그리군 언년이를 집어삼키려고…….'

드디어 그는 그렇게 생각하고 있는 제 심정을, 저 스스로도 의식할 정도에 이르렀다.

그러나 한편 노파나 서가로서는 권가의 잔뜩 찌푸린 표정에서 그러한 색다른 뉘앙스를 붙잡을 턱이 만무하였다.

"모자나 벗구 편안히 앉으시구려. 무어 일이 생각대로 되질 않았소?"

결국 이렇게밖에 물어볼 도리가 없었다. 그러나 '일이 생각대로 되지 않았다'는 것조차 그들에겐 이해키 어려운 일이긴 하였다. 방물장수가 사이에 서서 이미 호적등본과 백지 위임장은 받아놓았다 하였고 그래서 계집의 본집에 몇십 원 들려주고, 또 옷가지 왜 입히는 데 돈 십 원 든다 하였고, 그러그러해서 합쳐 삼십 원을 가져간 것이 바로 어저께, 오늘 저녁녘에 권가가 스스로 와서 하는 말엔 그 계집이 지금 춘천 차부에서 내려서 어느 관수정 여관에 들어 있다고 했으니 그 뒤에 불과 몇 시간. '생각대로 되지 않을' 그런 사건이 생길 틈이 없지 않은가. 그러나 서가로서는 다짜고짜로 그것을 물을 수도 없었고, 또 데리고 온 계집을 종시 대청마루에 남겨두는 것과 지금 짓고 있는 얼굴의 표정으로 미루어 다소 수상한 기색을 눈치채고 있지 않을 것도 아니었다.

서가의 말에 권가는 대답이 없다. 두 다리는 역시 쭈그리고 앉은 채, 중절모를 가만히 벗어서 장판 위에 놓았을 뿐이다. 그의 이마에는 땀이 진득이 내발려 있는 것이 뚫어지게 쳐다보는 노파의 늙은 눈에도 낱낱이 보이었다.

"아아니 무슨 일이 생겼수. 어디 속이라도 편치 않으슈?"
하고 서가는 제법 근심하는 표정으로 권가에게 물어본다.

그때에야 권가는 멍청하니 땅바닥을 한군데 뚫어지게 바라보면서, 머리를 끄떡끄떡하였는데 그러나 그 머리를 주억거리는 것이 어느 편을 수긍하는 것인지를 마주 앉아 있는 서가와 할망구가 알아차리기 전에 그는 눈을 들어 서가를 쳐다보고 갑자기 표정에 긴장한 빛을 띠면서 입을 열었다.

"저 아이만은 서 주사에게 맡길 수 없소. 내가 혼자서 처리허겠소."

서가의 낯짝은 휘끈 검은빛이 지나갔으나 그는 다시 마음의 자세를 바로잡듯이 어깨를 한번 추면서,

"무슨 말인지 자세히 허시지."

하고 무르팍을 한 반걸음 앞으로 내밀었다. 이렇게 물어보는 서상호의 태도는 반드시 일종의 자세를 취하려는 허세만은 아니었다. 서상호가 권명보를 알아오던 상식을 갖고는 지금의 권가의 하는 행동과 말귀를 도저히 알아차릴 턱이 없었기 때문이다.

권가 — 그는 돈이면 그만인 사나이였다. 그러나 서가 — 자기는 돈도 돈이려니와, 돈보다 못지않게 호색의 취미를 갖고 있다. 이것은 다른 사람은 몰라도 적어도 이 방 안에 앉아 있는 세 사람, 그리고 혹시는 대청 반 칸을 건너서 칸 반 방에 쭈루루 나란히 하여 잠이 들었는지 꿈을 꾸는지 알 턱이 없는 여섯 년의 계집년들까지라도 번연히 알려져 있는 하나의 상식이 아니었는가.

만일 그렇지 않다면 권가와 서가와의 결합이랄까 혹은 시쳇말로 콤비랄까, 어쨌든 두 사람의 협력은 아예 이루어지지부터 않았다. 권가는 농촌에 지반을 갖고 있는 대신, 서가는 유곽이나 북지 방면에 줄을 갖고 있다. 이러한 서로서로의 장기와 단점이 서로 어울려서 비로소 한 쌍을 이루었던 것이 아니냐. 단 한 가지 서가는 계집을 팔기 전에 얼마 동안 제가 마음대로 주물러볼 기회를 가졌다. 그러나 권가는 이러한 서가의 행동에 일언반구의 불평이 없이 간혹 그런 것을 농간해서 제 앞으로 올 부분 돈을 늘리면 그만이었다. 이러한 두 삶의 관계였다. 그 관계가 하루 이틀이 아니라, 벌써 꼬박 이 년이 계속되었다. 서상호가 지금 권명보

의 언행을 이해하지 못하는 것도 결코 무리는 아니었던 것이다.

그러나 그렇게 묻는 서가의 물음에 권가는 단호한 빛을 띠인 적지않이 무뚝뚝한 어조로 이렇게 대답하였다.

"자세히 말할 것두 아무 것두 없소. 저 아인 내가 갖겠단 말이 오."

이 한마디 말로써, 그리고 권가의 얼굴에 나타난 결연한 표정으로써 서가는 사연의 내막을 대충 짐작할 수가 있었다. 단 한 가지 혹시 권가가 이런 연극을 부려놓고 은근히 제 앞으로 갈 몫을 한 부분 늘리려는 흉계는 아닌가, 하는 의심이 없는 것은 아니었으나 그러한 의심마저 너무도 달라진 권가의 표정이 여지없이 지워버리고 말았다.

서가는 앞으로 내밀었던 상반신과 얼굴을 뒤로 이끌 듯하면서, '홈ー' 하고 한숨 비슷한 것을 내뿜었다. 그러나 서가의 상반신이 뒤로 물러선 것은 결코 그가 권가의 요구에 대하여 양보하였다는 것을 의미하는 것은 아니었다. 그의 반들반들한 얼굴에도 녹녹치 않은 표정이 정돈되기 시작하였다. 일정한 거리까지 얼굴을 뒤로 물리고 한참 동안을 면 바로 천가의 낯짝을 바라다보더니, 지금 그들을 둘러싸고 있는 긴장한 공기를 대번에 휘저어버리려 듯이 그는 갑자기 콧방귀를 '홍' 하니 뀌어버렸다. 이 돌연스런 콧방귀 소리에 늙은 할망구가 흠칠하고 놀래는 듯한 것도 잠시 동안. 이어서 서가의 꼭 다물었던 입술의 한편 모서리가 이그러지듯 하면서,

"노형이 아마 취담을 허시지. 이러시지 마시고, 저, 할머니."

턱 아래로 할망구에게 대청께를 가리키면서,

"저 색시를 데려 들어오슈. 아마 이 권 주사가 취담을 허시는가 보."

할망구는 두 사람 사이에 적지 않은 파란이 일어날 것을 직감하고 어떻게 이들의 관계를 원활하게 소통을 시키고 오순도순히 타협을 시킬 방도는 없을런가 하고 쩔쩔매고 있으나, 그러한 묘안이 좀처럼 튀어나오질 않는다.

대체, 보통 사람들 사이라면 어린 계집을 하나 가운데 놓고 이런 험악한 상태를 만들 필요는 조금도 없을 것이다. 서상호로 말할지라도 벌써 이 년 동안 그것이 쇠통 권명보 한 사람의 덕분은 아닐지 삼아도, 수많은 계집을 제 마음대로 주물러보았고, 그에 대하여 권명보는 이렇다 할 불평이나 또 그러한 향락과 취미를 반분하자든가, 그러한 요구든가를 한 번도 말해본 적이 없었으니, 가다오다 한 둘도 모르겠는데, 이건 그야말로 갓 마흔에 첫 버선격으로 처음 요구하는 일이고 보니,

"어째 권 주사도 좀 젊어져 보시려고."
라든가, 그렇지 않으면, 좀 세찬 농말일지라도,

"허허어, 돈만 아시던 권 주사께서 바람이 나셨다. 늘그막 바람은 걷잡을 길이 없다는데 이거 큰일 났는걸. 그러나저러나 환갑 되시기 전에 어디 한번 늘어지게 인생의 재미나 맛보아보슈."
라든가 해서, 껄껄껄 웃어버리고 방을 비워주는 게 온당할 것이 아닌가. 그것도 계집의 얼굴을 한 번이라도 눈 넘겨보고, 그 생김새에 군침이라도 삼켜본 뒤이라면 무슨 일이 있어도 저 계집은 내 것이라고 뻗대어도 볼 것이지만 지금 어두운 속에서 뜰 안에 들어선 계집을 눈어림으로 어렴풋이 바라다보았을 뿐, 눈이 세

갠지 두 갠지 코가 모로 붙었는지도 모르는 처지에 도무지 권가와 낯을 붉히고 승강을 할 건덕지가 되지 않을 것 같으다.

또 한편 권명보를 두고 볼지라도 하기는 난데없이 늦바람이 났는지, 돌개바람이 붙었는지 갑작스레 딸 값에나 나는 어린 계집에게 마음이 동했느라고, 토설을 하고서 능청스럽게,

"여보, 서 주사, 그 이번 계집아인 나 한번 맛봅시다그려."

하고 명함을 들일 체면이 아닐지는 모르겠으나, 어차피 이리된 바엔 표정을 낮추고 빌붙듯 해서 타협해보는 것이 온당할 것이 아니냐.

누구나 이렇게 생각해봄이, 자연스러울 뿐 아니라, 또 당연한 일일 것이다. 그러나 두 사람 사이에 끼어서 어떻게 화해를 시켜보려고, 언턱을 잡으려고 애쓰는 백전노장인 늙은 할망구도 그러한 태평한 생각은 먹으려고 하지 않았다. 그는 이 두 사람의 성질이며, 또 지금 만들어진 두 사람의 분위기나 호흡을 잘 알고 있기 때문이다.

얼핏 보기에도 환장을 하였는지 모르나 권가의 계집에 대한 반한 품이 결코 예사가 아니었고, 그것이 누구의 눈에도 역력히 나타나 보이면 보일수록 또 서 주사로서는 그대로 넘겨 보내고 싶지 않은 어떤 미묘한 심리가 동반하는 것이었다. 그것은 결코 단순한 질투심이나, 성욕이나, 시기심으로 보아버릴 수 없는 어떤 미묘한 심리가 아닌가고도 생각이 되었다. 돈만 알던 구두쇠 권가란 놈이 대번에 저렇게 반해버려가지고, 입도 변변히 놀리지 못하는 것을 보면 그 계집애가 아마 절세의 미인이기 갈 데 없다. 하찮은 계집에만 짓물려 돌다가 일 년에 하나 맞잡이, 그렇게 얻기 드

문 양귀비 뒷다리 같은 계집을 놓친다고야 될 말이냐— 그래서

"권 주사, 취담은 좀 작작 허시지."

하고 대드는 것이라면 그건 고대로 화해를 시킬 건덕지도 있을는지 모른다. 그러나 이 두 사람의 험악한 호흡과 자세 사이에는 일종의 '권리의 침해'에 대한 성격적인 항쟁이라고 할 만한 그런 대목이 있는 것은 아닌가. 세 사람 중에 이것을 '권리의 침해'나 '지반의 탈환'이라고 생각한 사람은 하나도 없었으나 그러나 의식했건 안 했건, 그것을 온 몸뚱아리를 가지고 직각하고 있었던 것은 분명한 사실이었다.

그렇기 때문에 한 번은 서가의 얼굴을 쳐다보고 다음엔 권가의 표정을 살펴본 할망구가,

"그거, 머, 그렇게 와락부락하게스레 기러실 것이 없이, 어떻게 좀 자분자분허게, 좋도록 이야기를 해보시는 게 어떠실지."

하고 안 나오는 웃음을 웃어가며 이야기를 붙여보려고 할 때에,

"할머닌 잠자쿠 계슈. 어서 저 색시나 데려 들여오."

하는 서가의 서슬이 엿보이는 말투가 다시 헝클어지려던 무거운 공기를 더욱더 긴박하게 만들고야 마는 것이다.

드디어 할망구는 다시 또 한 번 두 사람의 얼굴을 번갈아 보다가 암칠암칠 무릎을 일으켜 세웠다. 그러나 그가 채 몸을 일으키기도 전에 작달막한 능견 두루마기의 다부진 몸뚱아리가 불쑥 방안에서 솟아오르고 이어서 그것은 장지문 앞에 가로 서고 말았다.

"권 주사, 이럴 참이오?"

서가의 두 눈이 뱀의 눈처럼 무서운 살기를 띠고 한참을 치올려다 본다. 그러나 날씬한 그의 몸뚱아리도 벌떡 전등을 흔들며

방 가운데 솟아올랐다. 불이 흔들리어 두 그림자가 바람벽 위에 움직였으나 두 사람의 몸뚱아리는 꿈쩍도 하지 않았다. 이윽고 회색 마고자의 팔 토시가 번개처럼 능견 두루마기의 앞깃을 감아쥐었으나 그 순간 권가의 바른손에는 칼자루가 불빛에 번뜩하였다.

나의 친구 신문 기자인 박 군은 이야기를 이 대목에서 뚝 끊었다. 나는 그의 이야기에 취하여 팔을 술상에 올려놓고 그의 얼굴을 바라다보다가, 그가 말을 뚝 끊었을 때에 침을 들컥 삼키었다.

"어떻소. 이밖에 것은 신문에 게재될 기사의 영역이니 더 말하지는 않겠지만, 대단한 상처를 입지는 않았으나 그들은 모두 경찰에 체포가 되었소. 그날 밤으로 권명보란 놈은 계집을 끌고 골목을 뛰어 내려오다가 붙들렸고, 그의 자백으로 오늘 오후 서상호의 일당, 그리고 그 집에 유괴되어 매각될 시일을 기다리던 여섯 명의 계집 등이 모두 끌려왔소. 그런 건 아무 흥미도 없는 내일 아침 조간의 영역이오. 이 두 사나이의 성격이 어떻소. 소설이 왜 되겠소."

나는 그 말에는 대답치 않고 박 군의 노력을 감사하기 위하여 술병을 들었다. 그가 술을 쭉 들이켠 뒤에 나는 나직이,

"두 사람의 성격이 함께 합친 것만큼, 그런 것이면 나도 홈빡 반해보겠는데……."

그러나 나의 말이 아주 끝나버리기 전에 박 군은 몸을 뒤로 젖히면서 깔깔깔 대소하였다. 어인 영문을 몰라서 내가 어리둥절해 있으려니 박 군은 웃음을 거두며, 다시 한번 '아하하' 하고 하품 비슷한 웃음을 남긴 뒤에,

"내가 바로 그 말이오. 여보 김 형, 그 강렬한 성격에 대한 갈망이란 게, 더두 말고, 바로 현대인의 피곤한 심경이란 게요."

하고 팔을 걷어붙였다.

"김 형이 방금 구경하고 나온 〈페페 르 모코〉. 우리가 카즈바의 매력에 취하여버리는 것이 모두 이러한 심경이 아니오. 파리의 생활에 권태를 느낀 부르주아의 계집이 알제리의 카즈바에 흥미를 느끼고 대부호의 첩 생활에 지친 카비가 카즈바의 왕자, 희대의 대강도 페페 르 모코에게 반하는 것이 모두 그것이 아니오?"

박 군의 얼굴은 땀발이 잡힌 것이 전등에 빛나 표한한 기색을 띠었다. 그는 새로운 에네르기를 느끼는 듯이 바른손으로 찻잔을 와 쥐었다가 불쑥 그것을 나에게로 내밀면서,

"김 형, 한잔하시오."

그는 술을 잔에 넘치도록 가득히 부었다. 내가 잔을 들어 입에 대도록 그는 안주도 아무것도 들지 않고 내 얼굴만 바라보고 있었다.

나도 단김에 찻잔 하나를 다 들이켜고 갑자기 취기를 느꼈다. 내가 사시미 한 점을 장에 묻혀 박 군의 입 앞에 가져갔을 때 그는 입술로 덥썩 그것을 받아서 입안으로 굴리면서 이 역시 취기가 몸을 휘도는지 목을 척 늘어뜨리며,

"카즈바, 페페 르 모코, 악에의 매력, 강렬한 성격……!"

하고 중얼거리다가, 갑자기 집이 떠나가라고 하,하,하,하, 웃어대었다.

—〈조광〉, 1939. 6.

길 위에서

"그건 내가 들지요"

하고 나는 손을 내밀었다. 그러나 K 기사는,

"가만 좀 둡쇼, 내 거기까지 들어다 올리게."

하고 병을 제 옆에로 옮겨놓고 그대로 꺼꿉 서서 지카다비의 단추를 채웠다. 병이라는 건 아가리가 비교적 넓은 자그마한 흰 유리로 된 것인데, 그 속에는 모새[1]를 얄따랗게 깔아놓은 물속에 동전닢 같은 자라 새끼가 세 마리 떠돌고 있었다. 병은 농이로 얽어매어서 들손이 되어 있었다. 나는 이 세 마리의 자라를 대성리서 하룻밤 묵은 기념으로, K 기사에게서 얻어 들고 서울로 가려는 길이다.

1 아주 잘고 고운 모래.

264

실인즉 춘천까지 볼일이 있어서 갔다가 돌아오던 길에 버스가 '빵꾸'를 하였다. 그 '빵꾸'한 고장이 여기서 가평 쪽으로 한 킬로쯤 간 곳이었는데 탔던 손님들이 길 위에 내려서 꼬드라졌던 다리도 놀려보고, 소변도 보고, 저만큼 떨어져서 경춘가도와 평행선을 그은 듯이 뻗어 나가는 철롯길에서, 한참 흙을 쌓아 올리는 공사장도 바라보고…… 그래서 나도 남들이 하듯이 신작로 옆에서 멀찌감치 북한강의 물줄기를 바라보고 있었는데, 그때에 이십여 명 인부들이 서물거리는[2] 공사장 가운데서, 골프 바지에 퍼런 감발을 치고 캡을 뒷데석에 올려놓고 청년이 하나 이편으로 성큼성큼 걸어오고 있었다. 시궁창도 건너뛰고, 배추 포기에 싱싱한 밭두렁도 넘어뛰면서, 청년은 우리 편으로 가까이 걸어왔다. 처음 나는 그를 별로 눈여겨보지도 않았으나, 그 청년이 걸어오면서 내 쪽을 유심히 바라보는 것 같아서 그가 신작로의 언덕을 기어 오르고 있을 때엔, 나도 그의 몸뚱아리를 눈 붙여서 굽어보고 있었다. 그러나 길 위에 올라서서 정면으로 이편을 향하여 걸어오는 청년의 얼굴을 바라보고도, 그 청년이 나를 찾아오는 것인 줄은 미처 알지 못하였다.

　　"박 선생 아니신가요?"
하고 묻는 말에도 나는 내 옆에 섰는 승객 중에 박가 성 가진 이가 없는가를 돌아보고서야,

　　"네에, 내가 박영찬이올시다."
하고 대답할 만큼, 지금 내 앞에 선 꺼머툭하게 해에 거슬린, 건

---

2 삼삼히 떠올라 자꾸 어른거리는.

강한 얼굴엔 기억이 없었던 것이다. 이야기를 듣고 다시 찬찬히 훑어보니 몰라볼 사람이 아니었다.

오륙 년째 만나지 못하는 동안, 나의 얼굴은 그다지 변하지 않았으나, 나보다 네다섯 나이 어렸던 그는 그사이에 얼굴과 허우대가 모두 장대해졌던 것이다. 지금 스물여섯, 고등공업을 나와서 토목 방면에 종사하기도 사 년째 된다 한다.

본시 나는 K 기사와 친구 간이 아니었고, 물론 거래도 없었다. 지금은 세상을 떠난 그의 종형과 내가 막역한 친구 간이었는데, 우리네가 사회 운동에 물불을 가리지 못할 때, 그는 중학교의 상급반으로 조용히 입학 준비에만 골똘해 있었다. 그의 종형이 세상을 떠났을 때 미아리 묘지에서 보고는 지금이 처음인데 동기가 없고 친척이 많지 않은 K 기사는 종형의 친구인 나를 여기서 만난 것이 다시없이 반가웠는지도 알 수 없다.

우연히 만난 게 더욱 졸연찮은 뜻이 있는 것 같고, 이 시각 이 처소에서 승합자동차가 고장을 일으킨 것 역시 돌아가신 종형의 지시인지도 알 수 없은즉 바쁘지 않은 길이거든 하루만 묵어가라고 졸라댄다.

바쁜 길은 아니었다. 내가 한직閒職에 있는 만큼 일갓집 혼수 일로 춘천을 다녀오는 길이니, 하루 이틀 늦었다고 변통이 날 일도 없었다. 철롯길을 타고 여행은 해보았고, 공사 같은 것을 지나는 길에 바라다본 적이 있으나 그런 방면에 종사하는 사람들의 생활 같은 건 생판으로 알지 못한다. K 기사의 권하는 말도 어지간하였지만, 이러저러한 호기심 같은 것도 섞어서, 그가 끄는 대로 대성리서 하룻밤을 묵기로 하였다.

버스의 '빵꾸'를 때워서 고치고, 내렸던 승객이 다시 오르기 전에, 우리는 그곳서 '구미[組]'의 출장소가 있는 데까지 한 킬로 가까운 길을 걷기로 하였다. 사무실 가까이 왔을 때에야 버스는 우리의 옆을 지나갔다. 나는 그 길로 출장소의 사무실로 안내되었다.

그러나 숙소와 사무실이 멀리 따로 떨어져 있는 것은 아니었다. 함석지붕으로 얇디얇은 바라크였지만, 산 밑의 공사를 위하여 기다란 두 채의 단층집을 지었다. 사무실이 세 칸인데, 주임 기사가 한 방을 쓰고, 회계가 다른 한 방을 쓰고 남아서 널따란 한 칸엔 K 기사의 커다란 책상을 위로, 금년 봄에 고공 토목과를 갓 나온 내지인 기사의 책상, 그러고는 공업학교를 나온, 머리가 더부룩한 스무 살 전후의 두 어린 청년의 책상이 각각 하나씩, 그럭하곤 청사진을 만드는 기계, 비품을 넣어둔 궤짝, 나무통, 함석 대야, 측량 기계, 깃대, 그런 것이 질서 없이 자리를 차지하고 있었다. 그 옆방이 오락장으로 되어 있는데, 당구판 두 개가 가운데 육중하게 놓여 있고 가상으로 돌면서는 장기, 바둑판의 설비가 알맞추 되어 있었다. 이것으로 일 동이 되어 있고, 그와 평행선으로 뒤채에는 가족료와 독신료를 갈라서 숙소를 꾸미고, 그중 한 방을 넓게 잡아서 식당을 만들었다. 주임 기사와 회계의 두 내지인을 제하곤 전부가 독신료를 한 칸씩 차지하고 있는 모양이었다.

마침 주임 기사는 경춘 철도의 간부와 춘천서 공사비 '타합打合'을 한다고 자리가 비었고, 나머지 소원所員은 모두 K 기사의 수하인 모양으로, 나는 그들의 정중한 인사를 받고, 다시 K 기사의 작고한 형님의 친구로서, 친형님이나 진배없는 귀중한 손님이라는 대우를 K 씨의 소개로 하여 받지 않으면 안 되게 되었다.

책상 위에는 그리다 놓은 도면 이 네 귀를 압정으로 눌린 채 흰 보자기를 쓰고 있었다.

"마침 한가한 때 잘 오셨습니다. 인저 공사는 얼추 끝나고 크지 않은 다리와 옹벽 몇 군데와 축저築底가 좀 남었는데, 작은 것까지 설계할 것은 어제까지 모두 끝이 났습니다. 그 도면대로 공사를 감독하고 때때로 측량이나 해주면 별일 없으니까, 인저 머리를 썩일 일은 없어진 셈입니다. 그럼 저녁 전에 목욕이래도 허시지요."

나는 K 기사의 방 안에 들어서자, 곧 이러한 말을 들었다.

"난, 목욕 안 해두 좋습니다. 어서들 허십시오."

하고 사양하였으나, 먼저 하지 않으면 밑의 사람이 그때까지 하지 않고 기다린다는 바람에, K 기사와 전후해서 나는 목욕을 하였다. 몸에서 초가을 날의 티끌을 털고 방으로 돌아오니 가벼운 '유카타'를 내어준다. 옷을 갈아입고 다리를 뻗고 앉아서, 흡사 좋은 여관에 투숙한 것 같은 느낌을 품을 수 있었다.

나는 K 기사가 잠깐 밖으로 나간 틈에 방 안을 둘러보며, 아까 오락장을 구경할 때에 은연히 느끼었고, 그 뒤에 목욕탕 속에 몸을 잠그고 앉아서 똑똑히 생각하였던 '기술자의 생활 상태'라는 것을 막연히 머릿속으로 되풀이해 뇌어보고 있었다. 벌써 퍽 전부터 기술 방면의 학교의 입학률에 대한 것과, 기술자의 구인난 같은 것에 대한 신문 기사는 많이 보았으나, 취직난이 유례가 없는 시대에서 이들의 대우란 과연 '특등석'의 느낌이 없지 않다고, 지금 눈앞에 이들의 생활을 친히 목도하면서 거듭 생각해보게 되는 것이었다. 나는 선망이 절반, 질투가 절반, 그러한 온전하지 못

한 나의 생각을 의식하고 고소를 입술 위에 그렸다. 그러나 문득, 'K와 같은 청년은 연세로는 불과 사오 년의 차이지만, 우리와는 딴 세대를 이루고 있는 것은 아닐까. 우리와는 아무런 공통된 사색도 경험하지 않으면서, 다른 개념과 범주를 가지고 세계를 해석하고, 통하지 않는 술어로 이야기하는 것은 아닐까?' 하는 생각에 붙들리자, 뜻하지 않았던 공포를 새삼스레 느끼게 되는 것이었다. 방 안을 둘러 살펴 나의 생각의 반증이 될 것을 구해본다. 옷가지나 이불까지 골방에 집어넣었는지, 아무 장식도 없는 방 한구석엔, 화약통의 한쪽을 뜯어버린 나무통에 책이 가지런히 꽂혀 있다. 그 앞에 바둑판만 한 작은 책상이 하나 달름하니 앉아 있을 뿐.

'책! 책이 가장 K의 내면생활을 증명할 것이다!'

나는 속으로 이렇게 생각하면서 내심에 꺼리는 것을 그대로 책궤 앞으로 기어갔다.

'혹시 《킹구 청년》이나 《강담》의 애독자는 아닐는가?'

그랬으면 하는 생각과 제발 그렇지 않아주었으면 하는 생각이, 함께 기묘하게 설켜 도는 것 같다.

《난센스 전집》이 한 권 끼었으나, 《개조》도 있고 《중앙공론》도 끼어 있었다. 그러나 그러한 책은 합쳐서 네다섯 권, 그 나머지 네다섯 권은 토목에 관한 기술적인 특수 서적, 학생 시대의 노트, 그러나 그밖에 근 스무 권에 가까운 책의 전부가 수학사나 과학사, 단 한 책이기는 하나 《자연 변증법》의 암파문고도 들어 있었다. 그러나 목을 굽히고 궤짝의 뒤를 살펴보니 한 자 길이로 두겨놓은 책 가운데는 알랭의 번역이 한 권, 괴테와 하이네의 시집, 포앙

카레의 작은 책자들이 섞여 있었다. 나는 가슴속을 설레고 도는 동계[3]를 스스로 의식하면서 내가 지금 경험하고 있는 감상의 결론을 찾으려고 애써보고 있었다.

　그러나 나의 머리가 간단명료한 결론을 붙들기 전에, 기사는 작은 상자를 하나 들고 밖으로부터 들어왔다. 상자를 들여다보며 싱글싱글 웃는 것이 수상해서,

"그게 무업니까? 그 속에 무에 들었소?"

하고 물으니까 K 기사는,

"장난감이올시다."

하며 상자를 가만히 내 앞에 내려놓는다. 그것 역시 작은 나무통을 한쪽을 뜯어서 만든 것으로 시멘트로 한편엔 우물을 만들고 또 한편엔 모래로 사장을 장만해서 작은 세 마리의 자라 새끼의 놀이터를 꾸며놓은 것이었다. 두 놈의 자라 새끼는 물속에 목을 움츠리고 자갯돌을 기대어 숨어 있었고, 그중의 한 마리는 사람과 친근해져서인지 우물턱을 기어서, 사장 위로 잔등을 말리러 아슬렁아슬렁 기어 나오고 있었다. 나는 뜻밖의 것이 눈앞에 나타난 게 신기하고도 우스워서,

"허, 허어."

하고 여태껏 혼자서 생각하던 궁리조차 잊어버리고 나무 상자를 들여다보았다.

"처음 보기엔 그로테스크해서 징그럽지만, 보아나면 아주 귀여운 아이코오모놈[4]니다."

<hr />

3 動悸, '두근거림'의 이전 말.
4 あいこうもの, 애호물.

하고 K 기사는 손가락으로 자라를 엎어 눕힌다. 빨간 배때기를 드러내놓고 자라는 네 다리를 바둥거렸으나, 이내 목을 길게 뽑고 주둥이께로 모래판을 누르더니 발딱 잔등을 뒤집는다.

"하하하."

하고 K 기사는 그것을 들여다보며 웃고 있다. 나도 자라가 제 몸을 뒤집는 것이 재미가 나서 그의 웃음에 덩달아 껄껄껄 웃어 보았다.

그때에 식모가 와서 저녁 준비가 되었다고 알리어서 나는 K 기사의 안내로 식당에 갔다. 내가 손님이라고 가족을 가진 회계까지 함께 끼어서 저녁은 만찬회로 차렸다고 한다. 북한강에서 잡아 들인 천어[5]로 회를 저며놓고 자라로 국을 끓였다. 통째로 뒤꼍에 놓은 '월계관'을 따라서 따끈하게 데우는 것을 물끄러미 보다가,

"시골이라 아무 것두 없지만, 술만은 보시는 바 한 통이 그득하게 준비되어 있으니까, 어데 하루나죽 거나하게 취하야주십시오."

K 기사의 이러한 말에 나는 일동을 향하여 감사의 뜻을 표하고 그가 건네는 술잔을 받아 입술로 가져갔다.

네 시간 가깝게 술좌석을 가졌으나, 그동안 오고가고, 주고받고 한 대화는 별것이 없었다. 좌중이 모두 즐기고 어울릴 만한 화제를 따라, 같이 수작하고, 함께 웃고 떠들 수밖에 별도리가 없었다. 마지막 판엔 계집 있는 술집으로 이차회라도 가야지 홀아비 술이란 게 궁상맞아 될 일이냐는 발론까지 나게 되어, 일시 자리

---

5 냇물에서 사는 물고기.

를 떠날 것도 같았으나, 간대야 술도 좋지 않고, 방방이 인부들로
하여 소란스럽고 그럴 테니, 암전한 계집애를 두서넛 불러들여
앉은자리에서 그대로 내처 놀아보자는 의견이 주장이 되어, 드디
어 젊은 작부가 둘이나 좌석에 끼이게 되면서는, 육담과 노래와
환성과 춤이 좌석을 떠들썩하니 독차지하게 될 수밖에 없었다.

가까스로 자리를 물리고 K 기사의 방으로 돌아왔을 때엔, 노독
路毒도 있고 하여 나는 거나한 정도를 넘어 잠뿍이 취해버렸다. 내
자리라고 깔아놓은 이불 위에 펄썩하니 주저앉는 것을 보며,

"공사장의 재미는 이렇게 무의미합니다."

하고 K 기사는 말하고 있었으나, '재미라면 세상에 이런 재미가
어데 또 있을 게냐?'는 생각이 속으로 간절한 것을, 나는 그대로,

"덕택에 아주 유쾌하게 놀았는걸요."

하고 사례의 말을 했을 뿐이었다.

"어서 주무십시오."

하고 그가 권하는 대로 나는 자리 속으로 기어들어 갔으나, 취안
으로 바라보는 눈에, K 기사가 담배를 한 가치 피워 물고 아까 들
여다 놓은 자라 새끼를 또다시 물끄러미 내려다보고 있는 것이
몽롱하게 비치었다. 이윽고 K 기사는 소매를 걷어붙인 굵다란 바
른 팔로 자라 새끼를 주무르는 품이, 아까처럼 그놈을 모두 뒤집
어 엎어놓는 장난을 하는 모양이었다.

"자라가 재미납니까?"

하고 감기는 눈을 비집고 말을 건네니,

"장난삼아 주물렀더니 인제는 습관처럼 되어서 심심풀이는 됩
니다. 밖에서, 돌아와서 이놈을 한 놈씩 엎어놓고 기운 있게 발딱

발딱 뒤집는 걸 보면 어쩐지 유쾌합니다. 맥이 없거나 병이 있을 때 이놈이 엎어놓으면 엎어진 채, 제쳐놓으면 제쳐진 채, 겨우 다리만 두어 번 버둥거릴 뿐이지요."

이렇게 설명하는 K 기사에게,

"나두 왔던 기념으로 자라 새끼나 얻어갈까?"

하고 말하였으나,

"그럭허십쇼. 강에 나가면 얼마든지 잡을 수가 있습니다."

하는 K 기사의 대답의 말은 잠결에 들은 둥 만 둥 하였다.

아침에 자리에서 눈이 뜨였을 때 벌써 K 기사는 방 안에 있지 않았다. 자라에 관한 이야기 같은 건 잊어버리고, 어데 새벽에 볼일이 있는 줄만 알았더니, 뒤에 알고 보니 그는 공업학교 출신의 부하 한 사람을 데리고 자라를 잡으러 강에 나가 있었던 것이다. 그래서 지금 나는 춘천서 오는 버스가 두 시간이나 있어야 이곳을 지난다고, 다음 정류장까지 삼 킬로 남짓한 길을 공사 구경을 하면서 걸어가자고 제안하였고 K 기사는 나의 간청대로 아침을 먹고 이렇게 지카다비를 신으면서 나서는 판이다.

지카다비의 단추를 채우고 난 K 기사는 바른손에 자라가 든 유리병을 들고 일어섰다. 나는 소원 일동에게 출발의 인사를 하고 K 기사와 함께 길 위에 나섰다.

얼마 가면 곧 철롯길이 바른쪽으로 나타났다. 다리목에서도 끊어지고, '옹벽' 옆구리에서도 잠깐 중단되고 하였으나, 철로는 얼추 완성되어가고 있었다. K 기사는 철도에 관한 이야기를 이것저 것 들려주었다. 그리고 도로와 교차되는 곳은 평면 교차는 절대

로 허가하지 않고, 교통사고가 발생하는 '후미키리'[6]라는 걸 금후
엔 허락지 않으므로, 육교나 '가드'로 서로 엇갈린다는 설명을 붙
인 뒤에, 지금 자기가 가는 공사장은 그러한 교차점의 '가드'를
만들고 있는 데라고 말하였다.

K 기사의 이러한 이야기는 물론 재미가 있었으나, 길 위에서
내가 알고 싶은 것은 이러한 청년들의 세상을 대하는 근본 태도
가 무엇인가? 하는 그런 문제였다. 그래서 나는 잠깐 동안 이야기
가 끊어진 것을 기회로,

"아마 인부들을 많이 취급하게 될 터인데, 그런 사람들의 생활
상태 같은 데 대해선 어떻게 생각하게 됩디까?"

하고 물어보았다.

"인부를 한때엔 몇천 명씩 다룰 때가 있지만, 우리와의 직접 관
계는 별로 없습니다. 오야카타[7]가 있고 그 밑에 다시 십장이 있
고, 그렇게 해서 노동자와의 직접 교섭은 대개 이런 계단을 거치
게 됩니다."

이렇게 대답은 하면서도 내가 묻는 근본 주지가 어데 있는지
를 K 기사는 모르는 것이 아니었다. 그래서 그는 한참 동안 덤덤
히 걸었고, 나도 길을 따라 벌어지는 풍경을 바라보듯 하며 아무
말 없이 따라갔다. 길이 엇비스듬히 커브가 진 곳을 돌아서니 멀
리 보이는 고개턱에 공사장이 나타났다. 인부들이 자갈과 시멘트
를 지고 나르는 가운데 십장과 오야카타가 왔다 갔다 하는 것이
보였다. K 기사는 이윽고 무겁게 입을 열면서,

6 ふみきり, 건널목.
7 おやかた, 우두머리.

"요컨대 인도주의란 한편으로 생각해보면 일종의 센티멘탈리즘이 아닐까요? 그런 의미에서 물론 피할 수는 없는 사정이었겠지만, 내 종형 같은 이는 비극의 주인공이겠지요. 박 선생님 앞에서 이런 소리 하기는 무엇 허지만……."

나는 아무 대꾸도 하지 않았다. 그러나 K 기사의 말에서 아무러한 충격도 받지 않은 것은 아니었다. 그의 종형이나 나까지를 범박하게 인도주의로 합쳐서 간주하려는 그의 의도가 밉기도 하였지만, 확실히 이러한 둔하게 보이는 그의 신경 속에는 꺾을 수 없는 어떤 신념이 들어 보여서, 나는 두려움 비슷한 감정을 품게 되는 것이었다. 내가 아무 말도 입 밖에 내지 않으니, 그는 뒤이어 이렇게 띄엄띄엄 이야기하였다.

"처음 얼마는 몹시 신경에 거슬려서 제깐으론 고민도 해봤으나, 지금은 청년다운 센티멘탈이라고 집어치웠습니다. 가령 이런 경우가 가끔 있습니다. 터널의 천정이 무너지든가, 화약이나 폭발물에 부주의하여 사고가 일어나는 경웁니다. 이런 경우에 나는 지금 확실히 부상자보다도 사망자를 희망합니다. 사망자에겐 장례비나 또 유족이 있으면 일이백 원 주어버리면 그만이지만, 한 달 두 달씩 걸리는 중상자는 아주 질색입니다. 돈뿐만이 아니라 성가시기가 짝이 없습니다. 이런 때에 심중을 오락가락하는 인도주의적 의분이란 그리 높이 평가할 것이 못 되는 줄 알았습니다. 언제나 큰 사업을 위하야 사람의 목숨이란 초개 같은 희생을 받어왔고, 또 그것 없이는 커다란 사업이란 완성되지 않는 게 아닙니까. 이런 경우에 사람의 목숨을 가볍게 보는 건, 결코 사람의 가치 그 자체를 대수롭잖게 여기는 거와 혼동할 수는 없을 줄 압니다. 이 자라를 보시지요……."

K 기사는 흰 병을 높직이 쳐들었다 자라 새끼는 깜짝 놀라서 모새에 반신을 묻고 목도 들지 못한다.

"우리가 이놈을 보고 즐겁듯이, 이 자라들도 유쾌하고 즐거울 리야 없겠지요. 이런 때에 자라의 입장에서 인도주의를 따진다면 그건 확실히 우스운 일이 아닐까요. 그러나 무엇이든 따져보면 이야기는 비슷비슷합니다. 그렇다고 자라 새끼와 사람을 한 자리에 세우는 건 아니지만……."

나는 이러한 말에도 아무 말을 하지 않았다. 따지면 이론이 서지 않을 리도 없다. 그러나 문제는 그런 이론을 세우는 데 있는 것은 아닐 것 같았고, 역시 이런 생각을 받아들일 마음의 준비가 부족했던 내 자신에 대한 당황한 심정의 불안정 상태, 그런 것이 지금의 나의 심리는 아닐런가 생각되었다.

"그런 것에 머리를 쓰는 것보다도 많은 두뇌의 나타나지 않는 정신적 노력이 하나의 방정식으로 간단하게 표현된 것을 되새겨 생각해보며, 공식과 방정식과 공리와 정리의 싸늘쩍한 숫자나 활자 가운데서, 뜨거운 휴머니티를 느껴보는 것이 일층 더 고귀하고 아름다운 것 같습니다."

결론처럼 이렇게 말해버리곤 그는 십장과 인부들의 인사를 받으며, 다리의 기둥을 쌓아 올리는 세멘 콩쿠리 장으로 성큼성큼 뛰어갔다, 나는 그의 경쾌하고도 건강한 뒷자태를 쳐다보며, 나의 맥 풀린 초라한 모양을 눈에 보는 듯하였다. 나는 K 기사의 손길 하는 대로 사다리를 올라가서 공사를 구경하고 '옹벽' 쌓는 데를 지나서 한참 만에 다시 길 위에 나섰다. 정류장은 이내 우리의 앞에 나타났다. 길옆에 있는 담배 가게에는 부녀자들의 승객이 많이 뭉켜 있었다. 그 틈에서 열두어 살 났을 계집아이가 하나 일어서더니 K 기사에게 인사를 한다.

"오오 너, 길녀, 어디 가니?"

하고 K 기사는 그의 앞으로 가까이 갔다.

"인제 공사가 끝나서 중앙선으로 이사가요."

하고 길녀라는 아이는 뒤곁에 앉은 제 어머니와 동생을 돌려다 본다.

"중앙선 어데라던?"

하고 다시 묻는 말엔.

"인부 모집하러 온 사람도 모른다구 하면서 가보아야 알겠대요."

하고 대답한다.

"차가 만원이나 안 됐으면 좋으련만."

"우린 여기서 도라쿠를 기대려요."

"그럼 아버지랑은 그 도라쿠 타구 이리루 오시냐?"

"네에."

그렇게 대답하곤 저의 동생이 찌드럭거려서 길녀는 어머니 옆으로 갔다. K 기사는 가게에서 과자를 두 근 무게나 되게 사더니 길녀를 준다.

"길에서 아이들허구 입이래두 놀려라."

주는 과자를 부끄러운 낯으로 몇 번 사양하였으나 길녀는 그것을 받았고, 그때까지 가만히 앉아 있던 그의 어머니도 머리를 약간 수그리었다.

버스가 느리게 흔들거리며 가평 쪽에서 굴러온다.

"그럼 서울 들르는 대로 한번 찾아오슈. 이번엔 너무 폐를 많이
끼쳐서……."

이렇게 나는 인사를 하고 K 기사의 손에서 자라가 든 병을 받
아 쥐고, 만원 가까운 자동차를 비집고 들어갔다. 그때에 차 안에
서 웬 양복쟁이가 하나 머리를 내밀면서,

"여기 중앙선으로 가는 인부들의 가족이 없소?"

하고 고함을 질렀다 이 물음엔 바로 창밖에 섰던 K 기사가,

"있습니다."

하고 대답하였다. 길녀와 그의 가족이 따라 나왔다.

"주인의 이름이 뭐유?"

"김대성이야요."

양복쟁이는 수첩을 조사하더니,

"그럼 이 차에 올라타슈!"

한다. 아이까지 셋이 더 차 안에 들어앉고, 지저분한 보퉁이까지
두 개는 뒤에다 넣다가 못 다 넣고 차 안으로 굴러들어왔다.

나는 자라 새끼의 병을 건사할 길이 걱정되었다. 가까스로 추
켜들고 다리를 오그리고 앉아서 나는 차가 떠날 때에 K 기사에게
는 변변히 인사도 하지 못하였다.

차는 소란스레 덜그럭거리고 길이 험한 대신 한두 자씩 까불
었다. 그때마다, 주의도 하고 조심도 하지만 병 속의 물은 출렁거
리고 그 물은 연방 나의 옷을 적시었다. 그러나 K 기사가 자라를
장난하던 정경이 눈에 선해서, 나는 극진히 병을 간수하기에 애
썼다.

내 옆을 뚫고 앉은 길녀는, 앞자리에 겨우 궁둥이나 붙이고 앉았는 어머니와 동생에게 K 기사에게서 받은 과자를 옮겨주었다.

"엄마두 먹어보려마."

하는 딸의 말에, 부인네도 과자를 한 조박 입으로 가져가며

"백의 한 사람두 드문 양반이다."

하고 혼잣말처럼 중얼거렸다. 나는 이 부인네의 말이 K 기사를 칭찬하는 말인 것을 이내 알아차리고, 그는 인부들 간에도 친절한 청년이라는 대접을 받는 모양이라고 생각하였다. 나는 K 기사가 길에서 하던 말을 되새겨보며, 그가 선물한 자라를 물끄러미 바라보는 것이었다.

그러나 내가 한참 동안 병 속을 물끄러미 바라보고 있을 때, 차는 급커브를 돌며, 바퀴로 돌덩이를 넘는지 한 번 커다랗게 바운드를 하였다. 몸의 자세를 잡느라고 엉겁결에 의자를 붙들 새도 없이, 한 손에 들었던 병이 창문 창살에 부딪쳐서 깨어지고, 내가 허겁지겁하는 통에 병은 갈라져서 팔소매와 무릎에 물과 모새가 쏟아지고, 자라는 두 놈은 창문 밖으로, 한 놈은 구두 코숭이 밑으로 굴러떨어져 버렸다. 깨어진 유리 쪼박을 붙든 채,

"스톱해주!"

하고 부르짖었으나, 운전수는 기관의 소음으로 나의 목소리를 듣지 못하였고 같은 자리에 앉은 승객들의 표정이, '자라는 낫살이나 먹은 양반이 무슨 자란가! 한강에두 흔한 게 자란데……' 하고 못마땅히 생각하는 것 같아, 그다음에 다시 한번 불러본,

"여 운전수 스톱!"

한 나의 목소리는, 더욱 당황하고 나직하여 차는 귀담아들을 틱

이 없었다. 나는 다시 외쳐볼 기력도 없어서, 한참 어쩔 줄을 모르고 깨어진 유리를 들고 멍청하니 앉아 있었을 뿐이었다.

—〈문장〉, 1939. 7.

김남천 연보

1911년   3월 16일 평안남도 성천군 성원읍 하부리에서 중농이며 군청 공무원
        이던 김영전의 장남으로 태어남. 본명은 효식孝植.

1926년   평양고등보통학교 재학 중 한재덕 등과 동인지 〈월역月域〉을 내면서
        신흥 문학에 이끌림. 〈단오〉, 〈명절〉 등 10편이 넘는 작품을 씀.

1929년   평양고보를 졸업하고 도쿄로 건너가 호세이 대학 예과에 입학. 안막,
        임화 등과 교류하며 카프 도쿄 지부 기관지 〈무산자〉에 참가. 소설 〈산
        업 예비군〉을 썼으나 합평회에서 한재덕, 김두용, 안막, 임화 등의 비
        판을 받고 원고를 불살라버림.

1930년   임화, 안막 등과 조선으로 들어와 국내 카프 개혁과 신간회 해소를 주
        장. 9월에 성천 청년동맹을 조직하고 집행위원이 되었으며 한재덕과
        함께 평양 고무공장 노동자 총파업에 관여해 격문을 작성하는 등 선
        전선동 활동을 수행. 첫 평론 〈영화 운동의 출발점 재음미〉를 〈중외
        일보〉에 발표함.

1931년   '김남천'이라는 필명을 씀. 호세이 대학에서 좌익 단체인 '독서회 및
        적색 스포츠단'과 좌익신문 · 잡지배포망인 '〈무산자신문〉 법정반',
        〈무산청년〉 법정반' 및 '〈전기〉 법정반' 가입을 이유로 제적당함. 이후
        귀국하여 좌익 극단인 청복극장에서 연극 운동을 펼침. 소설 〈공장 신
        문〉, 〈공우회〉 발표. 10월 카프 제1차 검거에서 소위 조선공산주의자
        협의회 사건에 연루되어 공산당원 고경흠과 함께 기소, 2년의 실형을

선고받음.

1933년 병보석으로 출옥 후 낙향하여 옥중 체험기인 단편 〈물〉을 발표하고 임화와 논쟁을 벌임. 12월 상처喪妻.

1934년 카프 제2차 검거 당시 검거되어 전주까지 이송되었으나 1931년 1차 검거 때 투옥되었다는 등의 이유로 제외되어 기자로서 조사 과정을 취재보도함.

1935년 임화, 김기진과 협의하여 5월에 카프 해산계를 경기도 경찰국에 제출. 〈조선중앙일보〉에 기자로 입사하여 1936년 정간 때까지 일함.

1937년 고발문학론, 모랄론 등 평론 활동을 펼치는 한편 〈처를 때리고〉〈춤추는 남편〉〈요지경〉 등 자기 고발 소설을 창작.

1939년 관찰문학론을 주장하는 한편 〈사랑의 수족관〉을 연재하고, 장편소설 《대하》를 출간함. 창작집 《소년행》 출간.

1940년 〈노고지리 우지진다〉〈경영〉 등 단편소설을 발표하는 동시에 장편소설 《사랑의 수족관》 출간.

1942년 단편소설 〈등불〉과 중편소설 〈구름이 말하기를〉을 연재. 창작의 양이 격감함.

1943년 일본어 소설 〈어떤 아침〉을 〈국민문학〉에 발표함.

1945년 해방과 더불어 임화와 함께 조선문학건설본부 설립을 주도. 장편소설 《1945년 8·15》 연재 시작.

1946년 희곡 〈3·1운동〉을 발표하는 한편 시사적인 평론을 다수 발표. 조선문학가동맹의 중앙집행위원회 서기국 서기장이 됨.

1947년 공산주의자에 대한 탄압이 심해지자 이태준, 임화, 안회남 등 남로당계 문인들과 함께 월북하여 해주 제일인쇄소에 근거를 마련함.

1948년 8월 25일 해주에서 열린 남조선인민대표자회의에서 최고인민회의 대의원으로 피선됨.

1950년 6·25전쟁 당시 서울에 내려와 머물면서 낙동강 전선을 종군 취재함.

1951년 조선문학예술총동맹 서기장이 됨. 숙청의 빌미가 된 소설 〈꿀〉 발표.

1953년 남로당계 작가인 임화, 이원조 등과 함께 숙청됨. 사망 시기는 아직까지 확인되지 않음.

한국문학을
권 하 다 35

35

소년행

김남천 단편전집

1

초판 1쇄 인쇄 2018년 12월 20일
초판 1쇄 발행 2019년 1월 10일

지은이 김남천
펴낸이 이범상
펴낸곳 ㈜비전비엔피·애플북스

기획편집 이경원 심은정 유지현 김승희 조은아 김다혜
디자인 김은주 이상재
마케팅 한상철 이성호 최은석
전자책 김성화 김희정 김다혜 이병준
관리 이다정

주소 우) 04034 서울시 마포구 잔다리로7길 12 (서교동)
전화 02) 338 - 2411 **팩스** 02) 338 - 2413
홈페이지 www.visionbp.co.kr
이메일 visioncorea@naver.com
원고투고 editor@visionbp.co.kr

등록번호 제313 - 2007 - 000012호

ISBN 979-11-86639-90-0 04810

이 도서의 국립중앙도서관 출판시도서목록(CIP)은 서지정보유통지원시스템 홈페이지(http://seoji.nl.go.kr)와 국가
자료공동목록시스템(http://www.nl.go.kr/kolisnet)에서 이용하실 수 있습니다.(CIP제어번호: CIP2018035479)